Bernice Rubens
Madame Sousatzka

SERIE PIPER

Zu diesem Buch

Madame Sousatzka, einst gefeierte Pianistin, gelingt es, unwillige Kinder in leidenschaftliche Klavierspieler zu verwandeln. So auch den hochbegabten jungen Marcus, Sohn einer armen jüdischen Einwanderin. Marcus' Mutter und der Konzertagent Mr. Manders versuchen, sein Talent möglichst schnell und gewinnbringend zu vermarkten. Madame Sousatzka aber möchte ihren Lieblingsschüler vor den negativen Folgen frühen Ruhms bewahren. Es entbrennt ein leidenschaftlicher Kampf um den Jungen, in dem die liebenswert skurrilen Mitbewohner von Madame Sousatzka ihn auf ihre Weise in seiner Entscheidung unterstützen. Bernice Rubens' Roman steckt voll Witz und Melancholie und ist in seiner so präzisen wie poetischen Sprache eine detaillierte Milieuschilderung der Musikwelt im London der 1950er Jahre.

Bernice Rubens wurde 1928 als Tochter russischer Einwanderer im walisischen Cardiff geboren. Sie studierte Anglistik an der Universität von Wales, wo sie derzeit einen Lehrauftrag hat. Seit 1961 hat sie einundzwanzig Romane veröffentlicht. Sie bekam für ihren Roman »Es geschah in einer Seitenstraße« bereits zum zweiten Mal den renommierten Booker-Preis.

Bernice Rubens
Madame Sousatzka

Roman

Aus dem Englischen von
Gabriele Haefs und Elizabeth Gilbert

Nachwort von
Gabriele Haefs

Piper München Zürich

Die deutsche Ausgabe dieses Buches wurde vom Arts Council of Wales finanziell unterstützt.

Von Bernice Rubens liegt in der Serie Piper außerdem vor:
Es geschah in einer Seitenstraße (3274)

Ungekürzte Taschenbuchausgabe
Piper Verlag GmbH, München
Juli 2002

Titel der englischen Originalausgabe:
»Madame Sousatzka«, Eyre & Spottiswoode, London 1962

Umschlag / Bildredaktion: Büro Hamburg
Isabel Bünermann, Julia Martinez, Charlotte Wippermann
Foto Umschlagvorderseite: 2002 Universal Studios. Courtesy of Universal Studios Publishing Rights, a Division of Universal Studios Licensing, Inc.
Satz: Pendragon Verlag, Bielefeld
Druck und Bindung: Clausen & Bosse, Leck
Printed in Germany ISBN 3-492-23275-2

www.piper.de

I

Ihr Leben lang hatte Mrs. Crominski Angst wie eine Belebungspille zu sich genommen. Und so war sie natürlich im Laufe der Jahre süchtig geworden. Sie konnte einfach ohne diese Angst nicht mehr leben. Und selbst wenn sie gar keinen Grund hatte, sich zu ängstigen, nahm sie ganz regelmäßig ihre tägliche Dosis, um mit Sicherheit eine unruhige, schlaflose Nacht zu verbringen. Die Angst umgab sie wie ein mit ihr verbundener Schatten, der ihr folgte, auch wenn die Sonne gar nicht schien.

Sie bog um die Ecke ihrer Straße ein. Nach den ersten paar Schritten konnte sie ihr Haus sehen. Na, Gott sei Dank, es stand nicht in Flammen. Es war noch heil und ganz, und gebe Gott, Marcus ist da, und gebe Gott, schon im Bett. Sie haßte die Abende, an denen sie länger zu arbeiten hatte, und Marcus, sich selbst überlassen, allein für sein Abendbrot sorgen mußte. Gebe Gott, er hat auf mich gehört und keinen Topf anbrennen lassen. Jetzt kam Marcus' Schlafzimmerfenster in Sicht, mit dem Licht, das durch die Vorhänge fiel. Gott sei Dank, er ist zu Hause.

»Marcus«, schrie sie, während der Schlüssel noch in der Tür steckte.

»Mama?« hörte sie ihn rufen.

Er ist zu Hause, und was viel wichtiger ist, er lebt. Sie stieg die Treppe hinauf, die schwere Einkaufstasche noch in der Hand, um nur ja keine Zeit zu verlieren. Sie stieß gegen seine Tür, aber die Tür war abgeschlossen. »Marcus«, flüsterte sie in panischer Angst »Was ist los?«

»Ich zieh mich gerade aus, Mama.«

»Du ziehst dich aus!« schrie sie erleichtert. »Vor deiner eigenen Mutter sollst du dich schämen ausgerechnet. Wo er noch ist so a Baby«, wandte sie sich an den leeren Treppenabsatz. »Erst elf Jahre alt und soll sich schämen vor seiner Mutter.« Sie stellte ihre schwere Tasche ab. »Wie lange hast du noch?«

»Fünf Minuten.«

Sie setzte sich auf ihre riesige Ledertasche und legte die gespreizten Hände auf ihre Knie.

»Marcus«, fragte sie, »haste gegessen?«

»Ja, Mama.«

»Haste geübt?«

»Ja, Mama.«

»Die Tonleitern?«

»Ja, Mama.«

»Die Arpeggios?«

»Ja, Mama.«

»Die Stücke?«

»Ja, Mama.«

»Alles zweimal, von Anfang bis Ende?«

»Ja, Mama.«

Mrs. Crominski seufzte erleichtert auf, als hätte sie eine Wäscheliste durchgesehen und alles richtig verzeichnet gefunden. »Schularbeiten?« fügte sie hinzu.

»Ja, Mama.«

Es irritierte sie immer ein bißchen, daß alles glatt gehen konnte, auch wenn sie nicht im Hause war.

»Die Zähne haste geputzt?«

»Nein, Mama.«

Mrs. Crominski lächelte. Sie hörte, wie er die Tür aufschloß und ins Bett sprang. Gemächlich trat sie zu ihm ins Zimmer.

Da lag er, die Decke bis unter das Kinn hinaufgezogen. Sein schwarzes Haar verdeckte die eine Hälfte des blaugestickten MARCUS auf seinem Kopfkissen. Mrs. Crominski setzte sich auf sein Bett, aber Marcus machte keinerlei Anstalten, ihr Platz zu machen. Sie balancierte auf dem Bettrand und lehnte sich zu ihm hinüber.

»Na, frag schon«, sagte er, denn er kannte sämtliche Fragen, die jetzt unweigerlich kommen mußten, schon auswendig. »Was haben sie euch heute gegeben zu essen?« nahm er ihre Frage vorweg.

»Nu? Und was *haben* sie euch gegeben zu essen?«

»Mama, jeden Tag geben sie uns Fleisch, Kartoffeln und Sauce und Kuchen und Karamelpudding.«

»Gemüse geben sie euch wohl in diesen feinen modernen Schulen überhaupt nicht, was?«

»Doch, Spinat.«

»Immer vergißte die Gemüse, Marcus.«

»Ich eß nun mal nicht gerne Spinat.«

»Ist gesund für dich, Marcus. Spinat und Erbsen und Bohnen. Jedes Gemüse ist gesund. Ihr habt heute geschrieben einen Test?« fügte sie schnell noch hinzu.

»Gestern hatten wir den Test, hab ich dir doch gesagt, Mama.«

»Dann heute vielleicht Zensuren?«

»Ja.«

Mrs. Crominski bemühte sich, etwas Zeit verstreichen zu lassen. »Nu?« fragte sie dann so sachlich wie möglich.

»Ich bin Zweiter geworden.«

»Zweiter biste geworden«, sagte sie und schlang die Arme um ihn. »Wer ist Erster?«

Marcus machte verzweifelte Anstrengungen, sich zu befreien. »Peter Goldstein.«

»Hm«, meinte Mrs. Crominski, »der Junge, der stottert. Wieviel Punkte hat er denn?«

»Sechsundneunzig. Aber Peter Goldstein ist nicht der, der stottert, Mama. Das ist sein Bruder.«

»Soll er haben sechsundneunzig ohne Stottern«, meinte Mrs. Crominski nachdenklich. »Und du?«

»Vierundneunzig.«

»Vierundneunzig«, wiederholte sie, »nein, so was. Ich mach dir ja keinen Vorwurf«, sagte sie und stand auf, um ihre Behauptung glaubwürdiger zu machen. »Solange du nur tust dein Bestes, mach ich dir keinen Vorwurf. Haste getan dein Bestes, Marcus?«

»Zweiter ist doch schon sehr gut, Mama.«

»Hab ich dir gemacht einen Vorwurf?« schrie sie ihn an. »Hab ich gesagt, es ist *nicht* gut? Ich soll mich beklagen über so eine Zensur? Schließlich haste getan dein Bestes. Jedenfalls«, fügte sie dann ruhig hinzu, »was dieser Peter Goldstein ist – *den* möcht ich erst mal sehen Klavier spielen. Morgen im Konzert wirste's ihnen schon zeigen. Du wirst sein Bester, Bester!« wiederholte sie, »nicht Zweitbester. Schlaf jetzt. Morgen früh wirste dir putzen die Zähne zweimal.«

Marcus lag mit geschlossenen Augen da, und sie glaubte, er sei eingeschlafen. Zärtlich blickte sie auf ihn hinunter und bereute die vielen kleinen Anschnauzer, die er von ihr hatte einstecken müssen, und die vielen Strafen, die sie ihm auferlegt hatte: als er nicht schwimmen gehen durfte, weil er nicht geübt hatte, oder als sie ihn geschlagen hatte, weil er auf dem Weg von der Schule nach Hause getrödelt hatte. Sie nahm sich vor, ihn morgen dafür zu entschädigen. Sie drehte das Licht bei ihm aus und machte leise die Tür hinter sich zu. Dann ging sie mit ihrer schweren Tasche und mit noch schwererem Herzen, wegen Peter Goldstein, die Treppe hinunter.

Marcus setzte sich im Bett auf. Er drehte das Kopfkissen um, so daß sein seidengestickter Name verschwand, und zog dann seine rechte Hand unter den Decken hervor, um sie eingehend zu betrachten. Das dunkle Muttermal innen am Handgelenk und das Liniengewirr, das es umgab wie Zuggeleise in einem Hauptbahnhof. Er drehte die Hand um und betrachtete seine Fingernägel. Was er da sah, war nicht sehr vielversprechend. Der einzige Finger, der noch eine Spur von abzuknabberndem Nagel aufwies, war sein kleiner Finger, und den wollte er sich gern zur Feier des Tages bis morgen nach dem Konzert aufheben. Nun zog er seine linke Hand heraus und wußte schon im voraus, was er zu erwarten hatte. Jeder einzelne Nagel war abgegrast. Er mußte die ganze Hand mindestens eine Woche lang brachliegen lassen, bevor er an eine neue Ernte denken konnte. Er sah sich den kleinen Finger nochmals an, und vor Gier lief ihm das Wasser im Munde zusammen.

Schnell steckte er ihn wieder unter die Decke und kniete sich betrübt im Bett hin. Die Füße zog er so unter sich, daß er auf ihnen sitzen konnte; eine Stellung, die er immer dann einnahm, wenn sein Nagelvorrat erschöpft war. Nach einer Weile schliefen ihm die Füße ein. Er streckte sich unter der Decke aus und kniff die Augen ganz fest zu. Dann preßte er die Fingerknöchel tief in die Augenhöhlen und rieb sich die Augen. Auf diese Weise sah er ein Kaleidoskop von Farben. Aus den Farben kamen Augen hervor, und aus den Augen wurden Leute und aus den Leuten Bilder. Von Zeit zu Zeit half er mit den Knöcheln wieder nach, um die Bilder schärfer hervortreten oder ganz verschwinden zu lassen. Er dachte an das morgige Schulkonzert. George Welsh stand als erster auf dem Programm. Wahrscheinlich würde er wieder sein ›Ave Maria‹ singen. Immer sang er das ›Ave Maria‹, als ob man es von ihm erwartete. George hatte überhaupt etwas von einem Weichling an sich. Dann kamen all die Kinder aus den unteren Klassen mit ihren Rezitationen an die Reihe, und ihre Mütter formten wie verrückt die Worte mit den Lippen nach, auch wenn es noch so sinnlos war. Danach kam der Vertrauensmann der Oberprima, Hodges. Er spielte Klarinette, und sowohl seine Mitschüler als auch die kleinen Buben aus den unteren Klassen, die ihn für einen Gott hielten, spendeten ihm stürmischen Beifall. Der letzte war er, Marcus. An sein eigenes Auftreten mochte er nicht denken. Er hoffte nur, seine Mutter käme nicht wieder zu spät, wie letztes Mal. ›Und wenn sie bloß nicht wieder in ihrem braunen oder schwarzen Hut und dem braunen oder schwarzen Mantel ankommt‹, dachte er. Aber was sollte sie schon anderes anziehen? Nichts. Vielleicht bekam sie auch den Nachmittag gar nicht frei. Vielleicht ... Schnell öffnete er die Augen, um diesen Gedanken zu verscheuchen. Er sah sie plötzlich unten sitzen und ihr einsames Abendbrot verzehren. Sicher hatte sie die Schuhe abgestreift und ruhte ihre baumwollbestrumpften und geschwollenen Füße auf einem Kissen aus. In diesem Augenblick wäre er am liebsten hinuntergerannt, um sie zu küssen und ihr die vielen kleinen Kränkungen abzubitten, die er ihr zugefügt hatte. ›Morgen werde ich lieb zu ihr sein‹, dachte er, ›ganz bestimmt. Ich werde ihr einen Gutenmorgenkuß geben. Ich werde ihr sogar in der Schule einen Kuß geben, wenn uns niemand beobachtet.‹ Er setzte sich auf und drehte das Kopfkissen wieder um. Nun legte er die eine Hand auf seinen seidengestickten Namenszug und seinen Kopf auf die Hand. Er fühlte einen Kratzer auf der Stirn, was ihn an die Rekordernte an seinem kleinen Finger erinnerte. Schnell steckte er ihn in den Mund und knabberte glücklich daran herum, bis er einschlief.

Wie Marcus vorausgesehen hatte, kam seine Mutter zu spät, und wie er befürchtet hatte, trug sie ihren braunen Hut und den schwarzen Mantel. Er saß auf dem Podium, umgeben von den übrigen Auftretenden. Sie stießen ihn der Reihe nach an. »Da kommt deine«, wisperten sie ihm zu, als könne er das nicht selber sehen. Wenn er gekonnt hätte, hätte er die Verwandtschaft mit ihr geleugnet. Aber seine Mutter war wegen ihrer vielen Besuche beim Direktor in der Schule schon viel zu bekannt. ›Könnte Marcus nicht heute vom Unterricht dispensiert werden, Mister? Morgen hat er nämlich ein Konzert.‹ Oder: ›Ich glaube, Marcus sollte lieber nicht Fußball spielen. Schwimmen, ja. Ist gut für das Jüngel, 'n bißchen Bewegung.‹ Jede Woche kam sie mit etwas anderem. Trotzig starrte er zur Decke hinauf. Er wagte nicht, in ihre Richtung zu schauen, schon aus Angst, sie könne ihm zuwinken, wenn ihre Blicke sich begegneten. Er starrte auf das braune Holz der Kassettendecke und auf die Schlingen der Kletterstricke und Strickleitern, die immer hinaufgezogen wurden, wenn der Turnsaal in einen Festsaal verwandelt wurde. Er haßte seine Mutter wegen ihres Zuspätkommens, wegen ihres braunen Hutes und schwarzen Mantels und wegen ihrer Einkaufstasche, die schon zu einem Bestandteil ihrer Garderobe geworden und wiedermal zum Platzen voll war. Obenauf lag der Blumenkohl, darunter Lauch und Kartoffeln. Gemüse, Gemüse. Er spürte förmlich das Gewicht der Tasche, und wieder hatte er ihre geschwollenen Füße in den braunen Baumwollstrümpfen vor Augen. Vorsichtig schaute er in ihre Richtung und lächelte. Und richtig, sie winkte ihm zu.

Das Konzert war fast vorüber. Marcus war die letzte Attraktion. George Welsh hatte sich die Seele aus dem Leibe ge-ave-mariat, und seine Mutter in der ersten Reihe hatte ihn möglichst auffällig angehimmelt, um ihre Verwandtschaft mit ihm zu dokumentieren. Sechs kleine Buben hatten einen Penny besungen, einen blanken neuen

Penny, und jeder von ihnen hatte diesen Penny in demselben monotonen Geleier zum Marktplatz getragen, begleitet von einer stolzen, Grimassen schneidenden Mutter. Hodges, der Vertrauensmann der Oberprima, hatte sein einziges Klarinettensolo zum besten gegeben, und es war, wie es der Direktor mit Bestimmtheit vorausgesagt hatte, für seine Zuhörer ein großer Genuß gewesen. Nach ihm kam Marcus. Als er angekündigt wurde, ging ein anerkennendes Gemurmel durch die Zuhörerreihen, ja sogar ein Raunen unverhohlenen Lobes. Denn wegen der vielen Konzerte, in denen Marcus auftrat, wurde er als Profi angesehen und war demzufolge über jeden Vergleich erhaben.

Marcus setzte sich an den Flügel und wartete, bis sich der Beifall gelegt hatte. Gerade war er im Begriff anzufangen, als die rückwärtigen Türen des Saales aufschwangen. Sämtliche Zuhörer drehten sich nach der eben Eingetretenen um. Sie nahm ihren Platz ein, indem sie im Hintergrund des Saales stehenblieb und den Direktor mit einem kaum merklichen Neigen des Kopfes begrüßte. Marcus wandte keinen Blick von ihr. Innerhalb einer Sekunde hatte er jede Einzelheit ihrer Erscheinung in sich aufgenommen.

Das Aufregendste an ihrem Gesicht war ihre Stirn, und zwar einfach darum, weil sie unsichtbar war. Sie war hinter einer dicken Schicht schwarzer Ponyfransen verborgen, die aus ihren Augenbrauen hinaufzuwachsen schienen. Die Frau war von Kopf bis Fuß in einen schwarzen Stoff gehüllt, aus dem ihre Handtasche wie eine seitliche

Turnüre abstand. Um Hals und Handgelenke trug sie ein Gewirr von bunten Perlenketten und Medaillons. Sie stand so regungslos und still da wie die beiden Säulen, die sie im Hintergrund des Saales einrahmten. Irgendwie wußte Marcus, daß sie seinetwegen gekommen war, und er wurde plötzlich ganz nervös.

Das Publikum wartete, aber Marcus hatte das Gefühl, ohne ihre Zustimmung nicht beginnen zu können. Er blickte zu ihr hinüber und wartete auf ein Zeichen. Wieder nickte sie kaum merklich mit dem Kopf, und Marcus begann. Er hatte einen Chopinwalzer gewählt, hauptsächlich, weil der populär und eins der Lieblingsstücke seiner Mutter war. Technisch machte ihm der Walzer überhaupt keine Schwierigkeiten, und nach einer Weile spürte er, daß er ganz mechanisch spielte, als bediene er ein Pianola. Er merkte, daß die Frau kein Auge von ihm ließ, und fragte sich, ob sie unter ihrem Pony wohl die Augenbrauen hochgezogen habe, ob sie vielleicht lächelte oder gar nickte. Kaum konnte er der Versuchung widerstehen, sie anzuschauen. Er warf einen Blick auf das Podium, auf die Reihe der Lehrer. Keiner von ihnen sah ihn an. Alle starrten wie hypnotisiert in den Hintergrund des Saales. Er hatte das Gefühl, um etwas betrogen zu werden, und wollte das Stück schnell hinter sich bringen. Er begann, diese Frau zu hassen, weil sie ihm seinen Erfolg stahl. Zu seiner Überraschung war er bereits bei den Schlußtakten angelangt. Das Publikum hatte schon nach dem ersten der drei letzten Akkorde zu klatschen begonnen. Er war neugierig, ob sie auch applaudierte. Als er aufstand, um sich zu verbeugen, bemühte er sich, nicht zu ihr hinzuschauen, bemerkte aber trotzdem, daß sie ihn fixierte. Sie klatschte nicht. Unbeweglich stand sie hinten im Saal. Marcus drehte sich um, den Applaus entgegenzunehmen, der vom Podium her losbrach. Dann wandte er sich blitzschnell um und erwischte sie gerade dabei, wie sie klatschte, während er ihr den Rücken zugekehrt hatte. Schuldbewußt ließ sie die Arme zu beiden Seiten heruntersinken und erwiderte seinen neugierigen Blick.

Die meisten Zuhörer erhoben sich langsam und begaben sich zur anderen Seite des Saales hinüber an die lange Tafel, wo Tee serviert wurde. Marcus beobachtete, wie die Frau durch den Mittelgang auf den Direktor zuging, der aufgestanden war, um ihr entgegenzugehen. Ungefähr auf halbem Weg begrüßten sie sich. Der Direktor sah zu Marcus hinüber und winkte ihn zu sich. Dieses Zeichen hatte Mrs. Crominski gesehen. Alles, was Marcus anging, ging auch sie etwas an, und sie stand schon neben dem Direktor, bevor noch Marcus bei ihm angekommen war.

»Das ist Mrs. Crominski, seine Mutter«, sagte der Direktor. »Und das«, er streckte den Arm nach Marcus aus, »das hier ist der Junge, den Sie gerne hören wollten. Marcus«, fuhr er fort, »diese Dame ist eine große Lehrmeisterin – Madame Sousatzka.«

Mrs. Crominski riß Mund und Nase auf. Der Name machte unbedingt den Eindruck von Berühmtheit. »Ist wundervoll, Marcus«, sagte sie, »daß so eine große Dame ist gekommen, dich zu hören.«

Marcus war wütend auf seine Mutter, daß sie darauf

zurückkam, und bat Madame Sousatzka im stillen, ihr zu verzeihen. Sie lächelte seiner Mutter zu.

»Mrs. Crominski«, sagte sie, »Ihr Sohn hat viel Talent« Es fiel Marcus auf, daß sie ein gebrochenes Englisch sprach, aber anders als seine Mutter. Deren Englisch war sowohl buchstäblich wie dem Sinn nach gebrochen. Bei Madame Sousatzka war jedes Wort ein kleines Fragment für sich. »Wer ist sein Lehrer?«

»Mr. Lawrence«, antwortete Mrs. Crominski im Ton einer offiziellen Erklärung. Madame Sousatzka zeigte nicht die Spur einer Reaktion. »L.R.A.M.«(1), fügte Mrs. Crominski hinzu, als berechtige das den Mann zumindest zu einem kleinen Zeichen von Anerkennung. »A.R.C.M.-Diplom«(2), fuhr Mrs. Crominski ganz verzweifelt fort. Madame Sousatzka sagte noch immer nichts. Mrs. Crominski beschloß, ihren letzten Trumpf auszuspielen »M. A. Oxon«(3) sagte sie. Anscheinend war Mr. Lawrence ein Mann, der auf halbem Wege umgesattelt hatte. Wäre Mrs. Crominski mit Madame Sousatzka etwas näher bekannt gewesen, hätte sie gewußt, daß selbst das gesamte Alphabet hinter dem Namen eines Menschen nicht den geringsten Eindruck auf sie machte. «Ich möchte den Jungen gerne als Schüler«, war alles, was sie sagte.

Mrs. Crominskis erster Gedanke war Geld, oder vielmehr sein Nichtvorhandensein. Marcus hoffte inbrünstig, daß sie nicht darüber sprechen würde. Er schämte sich seiner Armut, wenn er so reichen Leuten vorgestellt wurde, wie es Madame Sousatzka seiner Meinung nach war. Aber Mrs. Crominski kannte solche Hemmungen nicht. »So viel Geld, Madame Sousatzka, haben wir nicht«, lachte sie. Der Direktor zuckte die Achseln über solche Geringfügigkeiten. »Madame Sousatzka ist eine alte Freundin von mir«, erklärte er Mrs. Crominski. »Ich kenne sie schon, seit sie vor vielen Jahren in unser Land gekommen ist. Madame Sousatzka nimmt nicht jeden x-beliebigen als Schüler auf. Geld spielt für sie nur eine ziemlich nebensächliche Rolle.«

›Was a nette Jüdin‹, dachte Mrs. Crominski. Laut sagte sie zu ihr: »Mein Sohn wird Ihnen zahlen zurück, Madame Sousatzka. Tausendfach wird er Ihnen zahlen zurück. Sie werden machen a großen Profit an ihm. Sie werden nicht bedauern, Ihnen gesagt.« Mrs. Crominski hatte ein Talent, einem geschenkten Gaul direkt ins Maul zu sehen.

Madame Sousatzka machte ihre Handtasche auf, die ihr wie ein zusätzliches Armband am Handgelenk hing. Sie nahm sie nicht herunter, sondern öffnete nur den Verschluß, und die Tasche klappte auf. Ohne hinzuschauen, kramte sie darin herum und zog eine weiße Karte hervor. Als sie ihre Hand wieder herauszog, starrte Marcus wie gebannt auf die offene Tasche. Er staunte über das entsetzliche Durcheinander. Es entsprach so gar nicht der sonst so makellosen Erscheinung seiner Besitzerin. Verschiedene Farben ließen auf mindestens vier zerknitterte Taschentücher schließen. Ein zerbrochener Kamm hatte sich in einer Puderdose aus Metall verklemmt, und eine Schicht von verschüttetem rosa Puder lag über allem. Eine offene Füllfeder hatte überall auf dem Futter Tintenspuren hinterlassen, und etliche lose Haarnadeln hatten sich in der

Innentasche verspießt. Marcus dachte an die Unordnung in der Handtasche seiner Mutter; eine Unordnung, die sich aus den gleichen Beständen zusammensetzte: schmutzige Taschentücher, Papiere, Haarnadeln und Busfahrscheine. Wäre die Tasche seiner Mutter offen und allen Blicken preisgegeben gewesen, wäre er vor Scham vergangen. Aber bei Madame Sousatzka war es irgendwie richtig und angemessen. Er fing bereits an, stolz auf sie zu sein.

»Am Freitag um drei Uhr«, hörte er sie sagen. »Hier auf der Karte steht die Adresse.«

»Ja«, sagte der Direktor zu Mrs. Crominski, ihre Frage vorwegnehmend, »Marcus darf um eins aus der Schule weggehen.« Er rieb sich die Hände und geleitete sie alle zum Tisch hinüber, zu einer Tasse Tee. Mrs. Crominski sah die Umstehenden, die ihre kleine Gruppe erstaunt und bewundernd anstarrten, strahlend an. Sie legte ihren Arm um Marcus' Schulter und führte ihn zum Tisch. »Nicht hier, Mama, bitte«, flehte er. Langsam ließ sie den Arm sinken, und Marcus spürte, wie verletzt sie war. Sie ging vor ihm her, und Marcus betrachtete ihren Hut und fand, es sei das braunste Braun, das er jemals gesehen hatte.

An jenem Abend wollte Mrs. Crominski gern über Madame Sousatzka sprechen. Aber Marcus wollte nur an sie denken.

»Was a feine Frau«, begann Mrs. Crominski. »Und nur die Besten nimmt sie, hör ich. Dankbar sollteste sein. Und umsonst nimmt sie ihn auch noch.«

»Warum mußtest du bloß von Geld reden, Mama?«

»Lügen soll ich vielleicht? Sorg dich nicht. Viel Geld wirste machen mit deinem Klavierspiel. Zurückzahlen wirste. Hundertfach wirste zahlen zurück.«

»Ist sie nicht hübsch, Mama?« Marcus sagte es fast zu sich selbst.

»Hübsch würd ich nicht sagen. Auffallend vielleicht. Komisches Englisch, was sie spricht. Nicht wie wir. Ist natürlich ein Flüchtling. Und die können sein ihr Leben lang in England, werden sie nicht reden wie richtige Engländer. Ja,« sagte sie sinnend, »sie ist sehr, sehr ausländisch.«

»Zeig doch mal ihre Karte, Mama«, sagte Marcus und griff nach ihrer Handtasche. Mrs. Crominski nahm sie ihm weg. »Was soll schon dran sein an solcher Karte?« murmelte sie, während sie die Tasche aufmachte. Sie lehnte die eine Hälfte der aufgeklappten Tasche gegen den Tisch. Eine vergilbte Photographie von Marcus' verstorbenem Vater war innen unter den Spiegel geklemmt. »Er sollte wissen«, sagte sie traurig. »Aber er weiß ja eh. Immer hat er gesagt: ›Du sollst dich nicht ängstigen, Sadie. Wenn Marcus ist groß, wird er sorgen für dich.‹« Dieses Versprechen seines Vaters im Hinblick auf ihn wurde Marcus immer wieder vorgehalten. Er konnte sich kaum an seinen Vater erinnern, der gestorben war, als Marcus gerade drei war. Mrs. Crominski trug ihn immer bei sich. ›So stolz wär' dein Vater gewesen auf dich‹, sagte sie öfters. Oder auch: ›Ein Glück, daß dein Vater dich nicht kann sehen, Gott hab ihn selig – schämen würd' er sich für dich.‹

»Was soll schon dran sein an solcher Karte, möcht' ich

gern wissen«, brummelte sie, während sie zwischen den Taschentüchern und Papieren herumwühlte und die schon ganz zerknitterte und verschmierte Karte daraus hervorzog. »MADAME SOUSATZKA«, las sie, »132 VAUXHALL MANSIONS, W. 2. Wird sein a langer Weg von Stamford Hill«, meinte sie. »In der Nähe vom Hyde Park. Sehr vornehm.«

»Gib sie mir, Mama«, bat Marcus und streckte die Hand nach der Karte aus.

»Verlieren wirste sie. Haste nicht vorige Woche erst verloren den Hausschlüssel?«

»Ich heb' sie bei mir im Zimmer auf, ich versprech's dir.«

»Da haste. Aber leg sie auf den Kaminsims. Und, Marcus«, fügte sie noch hinzu, leicht gekränkt über seinen Enthusiasmus, »du mußt nicht erwarten zuviel. Madame Sousatzka ist eine feine Dame, eine feine Flüchtlingsdame, aber auch bloß a Mensch.«

Marcus starrte fasziniert auf die Karte.

»Genau wie ich ist sie, Marcus, a Mensch. Haste gehört?« fragte sie, obwohl sie genau wußte, daß er ihr gar nicht zuhörte. »Gar nichts Besonderes ist sie. Gib die Karte wieder her, *ich* werd' sie aufheben.« Sie riß ihm die Karte aus der Hand. »Geh jetzt schlafen. Ist schon spät.«

Marcus stand vom Tisch auf und ging aus dem Zimmer. Sie wartete, bis er an der Treppe war. Dann rief sie ihm nach: »Haste nicht was vergessen, Marcus?«

»Nein, Mama«, rief er zurück. Er hatte nicht vergessen, ihr einen Gutenachtkuß zu geben, er hatte es mit Absicht nicht getan.

»Wohl damit beschäftigt, an Madame Sousatzka zu denken, was?« schrie sie ihm nach.

Er ging in sein Zimmer hinauf und warf ihr von oben her eine Kußhand zu. Es war das äußerste, wozu er sich bereitfinden konnte. Er schlug die Steppdecke zurück und drehte sein Kopfkissen um. Dann lag er im Bett und dachte an die Visitenkarte. 132 VAUXHALL MANSIONS. Er stellte sich ein riesiges Schloß am Rande des Hyde Park vor. Und in dem Schloß war die Schloßherrin – Madame Sousatzka. An den Wänden hingen Gobelins, und unter der Decke zitterten Kronleuchter. Marcus saß in einem Vogelkäfig auf dem Flügel, und durch die Gitterstäbe streichelte Madame Sousatzka sein Haar. Anfangs sanft, wobei die Haut ihrer Handflächen seine Stirn liebkoste. Aber allmählich wurden ihre Hände hart, und sie preßte sie tiefer und tiefer in seinen Kopf. Sie tat ihm weh, aber er wollte nicht, daß sie aufhörte. Die Neugier, wie das alles enden würde, hatte ihn gepackt. Und plötzlich schmolz der ganze Vogelkäfig um ihn herum dahin wie ein Kranz Geburtstagskerzen, und er erwachte, in Schweiß gebadet und mit dem seltsamen und beängstigenden Gefühl, etwas entdeckt zu haben, was außer ihm noch kein Mensch auf der Welt kennengelernt hatte.

Er hörte seine Mutter die Treppe heraufkommen. Schnell drehte er sein Kopfkissen wieder um und stellte sich schlafend. Er merkte, wie seine Mutter sich zu ihm herunterbeugte, ihre rauhen Lippen auf seine Stirn drückte und ihm über das Haar strich. ›Morgen‹, dachte er, ›morgen mache ich alles wieder gut.‹

II

Die Woche verging für Madame Sousatzka genauso langsam wie für Marcus. Als es endlich Freitag war, saß sie unruhig in ihrem Arbeitszimmer und dachte an Boris. Freitags, um diese Zeit, war Boris gewöhnlich zum Unterricht gekommen. Aber es war nun schon der sechste Freitag, an dem er nicht erschienen war, und sie hatte beschlossen, diese Stunde Marcus zu geben. Boris' Noten lagen sauber aufgestapelt auf dem Flügel, verschiedene Fingerübungen und Tonleitern und ein Album mit bekannten klassischen Melodien. Er hatte einen hoffnungslos schlechten Geschmack gehabt, der gute Boris, aber wie über so manche andere hatte sie auch über diesen Fehler hinweggesehen. Und mochte sie im Augenblick auch nur an seine Unzulänglichkeiten denken, der Schmerz über seine Treulosigkeit ließ sie nicht los. Heute vor zwölf Wochen war er zum ersten Mal bei ihr gewesen. Er hatte sie gebeten, ihn doch als Schüler aufzunehmen. Sonst unterrichtete Madame Sousatzka nur Kinder, aber im Fall Boris' hatte sie sich entschlossen, eine Ausnahme zu machen. Er war um einiges älter als sie und hatte ihr erzählt, daß er praktisch sein Leben lang Klavier gespielt habe.

Doch Übung macht nicht immer den Meister, und als er ihr dann zum erstenmal vorspielte, stellte Madame Sousatzka seine musikalische Unzulänglichkeit fest. Aber sie fühlte sich zu ihm hingezogen, und darum behielt sie ihn als Schüler; denn was ihm an Technik beim Klavierspielen fehlte, machte er auf andere Weise wieder gut. Er hatte immer am Dienstag Stunde gehabt, bis er plötzlich fand, daß ihm das nicht genüge, und dann zweimal die Woche, also auch am Freitag, gekommen war. Für diese zwei Klavierstunden hatte sie gelebt.

Zum ersten und letzten Mal in ihrem Leben hatte die Musik eine untergeordnete Rolle gespielt. Boris war ihre erste Liebe. Und da es sie traf, als sie bereits fünfundvierzig war, hatte sie einen Vorrat an Leidenschaft aufgespeichert, den sie ihm zugute kommen ließ. Am Flügel machte er ihr Liebeserklärungen und klappte verärgert den Deckel zu, wenn die Tasten ihm bei seinen Zärtlichkeitsbeweisen im Wege waren. Er pflegte ihr Geschichten aus der Heimat und von seiner Mutter zu erzählen, die er in Tränen aufgelöst zurückgelassen hatte. An diesem Punkt zerschmolz Madame Sousatzka jedesmal vor Mitleid. Sie tat doch immer wieder ihre Wirkung, die alte Muttergeschichte. Boris hatte das schon vor ihr Hunderte von Malen ausprobiert. Er erzählte ihr auch lustige Geschichten aus seiner Jugend, die er in irgend einem Buch gelesen hatte. Er versprach ihr die Heirat, mit einem alten Schloß in der Heimat, Dienerschaft und Kutschfahrten. Und als Begleitmusik zu seinen Verheißungen spielte er die ›Wolgaschiffer‹, was gerade um diese Zeit in Kneipen populär und eine unschlagbare Zugabe bei Amateurkonzerten war. Der wußte wirklich, wie man's machte, dieser Boris. Dann schlug er ein Wochenende auf dem Lande vor, und als Madame Sousatzka ihm viele solcher Wochenenden, allerdings erst nach der Hochzeit, versprach, zog er nur eine buschige Augenbraue hoch und kam zu dem Schluß, daß er an die falsche Adresse geraten war. Und plötzlich, eines Dienstags, erschien er nicht zur Stunde. Auch am folgenden Freitag nicht. Woche für Woche wartete Madame Sousatzka geduldig, bis sie sich schon gar nicht mehr erinnern konnte, wie er aussah. Und das einzige, das blieb, war seine Stimme, die aus den Saiten des Flügels widerhallte, sooft sie an ihn dachte – was unausgesetzt der Fall war.

Sie nahm seinen Notenstapel vom Flügel – der ließ ein staubumrandetes Quadrat darauf zurück – und vergrub ihn im untersten Fach des Notenschranks. Bei dem Gedanken an Marcus wurde sie ganz aufgeregt. Aber die Tatsache, daß seine Mutter mitkam, störte sie etwas. Sie kannte mehrere überehrgeizige Mütter wie Mrs. Crominski. Ihre eigene Mutter war genauso gewesen. Rücksichtslos hatte sie ihre Tochter in die Öffentlichkeit gejagt. Madame Sousatzka war nämlich nicht immer Klavierlehrerin gewesen.

In Deutschland hatte sie als junges Mädchen als Konzertpianistin Karriere gemacht, war im ganzen Land bekannt und galt als vielversprechendes Talent. Aber der Krieg machte dem Ganzen ein Ende, und als sie kurz vor Kriegsausbruch nach England floh, mußte sie ihre Karriere aufgeben, um ihren Lebensunterhalt zu verdienen. Sie war zwanzig und allein. Ihre Eltern hatten, wie Millionen andere, mit dem Rücken zur Lokomotive die Fahrt mit einem der Züge angetreten, die nur in einer Richtung quer durch Europa schlichen.

Mit Hilfe unzähliger Komitees gelang es ihr, ein Zimmer in einer Pension zu finden, die von einem Landsmann geführt wurde, der das Unglück ein paar Jahre früher hatte kommen sehen. Sie hatte angefangen, Kindern Klavierunterricht zu geben, indem sie zu ihnen in die Wohnungen ging, unbekannte Straßen entlangtrottend, von Empfehlung zu Empfehlung. Nebenbei half sie in Geschäften und Cafés aus, und nach ein paar Jahren war sie in der Lage, sich ein Klavier anzuschaffen. In der Zwischenzeit lernte sie Englisch. Aber nicht von qualifizierten Lehrern, sondern von früher eingetroffenen Flüchtlingen. Durch ihr Englisch zog sich eine Mischung der verschiedenartigsten europäischen Akzente, die sie sich auf ihren jeweiligen und mannigfaltigen Arbeitsstellen angeeignet und, ungeschickt und falsch zusammengestellt wie eine schlechte Salatsauce, durcheinandergerührt hatte. Der deutsche Akzent war die Grundlage, dem ein Zusatz des französischen beigemischt war. Den hatte sie noch bei ihrem eigenen Klavierlehrer in Deutschland, einem Monsieur Laramie, aufgeschnappt, der selber kein echter Franzose gewesen war, so daß der gallische Zusatz, als er bei Madame Sousatzka ankam, eine eindeutige Promenadenmischung war. Eine Prise Jiddisch hatte sie von einem Mr. Bronstein übernommen, der um die Ecke von der Pension ein Delikatessengeschäft betrieb und bei dem sie zwischen ihren Unterrichtsstunden ausgeholfen hatte.

Im Laufe der Jahre hatte sie etwas Geld gespart und war schließlich in der Lage gewesen, die Kaution für das dreistöckige Mietshaus in der Nähe der Bayswater Road zu zahlen. Sie änderte ihren Namen von Süßkatz in Sousatzka – was schließlich nahelag – und nagelte ein Messingschild mit der einfachen Aufschrift MADAME SOUSATZKA an ihre Tür. Dieser Namenswechsel verdoppelte die Anzahl derjenigen Schüler, die eine ausländische Lehrkraft suchten, und langsam wuchs ihr Renommee als Lehrerin. Sie spezialisierte sich jetzt auf Wunderkinder. Marcus wäre gegenwärtig ihr zehnter und ältester Schüler.

Es war schon nach drei Uhr. Madame Sousatzka konnte Unpünktlichkeit auf den Tod nicht leiden – auch eine Unart, die sie Boris verziehen hatte. Sie ging zum Fenster und sah auf den Platz hinaus. Mrs. Crominski und Marcus lehnten am Gitter in der Mitte des Platzes und schauten zum Haus herüber. Es war nicht das einsame Schloß, das Marcus sich vorgestellt hatte. Es unterschied sich in nichts von den anderen Häusern rund um den Platz. Es hatte das gleiche Maß an Trockenfäule, Schwamm und mit Mörtel ausgebesserten Mauern. Wie die übrigen ging es an seinem kurzfristigen Mietvertrag zugrunde. Es ging ihm wie allen anderen viktorianischen Häusern, die Dreijahresverträge hatten und sich nach Ablauf des Vertrages hoffnungslos einer völligen Instandsetzung gegenübersahen. Aber Marcus ließ sich durch dieses Äußere nicht entmutigen. Der Reiz, Madame Sousatzka wiederzusehen, überschattete jedes Interesse an ihrer Lebensweise. Er packte seine Mutter am Ärmel und hielt sich daran fest, weil er nicht von ihr an die Hand genommen werden wollte. Und so gingen sie über die Straße auf das Haus zu.

Madame Sousatzka hieß sie beide gleichermaßen willkommen und ließ sie in ihrem Arbeitszimmer Platz nehmen. Mrs. Crominski unterzog den Raum einer schnellen Prüfung und entschied, daß ihre geheime Vorstellung von Madame Sousatzkas Lebensstandard bei weitem übertrieben war. Sie fühlte sich schon bedeutend wohler.

»Zunächst einmal«, begann Madame Sousatzka, »es ist notwendig, alles zu vergessen. Alles, was du hast gelernt bei deine Lehrer, du mußt vergessen. Wir fangen mit Anfang an.«

»Alles?« Mrs. Crominski schnappte nach Luft. »Ist unmöglich. Nach sechs Jahr Studium mit sehr feine Lehrer soll er anfangen von vorn?« Das entsprach so gar nicht der Crominski-Ökonomie.

Madame Sousatzka hielt es für zweckmäßig, Mrs. Crominskis Einmischung gleich im Keime zu ersticken. »Also«, fuhr sie fort, »während Unterricht keine Mütter. Das ist eine Regel von mir, strikte Regel. Nicht allein für Sie, Mrs. Crominski«, lächelte sie Mrs. Crominski an, »alle Mütter müssen leiden ein bißchen.«

»Sie sprechen mit einer Frau, die weiß Bescheid«, vertraute ihr Mrs. Crominski an. »Und ob ich weiß, was heißt leiden.«

Madame Sousatzka zog es vor, nicht näher auf dieses Thema einzugehen. »Ich möchte den Jungen zweimal in eine Woche«, sagte sie. »Ich habe sehr viel zu tun« – Mrs. Crominski stieß einen verständnisvollen Seufzer aus – »so, die einzige Zeit, wo ich ihm geben kann Stunde, ist jetzt, drei Uhr pünktlich am Freitag, und Samstag zehn Uhr. Auch pünktlich.« Mrs. Crominski seufzte aufs neue. »Sehr dicht zusammen, ich weiß«, fuhr Madame Sousatzka fort, »aber jede Stunde ganz verschieden. Jede Stunde machen wir Fortschritt.«

»Ist a sehr a weiter Weg von Stamford Hill«, meinte Mrs. Crominski. »Auch soll ich nicht bleiben da in Unterricht. Muß ich machen vier Fahrten, muß ich bringen und holen ab.«

Marcus starrte auf den braunen Hut seiner Mutter. Nicht, daß er noch einen Köder für seinen Ärger gebraucht hätte. Nicht nur, daß Madame Sousatzka ihm eine Stunde umsonst in der Woche geben wollte, sondern sogar zwei, doch seine Mutter hatte trotzdem noch alles mögliche zu bemängeln. Er sah Abbitte leistend zu Madame Sousatzka hinüber. Es wurde ihm plötzlich bewußt, daß er sich in letzter Zeit sehr häufig Leuten gegenüber seiner Mutter wegen entschuldigt hatte.

»Ich weiß Lösung für Problem«, sagte Madame Sousatzka. Sie hatte sich schon vorher alles genau überlegt. »Freitag abend Marcus bleibt hier in 131 Vauxhall Mansions.« Sie nannte die Adresse, als handle es sich um einen Palast. »Ich habe ein Zimmer. Sehr nettes kleines Zimmer. Sie werden sehen, Mrs. Crominski. Später ich zeige Ihnen. Ich gebe ihm Abendessen und Frühstück. Samstag nach Unterricht Sie kommen, ihn bringen zu Hause.«

Nun war Mrs. Crominski selber eine großzügige Frau. Und darum mißtraute sie der Großzügigkeit anderer. Außerdem beunruhigte sie die Vorstellung, Marcus auch nur eine einzige Nacht nicht bei sich zu Hause zu haben.

Er war noch nie von ihr weggewesen, aber ihre Freunde hatten schon oft behauptet, Marcus sei in Gefahr, ein Muttersöhnchen zu werden. Also war es vielleicht gar keine so schlechte Sache. »Sie haben nichts dagegen, wenn ich anrufe jeden Freitag abend?« fragte sie bescheiden. »Bloß um zu reden mit ihm«, sagte sie.

Marcus hatte erwartet, daß seine Mutter sich weigern würde, auf Madame Sousatzkas Vorschlag einzugehen. Er war so glücklich über ihre schüchterne Zustimmung, daß er versuchte, nicht mehr auf ihren braunen Hut zu schauen. Er wußte genau, wie er sich immer über den ärgerte.

»Diese Woche er geht natürlich noch zu Hause«, sagte Madame Sousatzka. »Erst nächste Woche wir beginnen mit zwei Stunden.« Zur Belohnung für ihre Einwilligung wollte sie Mrs. Crominski auch etwas entgegenkommen, und Mrs. Crominski war froh über die Galgenfrist.

»Ich warte jetzt draußen, wegen Unterricht«, sagte sie und stand auf. Sie war geradezu peinlich gehorsam, und Marcus fühlte, wie ihn seine Liebe zu ihr förmlich umbrachte. Er nahm sich vor, ihr abends auf dem Nachhauseweg alles von seiner Klavierstunde zu erzählen, sich von ihr bei der Hand nehmen zu lassen und ihr einen Gutenachtkuß zu geben. ›Aber du mußt es auch wirklich tun, du mußt, du mußt‹, sagte er sich, denn er wußte, wie unbeständig seine geheimen Vorsätze waren.

»Kommen Sie«, sagte Madame Sousatzka, »ich zeige Ihnen das Zimmer für Marcus.«

Marcus war gar nicht neugierig auf sein Zimmer. Der Gedanke, zwei Stunden in der Woche, ein Bett, ein Frühstück und ein Abendessen bei Madame Sousatzka zu haben, war schon viel zu aufregend für ihn. Er hatte das Gefühl, daß das Haus und Madame Sousatzka ihm gehörten, und er sie nie zu irgendeiner Zeit in seinem Leben *nicht* gekannt habe. Er setzte sich mit Besitzerstolz an den Flügel und war erstaunt, am lauten Pedal eine Verlängerung aus Metall zu finden, welche einem kurzbeinigen Spieler seine Benutzung erleichterte. So etwas hatte er noch nie gesehen. Der Klavierhocker war sehr niedrig, aber er merkte, daß er ihn zu einer ihm angemessenen Höhe hinaufschrauben konnte. Er drehte die Knöpfe, bis es nicht mehr weiterging und er oberhalb der Tasten thronte und seine Füße hilflos über den Pedalen baumelten. Und er dachte: ›Wenn ich eines Tages so groß bin, daß ich so sitzen kann, dann bin ich wirklich erwachsen.‹ Er hatte Madame Sousatzka nicht ins Zimmer kommen hören, aber er fühlte plötzlich, daß sie hinter ihm stand. Sie drehte an den Knöpfen, und er merkte, wie er abwärts glitt.

»Diese Höhe, glaube ich, ist richtig für dich«, sagte sie. »Ist bequem?«

Endlich war er allein mit ihr und schrecklich verlegen. ›Ja‹, antwortete er. Er wußte, er hätte in jedem Fall ›Ja‹ gesagt.

»Jetzt wir werden machen einen Anfang«, sagte sie, während sie sich zu ihm setzte. »Wir fangen an mit Tonleiter. C-Dur.«

»Welche Hand?« fragte Marcus. Er hatte den Blick auf die Tasten gesenkt, weil er Angst hatte, sie anzusehen.

»Du hast nur *eine* Hand«, erwiderte sie. »Die rechte und

die linke sind eine Hand. Sie können nicht arbeiten einzeln. Verstehst du, mein Liplink?«

Marcus zitterte. Das verstand er überhaupt nicht. Er konnte zum Beispiel die eine Hand auf seinem Magen kreisen lassen, während er sich mit der anderen auf den Kopf schlug, beides zu gleicher Zeit. Das war seine Lieblingsbeschäftigung während der Geographiestunden. Am liebsten hätte er ihr bewiesen, daß sie unrecht hatte. Dennoch hatte er das dunkle Gefühl, daß ein Körnchen Wahrheit in ihrer Theorie lag, soweit es einen Pianisten betraf. Sie legte ihre Hände über seine.

»Du mußt vergessen alles, was du hast gelernt. Du willst nur spielen mit den Händen für mich? Die Hände sind nichts, mein Liplink. Ich möchte haben in den Händen deinen ganzen Körper. Wenn du fängst an zu spielen, du fängst an im Bauch. Du mußt ihn fühlen anschwellen, und dann die Brust und zum Schluß den Kopf, aufwärts, aufwärts.« Sie hielt inne. Ihre Augen waren geschlossen, sie lächelte leicht. »Du bist jetzt angekommen oben auf dem Berge, Marcus, du entspannst dich, du streckst die Hände aus, und es beginnt zu spielen.« Madame Sousatzka schlug die Augen auf, entspannte ihren Körper, atmete hörbar aus, ließ die Schultern sinken, ihre Hände locker im Schoß. »Du verstehst?« fragte sie nach einer Weile. »Wir versuchen noch einmal.« Sie legte ihre Hand auf seinen Kopf und drückte ihn herunter. »Jetzt wir steigen zusammen auf den Berg«, sagte sie. »Steige und versuche zu drücken meine Hand weg.«

Marcus hob seinen inneren Körper, reckte sich hoch

auf, bis er ihre Hand auf seinem Kopf nicht mehr fühlte. Unwillkürlich hoben sich seine Hände, und ohne zu zittern, begann er zu spielen. Nach einer Serie Tonleitern hörte er auf.

»Weiter, weiter«, drängte sie. »Tonleitern haben weder einen Anfang noch ein Ende. Eine Tonleiter ist ein Kreis, der sich dreht ununterbrochen. Pianissimo«, flüsterte sie bei der dritten Wiederholung. Er nahm die Hände von den Tasten. »Pianissimo, kleiner Elefant«, strahlte sie ihn an. »Aber vergiß nicht, das Pianissimo du kriegst nicht von den Fingern. Nichts bringst du heraus von den Fingern, gar nichts!« donnerte sie und umschloß Marcus' kleine Faust mit ihrer von Ringen glitzernden Hand, daß sie ganz darin verschwand. »Gar nichts«, wiederholte sie. »Sie wissen ja nicht, wie sie es sollen machen, und wer soll es ihnen sagen, diesen zehn armen kleinen Würmern!«

Marcus wurde es plötzlich übel, und er schluckte.

»Wo, zum Beispiel«, fragte Madame Sousatzka und deutete auf seine Kehle, »wo ist hingegangen dieses Schlucken, mein Liplink? – Hinunter«, sagte sie und schluckte wie eine noch unerfahrene Meerjungfrau, »hinunter in den Bauch.« Sie puffte ihn triumphierend mit dem Zeigefinger in die Eingeweide. »Das ist der Ort, von wo die Botschaft wird weitergegeben an die Finger. Mach den Bauch auf«, schrie sie, »laß die Botschaft durch! Die arme Botschaft – wie sie sich muß winden durch!« Madame Sousatzka ließ kunstgerecht eine Träne fallen. » Mach auf, atme, mach dich weit, laß die Schultern fallen – sie kommt, sie kommt!« schrie sie, triumphierend wie eine erfolgreiche

Geisterbeschwörerin. »Laß sie durch, laß sie durch!« Im selben Augenblick lockerte sie ihren Griff um Marcus' Hand, so daß er seine Finger wieder frei bekam.

Dieses System, nach welchem der Bauch der Sitz der Technik des Klavierspielens sein sollte und der anatomische Weg, durch welchen sie die Finger erreichte, war als die Sousatzka-Methode bekannt und kostete ein Pfund, zwölf Schilling, elf Pence die Stunde. Und dann nahm sie noch lange nicht jeden. Nicht Madame Sousatzka, o nein! Ihre Liebe zur Musik und ihre Hingabe waren echt, und darum nahm sie es auch so ernst damit, ihr zu dienen. Alle ihre Schüler hatten Talent, manche von ihnen erschreckend viel. Alle waren Kinder und meistens von armen Eltern. Nur wenige von ihnen zahlten. Der Preis war mehr eine Formalität. Man mußte der Aufopferung Madame Sousatzkas würdig sein.

Nach der Stunde legte Madame Sousatzka ihre Hände auf Marcus' Schultern und sagte: »Eines Tages wird mein Marcus werden ein großer Pianist. Sousatzka wird ihn machen dazu. Sousatzka weiß, wie. Aber zuerst mußt du werden frei – von innen heraus. Frei von allen L.R.A.M.s und allen A.R.C.M.s und Diplomen und Titeln. Du wirst sehen, mein Liplink. Aber du mußt arbeiten. Nur das Klavier ist wichtig für dich. Das Klavier und Sousatzka.« Sie ging zur Tür und rief Mrs. Crominski herein.

»Es hat dir gefallen, Marcus?« fragte diese, kaum daß sie ins Zimmer getreten war. »Haste gehabt eine lange Stunde, aber nur Tonleitern. Keine Stücke.« Marcus blickte wieder finster auf ihren Hut.

»Für Stücke, da ist noch Zeit«, antwortete Madame Sousatzka. »Reichliche Zeit. Sousatzka wird machen aus Ihrem Sohn ganz großer Pianist, Mrs. Crominski. Sie gibt nicht Klavierstunden, sie lehrt zu atmen, zu lieben, zu leiden, zu leben und zu sterben sogar.«

»Und alles Sie machen umsonst!« Mrs. Crominski staunte über diese Großzügigkeit.

Auf dem Nachhauseweg horchte Mrs. Crominski Marcus über seine Klavierstunde aus. Aber er schwieg. Er behielt die Hände in den Taschen, und nur wenn sie die Straße überqueren mußten, hielt er sich an ihrem Ärmel fest. Er nahm sich vor, nie wieder gute Vorsätze zu haben, wenn er sie nicht auf der Stelle in die Tat umsetzen konnte.

Als er an jenem Abend zu Bett ging, drehte er das Kopfkissen nicht um, deckte aber seinen gestickten Namen mit der Hand zu. Er hatte seiner Mutter nichts vom Unterricht erzählt, er hatte sich nicht von ihr bei der Hand nehmen lassen, und er hatte ihr nicht mal einen Gutenachtkuß gegeben. Er wälzte sich von einer Seite auf die andere. Sein Gemüt war ruhelos und zerrissen. »Morgen«, sprach er zu sich selber, »morgen werd' ich's tun. Ja, ganz bestimmt. Ich *muß* einfach.«

III

Am nächsten Freitag packte Mrs. Crominski zwei kleine Pakete für Marcus, die er mitnehmen sollte.

»Hier, Marcus«, sagte sie und zeigte auf eins der beiden Pakete, »das ist Schlafanzug. Sauberer Schlafanzug. Hausschuhe, Morgenrock auch und Zahnbürste. Vergiß nicht die Zähne. Werd' ich nicht sein da, dich zu erinnern.«

Marcus lächelte sie an. Ohne sich auch nur einen Augenblick zu besinnen, war er plötzlich imstande, sie zu umarmen und zu streicheln. Solche Anwandlungen hatte er selten, und es tat ihm leid, daß sie so selten waren. »Morgen abend bin ich ja wieder da, Mama«, sagte er, »und dann kannst du mich wieder erinnern. Was ist denn in dem anderen Päckchen drin?«

Mrs. Crominski zögerte. »Ach, nicht viel, Marcus, aber nimm's nur mit. Ist nur eine Kleinigkeit zu essen«, fügte sie noch hinzu, »du wirst vielleicht sein hungrig. Bei Fremden weiß man nie.«

»Aber ich habe doch Abendessen und Frühstück bei ihr, hat Madame Sousatzka gesagt.«

»Und dein Nachmittagstee? Was ist damit? Diese Flüchtlinge, Marcus, die sind anders. Tee gibt's nicht bei denen. Glaub mir, du wirst sein froh, wenn du hast um fünf ein bißchen was zu essen. Morgen wirste mir sagen, wie froh du bist gewesen darüber.«

Marcus nahm das Päckchen und fragte sich gleichzeitig, wo er es eventuell verstecken könnte. Sie nahm Hut und Mantel. »Heute abend ruf ich dich an.«

»Du brauchst mich doch nicht anzurufen, Mama. Mir passiert schon nichts. Du bringst mich doch hin, und du holst mich auch wieder ab.«

»Ich will dir wenigstens sagen gute Nacht«, erwiderte sie gekränkt. Die beiden Päckchen steckte sie in ihre große Tasche. Sie traute Marcus nicht so recht damit. Bei Madame Sousatzka würde sie sie ihm geben.

Als sie in den Vauxhall Mansions ankamen, streckte Marcus die Hand nach den Päckchen aus. Aber Mrs. Crominski wollte ihn unbedingt direkt im Hause abliefern.

»Aber Mama«, protestierte er, »du kannst mich doch die Stufen raufgehen sehen. Du weißt doch, daß ich gut angekommen bin.« Aus irgendeinem Grunde wollte er Madame Sousatzka und ihr Haus für sich allein haben.

Mrs. Crominski händigte ihm die beiden Päckchen aus. Sie paßte auf, wie er die Stufen hinaufging, und war unangenehm berührt, als die Tür geöffnet wurde, noch ehe er Zeit gehabt hatte, auf die Klingel zu drücken. Sie sah die geschlossene Tür an, und sie hatte den leisen Verdacht, daß es Marcus war, der sie ihr vor der Nase zugemacht hatte. Erst da wurde ihr klar, daß sie heute nacht zum ersten Mal allein im Hause sein würde. Wie gern wäre sie bis zum nächsten Morgen in Marcus' Nähe geblieben, aber die Gegend beängstigte sie. Die großen säulengeschmückten Häuser und die breiten Straßen waren ihr fremd, und sie fürchtete für Marcus' Sicherheit. Langsam bedauerte sie, daß sie Madame Sousatzka kennengelernt hatte. Diese Bekanntschaft konnte zu nichts Gutem führen. Sie sehnte sich plötzlich zurück nach Marcus' altem Lehrer, Mr. Lawrence, mit den vertrauenerweckenden Buchstaben hinter seinem Namen. Aber Mr. Lawrence hatte selbst gesagt, daß er Marcus nicht mehr viel beibringen könne. ›Ob Marcus wohl sein Talent ebenso als Bürde empfindet wie ich?‹ dachte sie.

Als der Bus die fremden Straßen des West End durchquerte, schloß sie die Augen. An der veränderten Ausdrucksweise um sie herum merkte sie, daß der Bus schon in Nord-London angekommen war. Als sie auf ihre Straße zuging, kam sie gar nicht auf die Idee, sich zu ängstigen, ob das Haus noch da sei, oder ob es in Flammen stehe. Ihre Gedanken waren in den Vauxhall Mansions, in dem kleinen viereckigen Zimmer, bei den Schuhen unter dem Bett, mit den noch zugeschnürten Senkeln, und bei dem braunen Papier von den beiden Päckchen, das auf dem Fußboden lag.

Aber Mrs. Crominski war auf einer falschen Spur. Was ursprünglich Marcus' Schlafzimmer hätte sein sollen, hatte sich plötzlich im Laufe der Woche in einen Abstellraum für einen von Madame Sousatzkas Mietern verwandelt, und Marcus mußte unten im Souterrain in der Wohnung der Gräfin schlafen, die noch ein kleines unbewohntes Zimmer neben ihrem eigenen hatte.

Die Gräfin war Madame Sousatzkas erste Mieterin gewesen. Sie hieß bei allen ihren Bekannten die schmutzige Gräfin und war darüber in keiner Weise beleidigt. Sie hielt diesen Spitznamen für sehr individuell und hätte keinen anderen gelten lassen. Unter ihren intimsten Freunden aber war sie als Onkel bekannt. Onkel war sie auch von Anfang an genannt worden, als sie zu Madame Sousatzka ins Haus zog. Sie hatte freiwillig für das Souterrain optiert. Sie fühlte sich in den unteren Regionen viel mehr zu Hause, wo Gitter vor den Fenstern waren, die sie nie entfernt haben wollte. Sie hatte Madame Sousatzka erzählt, daß sie eine Gräfin sei, und zwar von Geburt her. Und für den Fall, daß Madame Sousatzka ihren Rang nicht richtig zu schätzen wissen sollte, fügte sie rasch hinzu, daß sie den Titel direkt von ihrem Vater geerbt habe, da sie das einzige Kind gewesen sei. Und um ihren direkten Titelanspruch klar zu dokumentieren, wollte sie Onkel Gräfin genannt werden, ein Titel, in dem sowohl das Wesen als auch der Wert ihres Status zum Ausdruck kam. Im Laufe der Jahre hieß sie dann einfach nur noch Onkel.

Seit sie vor Jahren in das Haus gezogen war, hatte sie ihr Zimmer nicht aufgeräumt oder sauber gemacht. Jede physische Betätigung war eine Anstrengung für die Gräfin. Sie war wahrscheinlich die faulste Person auf Erden. Den ganzen Tag saß sie in ihrem Schaukelstuhl bei einem alten und geräuschvollen Gasfeuer. In ihrer unmittelbaren Nähe standen ein Bett, ein Gaskocher, ein paar Kochgeräte und ein Gestell mit Lebensmitteln. Alles zum Leben unbedingt Notwendige war auf Armeslänge um sie herum zusammengepfercht, so daß die Gräfin nur ihren Schaukelstuhl in Bewegung zu setzen brauchte, um sich mit der Befriedigung ihrer täglichen Lebensbedürfnisse zu beschäftigen. Die nächstgelegene Toilette war draußen im Garten, keine fünfzig Meter von ihrem Zimmer entfernt. Die unvermeidlichen Gänge dorthin waren für die Gräfin wahre Marathonläufe, und nach ihrer Rückkehr sank sie jedesmal atemlos und erschöpft in ihren Schaukelstuhl und war wütend über das Ausmaß an Energie, das sie verschwendet hatte. Kurz, die schmutzige Gräfin war eine richtige Glucke. Sie konnte tagelang sitzen und eine Wand anstarren. Dann konzentrierte sich ihr Blick auf eine ausgebesserte Stelle im Tapetenmuster. Sie starrte so intensiv auf die kleinen schwarzweißen Vierecke, daß sie manchmal nur Schwarz und manchmal zur Abwechslung nur Weiß sah. »Auch wenn man eine Wand anschaut, kann man weise werden«, sagte sie oft zu Madame Sousatzka.

Die Gräfin rauchte permanent. Zigaretten und Zeitungen wurden ihr – auf Zeitungen war sie ganz versessen – jeden Morgen vor die Tür gelegt. Und sie richtete ihren Morgengang in den Garten so ein, daß sie bei der Gelegenheit gleich das Gelieferte hereinnehmen konnte. Überall auf dem Fußboden lagen Zigarettenstummel und Asche herum. Die einzige Bewegung der Gräfin bestand nämlich darin, ihre Zigarettenasche mit Schwung in einen in der Nähe ihres Schaukelstuhls stehenden Aschenbecher zu schleudern und meist ihr Ziel zu verfehlen, weil sie sich nicht weit genug vorbeugte.

Neben ihrem Stuhl, fast bis zur Armlehne hinauf, lag ein Stapel alter Zeitungen, sauber gefaltet, wie an einem Zeitungsstand. Sie waren auch tatsächlich, obgleich schon Monate alt, nie weiter aufgeschlagen worden. Denn die Gräfin hatte nur Interesse für die letzte Seite, und zwar wegen der Kreuzworträtsel. Sie löste in demselben Tempo

Kreuzworträtsel, wie sie Zigaretten rauchte, und eins gehörte zum anderen. In ihrem Schoß lag die Abendausgabe des laufenden Tages. Aber davon las sie nur eine Seite. Politik und Gesellschaftsklatsch konnten das Gewissen der Gräfin nicht beruhigen, denn sie hatte ein Gewissen. Sie war sich völlig im klaren über die Nutzlosigkeit ihrer Existenz. Ihr Gerede, sie müsse ihre Kräfte schonen, nahm niemand ernst, am wenigsten sie selber. Den Teil *Stellenangebote* zu lesen, war sozusagen die tägliche Beichte. Es war ihre letzte Bemühung. Und selbst diese tat sie so schnell wie möglich ab. Sie hatte dabei eine ganz bestimmte Routine entwickelt: sie ließ ihren Zeigefinger über die fettgedruckten Überschriften gleiten. *Assistent* bei jemandem interessierte sie nicht. Irgendwie konnte sie sich nicht in einer untergeordneten Stellung sehen. Auch nicht als *Einsteller für Ankerwinden.* Und obwohl sie annahm, daß sie einen sehr guten *Autoschmierer* abgeben würde, sah sie doch nicht recht ein, warum sie es tun sollte. Dann folgten ungefähr ein Dutzend Erfahrene... Dabei war bestimmt nichts, wofür die Gräfin eine Eignung gehabt hätte. Und in Erwartung dessen, was, wie sie aus langer Erfahrung wußte, als nächstes kam, ließ sie ihren Finger langsam weitergleiten, bis er hoffnungsvoll auf *Intelligent* innehielt. Daß sie das war, wußte sie. Daran war nicht zu zweifeln. Behutsam hob sie die Hand, um die darunter stehende Annonce zu sehen, fand aber nur, daß es sich um Stellungen für Büropersonal handelte. Die Gräfin hatte die beiden Begriffe, intelligent und Büro, immer für etwas unvereinbar Gegensätzliches gehalten. Rein prinzipiell.

Unter *Intelligent* standen nicht viele Annoncen, und nur allzubald hatte sie die Spalte *Montage und Werkzeuge* erreicht. Monteure und Werkzeugmacher wurden immer gesucht. Sie hatte zwar nicht die leiseste Ahnung, was das für Leute waren, aber eine innere Stimme sagte ihr, daß sie nicht dazu gehörte. *Boten und Reiniger* gingen sie nichts an. Für *Modelle* erklärte sie sich nicht zuständig, ebensowenig wie für *Installateure.* Was für eine Nachfrage da immer nach Experten für *Zeit und Bewegung* herrschte. Verwundert fragte sie sich jedesmal, was das wohl sein könnte, und ob das nicht vielleicht etwas für sie wäre. Aber der Versuch, das herauszufinden, war ihr viel zu anstrengend, und sie hielt es nicht einmal der Mühe wert, auch wenn die Menschheit durch ihre Indolenz vielleicht die größte Zeit- und Bewegungsexpertin aller Zeiten verloren hatte. *Stenotypistinnen* und *Sekretärinnen* nahmen ungefähr anderthalb enggedruckte Spalten ein. Diese überging sie verächtlich. Ihr nächster Haltepunkt war *Weiblich.* Diese Qualifikation war Voraussetzung, und für die Gräfin bestand gar kein Zweifel, daß sie die hatte; aber dennoch schien sie nie in die Kategorie *Packerinnen und Putzfrauen* zu passen, die anchließend kam. *Weiblich,* das wußte sie, war immer ihre letzte Chance, denn danach kam gleich die Rubrik *Junge Leute,* was die Gräfin als persönliche Beleidigung empfand und woraufhin sie die Zeitung in einen nicht vorhandenen Papierkorb neben sich stopfte.

Der Gräfin war der Vorschlag von Madame Sousatzka, Marcus in ihrer Wohnung unterzubringen, sehr willkommen gewesen, denn das Alleinsein war ihr zuweilen unerträglich. Sie hatte sich vorgenommen, ihm das Damespiel beizubringen, falls er es nicht schon kannte. Es war kein anstrengendes Spiel und machte außerdem jede Unterhaltung überflüssig.

Nach dem Unterricht servierte Madame Sousatzka Marcus eine Tasse Tee und brachte ihn dann hinunter ins Souterrain. »Ist sie eine richtige Gräfin, Madame Sousatzka?« fragte Marcus.

»Im Sousatzkahaus nur echte Ware«, erwiderte Madame Sousatzka.

Sie klopfte bei der Gräfin an, und ohne eine Antwort abzuwarten, traten sie ein. »Onkel«, sagte Madame Sousatzka, »das ist Marcus.«

Marcus wunderte sich über Madame Sousatzkas merkwürdige Anrede. Er selbst hatte sich darauf eingestellt, eine Verbeugung zu machen und die Gräfin mit ›Euer Gnaden‹ anzureden. Aber als er ihr unordentliches Zimmer sah und dann die Gräfin selber, mit ihren ungekämmten Haaren und den ausgetretenen zerrissenen Hausschuhen an den Füßen, war er von ihrem Rang schon nicht mehr ganz so überzeugt. Er lächelte sie an, und sie zeigte auf das Damebrett zu ihren Füßen. Er nahm es mit den Steinen zusammen auf und ordnete das Spiel auf einem Tischchen neben dem Gasofen. Dann schob er den Tisch zu ihr hinüber.

»Schwarz?« fragte er.

Die schmutzige Gräfin schüttelte den Kopf. Marcus drehte das Damebrett herum, so daß die weißen Steine auf ihrer Seite waren. Er hatte sich sehr schnell auf ihre Lethargie eingestellt. Sie fingen an zu spielen, und ein ganzes Spiel war schon vorbei, bevor es Marcus auffiel, daß sie nicht ein einziges Wort gesprochen hatten, und daß Madame Sousatzka aus dem Zimmer gegangen war. Sie begannen ein neues Spiel. Marcus stellte die Fragen, die er für nötig hielt, und nahm ein Nicken oder Kopfschütteln als Antwort hin. Er akzeptierte den Tatbestand, daß seine Beziehung zu Onkel eine wortlose sein sollte, durchaus, und er hatte das Gefühl, daß sie glänzend miteinander auskommen würden. Die Vorstellung, seiner Mutter alles von der echten Gräfin in Madame Sousatzkas Haus zu erzählen, war entsetzlich aufregend. Aber er hatte das Gefühl, seine Mutter würde nicht sehr einverstanden mit ihr sein. Also wäre es vielleicht doch gescheiter, die Gräfin für sich zu behalten.

Als Madame Sousatzka ihn zum Abendessen holen wollte, war die Gräfin eingeschlafen. Ihre Hand umklammerte noch den letzten schwarzen Stein, den sie ihm weggenommen hatte.

Das Abendessen fand in Madame Sousatzkas Küche statt, und ihre beiden anderen Mieter saßen bereits. »Das ist Marcus«, stellte sie vor. »Marcus Crominski. Merken Sie sich den Namen, Cordle«, wandte sie sich an einen Herrn in weißem Kittel an der Seite des Tisches. »Ist ein sehr guter Name für sehr guten Pianisten.«

Mr. Cordle erhob sich und streckte Marcus eine schlanke Hand entgegen. Marcus ergriff sie und spürte ihren sanften Druck. »Du wirst bald zu mir kommen«, sagte Mr. Cordle. In jeder anderen Umgebung wäre Marcus über eine solche Begrüßung sehr erstaunt gewesen, doch die

Wunderlichkeit von Madame Sousatzka und Onkel hatte ihn für solche Merkwürdigkeit bereits präpariert. »Warum?« fragte er nur.

»Ich bin Osteopath«, antwortete Mr. Cordle. Marcus hatte keine Ahnung, was das Wort bedeutete, aber er war zu schüchtern, um zu fragen. Er hoffte, daß er es im Gedächtnis behalten würde, um seine Mutter danach zu fragen; oder besser noch in seinem Lexikon nachzuschlagen, falls es etwas wäre, das seiner Mutter mißfiel.

»Und Jenny«, sagte Madame Sousatzka jetzt. Jenny blieb sitzen. Sie streckte ihre linke Hand aus und ergriff Marcus' Hand. Aufmerksam betrachtete sie seine Handfläche. »Sie haben recht, Sousatzka«, sagte sie, »nach seiner Hand zu urteilen, wird es ein berühmter Name.« Sie sah Marcus mit einem strahlenden Lächeln an, und er sah, wie jung und hübsch sie war. ›Ich werde Mama von Jenny und Cordle erzählen‹, nahm er sich vor, besann sich dann aber gleich wieder eines anderen. Die Zahl der Dinge, die er seiner Mutter verschweigen wollte, häufte sich. Das war sehr aufregend, gab ihm aber gleichzeitig ein Schuldgefühl. Er wußte, daß er jederzeit weinen konnte; er brauchte nur an ihre müden Füße in den braunen Baumwollstrümpfen zu denken. Wenn er wenigstens diesen Gedanken so lange zurückdrängen könnte, bis das Essen vorbei war und er im Bett lag. Dann konnte er weinen, und es wäre ihm wohler. Und wenn sie morgen zusammen von Madame Sousatzka nach Hause gingen, wollte er wenigstens ihre Hand halten, auch wenn er ihr weder von Mr. Cordle noch von Onkel oder Jenny etwas erzählte.

Madame Sousatzka plazierte ihn an das obere Ende des Tisches. Sie selbst nahm am unteren Ende Platz. Auf dem Tisch standen eine Platte mit kaltem Huhn und eine Schüssel Birnen aus der Büchse, die Marcus für den Nachtisch hielt. Er war überrascht zu sehen, daß Madame Sousatzka, Cordle und Jenny sich beides zusammen auf den Teller taten. Als die Schüsseln zu ihm kamen, machte er es genauso, obgleich er wußte, daß ihm diese Kombination nicht schmecken würde. Aber er hatte das Gefühl, daß diese Menschen, besonders da sie mit Madame Sousatzka lebten, die richtigen Leute waren, die die richtigen Dinge taten und die richtigen Gedanken hatten. Als er das weiße Fleisch mit dem daran herunterrinnenden Birnensaft auf seinem Teller liegen sah, fühlte er sich ihnen zugehörig. Aber doch nicht ganz. Er hatte gleichzeitig die unglückselige Empfindung, Stamford Hill zu verleugnen. Er malte sich aus, was seine Mutter gerade ... und bei dem plötzlichen Gedanken an seine Mutter – auch ohne die Baumwollstrümpfe – merkte er, daß er gleich zu weinen anfangen würde. Schnell nahm er einen Bissen, in der Hoffnung, ihn vielleicht zusammen mit dem Kloß im Halse hinunterschlucken zu können. Jenny bemerkte seine Traurigkeit.

»Marcus«, sagte sie und lächelte ihm zu, »nächsten Freitag, nach der Stunde, mußt du mich in meinem Zimmer besuchen und Tee mit mir trinken. Ißt du gerne Teegebäck?«

Dieses Wort erinnerte ihn an zu Hause, weit, weit weg von dem Gemisch von Huhn und Birnen. Seine Mutter kaufte ihm jeden Montag Teegebäck. Plötzlich liebte er Jenny. ›Ja‹, dachte er, ›von Jenny kann ich ihr ohne weiteres erzählen.‹

Nach dem Essen half er Jenny beim Abwaschen, und als er zu Bett ging, küßten ihn beide, Jenny und Madame Sousatzka. Cordle verabschiedete sich mit denselben Worten von ihm, mit denen er ihn begrüßt hatte: »Du wirst bald zu mir kommen«, und zu seinem Kummer hatte Marcus das Wort vergessen, mit dem Mr. Cordle sich bezeichnet hatte.

Als er im Bett lag, wirbelten ihm alle möglichen Gedanken über den Sousatzka-Haushalt durch den Kopf. Automatisch drehte er sein Kopfkissen um, und erst da kam ihm zum Bewußtsein, daß er ja weit weg war von zu Hause. Plötzlich fiel ihm das zweite Päckchen ein, das seine Mutter ihm mitgegeben hatte. Er langte unter das Bett und zog es hervor. Und als er es auswickelte, kamen drei saubere rohe Mohrrüben zum Vorschein. Wenn man viel Mohrrüben ißt, kann man im Dunkeln sehen, hieß es, oder man bekommt Locken. Oder kam das von Kohl? Gemüse, Gemüse, Gemüse. Er knabberte langsam an einer Möhre und hielt die andere Hand fest auf sein Haar gepreßt, um zu verhindern, daß es sich lockte. Schläfrig überlegte er, wie er die beiden anderen loswerden könnte. Seiner Mutter würde er erzählen: ›Du hast ganz recht gehabt. Ich habe sie gegessen und war sehr froh darüber.‹ Immer mehr Lügen. ›Aber eines Tages, wenn ich erst älter bin‹, dachte er, ›und mich meine Liebe zu ihr nicht mehr so quält, werde ich anfangen, ihr die Wahrheit zu sagen.‹

IV

So lebte Marcus also jeden Freitagabend und Samstagmorgen nach der Sousatzkamethode. Die Schule interessierte ihn immer weniger. Seinen Schulfreunden und seiner Klasse gegenüber fühlte er sich leicht überlegen. Schließlich hatte *er* ja Huhn und Birnen gegessen, noch dazu mit Jenny, bei der er jeden Freitag Tee trank, und mit der er sich so gut wie verlobt fühlte. *Er* kannte einen Mann in weißem Ärztekittel, der etwas ganz Besonderes war, und vor allem verbrachte *er* seine Wochenenden mit einer echten Gräfin. Das Wort, das Cordle gebraucht hatte, war ihm immer noch nicht eingefallen, und seine Bedeutung wurde ihm erst sechs Monate nach ihrer ersten Begegnung klar.

In letzter Zeit ermahnte ihn seine Mutter ständig, sich geradezuhalten. »Du wirst noch werden a Krüppel«, drohte sie ihm. »Kommt nur davon, wie du übst. Als Mr. Lawrence noch war dein Lehrer, haste gespielt mit a geraden Rücken. Konzerte haste gegeben. Kleine, schön aber doch Konzerte. Und jetzt ist er schon sechs Monate bei Madame Sousatzka, und alles was er hat, ist a Buckel. Und sagt sie was von einem Konzert? Keine Spur.«

»Madame Sousatzka ist eine viel bessere Lehrerin als Mr. Lawrence«, verteidigte sie Marcus. »Madame Sousatzka bringt mir mehr bei als nur Klavierspielen. Bei Madame Sousatzka habe ich in sechs Monaten mehr gelernt als in all den Jahren bei Mr. Lawrence. Wenn jemand einen Pianisten aus mir machen kann, dann Madame Sousatzka. »

»Madame Sousatzka hin und Madame Sousatzka her. Redet von ihr, als wär' sie der liebe Gott. Aber erzähl mir mal, wenn sie schon ist so klug, deine allmächtige Madame Sousatzka, erzähl mir mal bitte, was für berühmte Namen haben gelernt bei ihr? Wo ist er denn, der berühmte Schüler von der großen Madame Sousatzka? Wo? Ich frage dich. Seit zwölf Jahren gibt sie Klavierunterricht. Wo sind sie denn hingekommen, ihre Schüler? Sind sie vielleicht gegangen nachher zu jemand anders? Jemand besserm vielleicht? Na, und was *ist* schon, wenn du gelernt hast bei ihr jetzt schon viele Stücke, Concertos und so? Aber für Concertos du brauchst ein Orchester. Du mußt geben Konzerte. Publikum brauchste. Ich bin nicht zufrieden. Ich bin gar nicht zufrieden«, schloß sie. »Nächsten Freitag werd' ich reden mit Madame Sousatzka. Nach zwei Dingen will ich sie fragen: eins ist dein Buckel, und das andere sind die Konzerte.«

Der entschiedene Ton seiner Mutter jagte Marcus Angst ein. Vor allem wollte er Madame Sousatzka und ihren Haushalt geheimhalten. Er wollte nicht, daß seine Mutter in das einbrach, was er als sein Privatleben betrachtete. »Du brauchst ihr gar nichts zu sagen«, sagte er kleinlaut, »ich werde schon selber mit ihr sprechen.«

»Kann ich mir genau vorstellen, wie *du* wirst reden mit der großen Madame Sousatzka. Wenn sie dir wird erzählen, Buckel sind modern, wirste ihr glauben. Wird sie dir erzählen, Konzerte sind nicht mehr modern, auch das wirste ihr glauben. Nein, ich spreche selber mit ihr. Nächsten Freitag werd' ich reden mit ihr.«

Trotz seiner Beschwörungen und Versicherungen, die Sache selber in die Hand zu nehmen, erzwang sich Mrs. Crominski am nächsten Freitag den Zutritt zu den Vauxhall Mansions. Schon im Bus hatte sie sich ihre Rede zurechtgelegt. Sie würde keine Fragen stellen. *Sie* würde reden, und Madame Sousatzka würde hübsch zuhören. Langsam fing sie an, Madame Sousatzka zu hassen. Nicht nur wegen des Buckels und wegen der fehlenden Konzerte, sondern weil Marcus sie förmlich anbetete.

Aber als sie dann Madame Sousatzka im Musikzimmer gegenübersaß, schmolz ihre ganze Feindseligkeit dahin. Madame Sousatzka hatte etwas Entwaffnendes. Diese Frau konnte man nur *in absentia* hassen.

»Ist es möglich, daß wir haben eine Unterredung?« fragte Mrs. Crominski bescheiden.

»Selbstverständlich, Mrs. Crominski«, entgegnete Madame Sousatzka äußerst zuvorkommend. »Wir wollen sprechen über Marcus.«

»Da sind zwei Sachen...« Mrs. Crominski hatte ihre Rede vollkommen vergessen. Sie versuchte, wenigstens an ihrer Entschlossenheit festzuhalten, auf alle Fälle ihre Meinung zu äußern. Als Marcus aus dem Zimmer ging, lächelte er Madame Sousatzka zu und zuckte die Achseln, als wollte er damit sagen, daß er keinerlei Verantwortung dafür trage, was immer seine Mutter auch sagen möge. Er beschloß, ins Souterrain hinunter zu gehen und mit Onkel zu sprechen.

»Nun, Mrs. Crominski«, sagte Madame Sousatzka, als sie allein waren, »haben Sie gehört Ihren Sohn spielen?

Haben Sie gehört, wie er musiziert, seit er studiert bei mir? So stolz müssen Sie sein auf ihn.«

Aber Mrs. Crominski war nicht gekommen, um Marcus' Talent zu diskutieren. »Es ist der Buckel«, sagte sie.

»Der Buckel?«

»Ja«, Mrs. Crominski versuchte ihre Gereiztheit zu unterdrücken, »der Buckel.«

»Aber Mrs. Crominski, wo ist der Buckel?«

»Wo soll schon sein a Buckel? An seinem Rücken natürlich.«

Madame Sousatzka lachte, und langsam stieg die Feindseligkeit wieder in Mrs. Crominski hoch. »Haha«, äffte sie Madame Sousatzka nach, »sehr komisch ist das, was? A Krüppel ist er, mein Sohn. Ein Riesenwitz.«

Madame Sousatzka war ehrlich überrascht. »Aber Mrs. Crominski«, sagte sie, ihre Hand ergreifend, »ist doch kein Buckel, ist doch kein Krüppel, Marcus. Ist nur für kurze Zeit, die Schwellung.« Madame Sousatzkas Diagnose klang weniger schlimm. »Hören Sie zu, ich werde Ihnen erklären. Jahrelang hat er studiert bei Mr. L.R.A.M. Jahrelang ist er ganz verkrampft von innen. Er spielt für Mr. Buchstabenmann mit geradem Rücken. Und Sie denken, das ist schön, mein Marcus hat geraden Rücken. Aber Sie haben unrecht, Mrs. Crominski. Das ist kein gerader Rücken, das ist Zwangsjackenrücken. Alle Muskeln hart und verkrampft. Ich lehre Marcus zu sein Pianist, nicht Soldat. Sehen Sie, der Rücken«, sie kam zu Mrs. Crominski herüber und ließ ihre Finger an ihrer Wirbelsäule entlanggleiten, »der Rücken ist wie ein Gummiband. Er ist elastisch. Er bewegt sich mit Kopf und Händen. Bei Mr. L.R.A.M. Marcus spielt Klavier mit seine Finger. Aber bei Sousatzka er spielt mit ganze Körper, auch mit Rücken. Er entspannt sich. Die Schwellung ist Folge von Mr. Lawrences Knebelung. Das kommt jetzt raus aus dem Körper. Ist bald alles weg.«

Das kam auch Mrs. Crominski ganz logisch vor, und sie war mit dieser Erklärung auch einigermaßen zufrieden. Sie stellte fest, daß sie mit ihrer ganzen vorbereiteten Rede überhaupt nicht zu Wort gekommen war, und sie war leicht verärgert, daß Madame Sousatzka ihr ihren Standpunkt so widerspruchslos hatte klarmachen können.

»Aber ist ganz einfach«, fuhr Madame Sousatzka fort. »Oben wohnt Mr. Cordle. Ein sehr berühmter Osteopath. Sehr oft ich habe Schüler, welche kommen von Buchstabenmännern. Und sehr oft kommt Schwellung. Mr. Cordle wird massieren nach jede Stunde. Nichts zu zahlen«, fügte sie eilig hinzu. »Überall Marcus ist umsonst. Ein paar Wochen Massage, und dann alles ist weg, Mrs. Crominski.«

Mrs. Crominski lächelte. »Sie sind gut zu meinem Jüngel, Madame Sousatzka«, sagte sie. »Ist schwer, zu erziehen einen Buben ohne einen Vater. Und noch ein Bub mit Talent wie mein Marcus.« Sie liebte diese Frau zusehends mehr, und langsam verstand sie Marcus' Anbetung und verzieh ihm. »Wollt' ich noch besprechen a andere Sache«, fuhr sie geschwätzig fort. »Wegen ein Konzert«.

»Selbstverständlich, selbstverständlich«, erwiderte Madame Sousatzka eifrig. »Viele Konzerte. Aber erst, wenn er ist so weit, Mrs. Crominski. Erst, wenn Sousatzka ist sicher, er ist soweit.«

Es lag eine solche Endgültigkeit in ihrer Antwort, daß Mrs. Crominski sich keine weiteren Fragen mehr vorstellen konnte, denn sie wollte keinen Zweifel an Madame Sousatzkas musikalischem Urteil aufkommen lassen. Gleichzeitig aber wußte sie, daß sie ihr Stillschweigen später bereuen würde. Sie konnte doch Madame Sousatzka nicht alles so leicht durchgehen lassen. Erst den Buckel und dann auch noch die Konzerte. Verzweifelt versuchte sie, einige verstreute Fäden ihrer Rede wieder aufzunehmen.

»Ist schon sechs Monate, daß er hat Unterricht bei Ihnen. Ist schon bei Mr. Lawrence, daß er hat gegeben Konzerte. Warum ist er fertig für Mr. Lawrence, und nach sechs Monaten mit Ihnen und mit Spielen mehr Stücke, er ist auf einmal nicht fertig. Ich verstehe nicht.« Selbst mit diesem lahmen Protest hatte Mrs. Crominski schon das Gefühl, zu weit gegangen zu sein. »Natürlich«, fügte sie hinzu, »ist Unterschied zwischen Ihnen und Mr. Lawrence.«

»Ist großer Unterschied«, betonte Madame Sousatzka. »Für Mr. Lawrence er ist fertig. Für Sousatzka nicht. Glauben Sie mir, Mrs. Crominski, wenn Marcus ist soweit, so viele Konzerte wird er geben. Und Sie sagen sechs Monate? Sechs Monate ist gar nichts. Mit Anfang wir haben angefangen.«

Mrs. Crominski war von dieser Notwendigkeit gar

nicht so überzeugt gewesen. Lächelnd erinnerte sie sich an die Mittwochstunden, als Mr. Lawrence ins Haus kam, bevor dieser ganze Unfug angefangen hatte, jeden Freitag bis ans andere Ende der Welt zu traben und zu allem Überfluß noch einen Buckel zu bekommen, auch wenn zehnmal alles umsonst war.

»Und wann *ist* er soweit?« fragte sie, plötzlich ärgerlich.

«Mrs. Crominski«, Madame Sousatzka bemühte sich, ruhig zu bleiben, »wenn Sie nur Konzerte wollen für Marcus, es gibt andere Lehrer. Viele andere Lehrer. Aber wenn er soll sein eine große Pianist – dann nur Sousatzka.«

Mrs. Crominski begriff nicht ganz, wieso sich beides nicht vereinen lassen sollte. Aber Madame Sousatzkas ruhiger Tonfall gab ihr das Gefühl, undankbar zu sein. »Entschuldigen Sie«, sagte sie. »Dankbar wir sind sehr, wissen Sie. Aber Sie verstehen, wie es ist im Leben. Wie jede Mutter ich will das Beste für meinen Sohn. Ich bin glücklich, Madame Sousatzka, daß Sie ihm geben Unterricht. Und wie er Sie liebt. Manchmal vergißt er sogar, daß ich bin seine Mutter. Ja, ist wahr«, sagte sie, und es wurde ihr plötzlich zum erstenmal klar. »Ist natürlich nur manchmal«, fügte sie schnell hinzu, »daß er mich nennt Madame Sousatzka, fällt mir jetzt ein. Gar nicht oft. Ist nur Gewohnheit, nichts weiter.«

»Natürlich.« Madame Sousatzka frohlockte. Auch wenn Mrs. Crominski noch so sehr versuchte, zurückzunehmen, was sie gesagt hatte, sie hatte ihr verraten, was sie so gern hatte wissen wollen. Und sie überlegte fieberhaft, wie sie sich Marcus und seine Liebe erhalten könnte. Sie durfte ihm nicht erlauben, öffentlich zu spielen. Das kam gar nicht in Frage. Denn dann würde seine geniale Begabung entdeckt und von irgendeinem Agenten aufgegriffen werden, der ihn lancieren und berühmt machen würde, und für sie wäre er verloren. Andere Lehrer würden kommen, solche mit Titeln und von der Innung anerkannte, und was sie bekäme, wäre gelegentlich eine Weihnachtskarte von ihm. Sie hatte schon zuviele derartige Karten von anderen Sousatzka-Renegaten. Während der Weihnachtsfeiertage war ihr Kaminsims ein glitzernder Beweis für ihr Versagen. Nein, Marcus nicht. Sie war entschlossen, ihn zu behalten.

Auf dem Nachhauseweg im Bus hatte Mrs. Crominski die Augen geschlossen und biß sich vor Ärger auf die Lippen. Daß sie Marcus' Gefühle für Madame Sousatzka verraten hatte, bereute sie bitterlich. Sie wußte auch, wie jämmerlich ihr das Vertuschen hinterher mißglückt war. Sie schämte sich deswegen, und unwillkürlich wand sie sich wie in Schmerzen. Außerdem ärgerte es sie. ›Noch drei Monate gebe ich dieser Frau‹, sagte sie sich. ›Wenn Marcus bis dahin nicht gegeben hat a Konzert, nehme ich ihn weg von ihr. Und der Buckel. So ein Quatsch, was sie da erzählt. A Schwellung nennt sie das. A Brille braucht sie. Die Schwellung muß verschwinden, aber schnell, sonst gnade ihr Gott.‹

Sie mußte etwas zur Seite rücken, um einem großen, mit Paketen beladenen Herrn Platz zu machen, der sich schwer auf den Platz neben ihr niederfallen ließ und ihr dabei auf den Fuß trat.

»Verzeihung, bitte«, sagte er bedauernd.

»Ihr Ausländer« sagte Mrs. Crominski, »seid doch alle gleich.«

Madame Sousatzka sah Marcus zärtlich an, als er sich zum Unterricht an den Flügel setzte. Seit er zu ihr kam, war die Erinnerung an Boris weniger schmerzlich für sie. Aber sie war sich über die Möglichkeit klar, Marcus zu verlieren, und besonders jetzt, nach der Unterhaltung mit Mrs. Crominski. Mit seinem Talent, das wußte sie selber ganz genau, hatte er das Recht auf einen besseren Lehrer, als sie es war. Sie wußte auch genau, daß diese ganze von ihr entwickelte Methode nur eine Entschuldigung für ihre Unfähigkeit war, die Spitzenklasse zu erreichen. Anfangs hatte sie noch an ihre Methode geglaubt, obwohl deren Ursprünge fragwürdig waren. Sie selbst hatte großes Vertrauen in sie gesetzt, doch es wäre schwierig gewesen, die Augen vor der Tatsache zu verschließen, daß keiner ihrer Schüler viel davon profitiert hatte. Vielleicht waren sie nicht lange genug bei ihr geblieben, um die Methode richtig zu verstehen. Ja, das war es auch, versuchte sie sich einzureden. Bei Marcus hätte sie bestimmt Erfolg, wenn sie ihn nur behalten könnte. Sie legte ihren Arm um seine Schultern. Dann fuhr sie mit den Fingern über die leichte Krümmung seines Rückens. Sie erinnerte sich, daß das eine von Boris' Zärtlichkeiten gewesen war. »Diese verdammte Lehrmethode von Mr. Lawrence !« sagte sie.

»Ach, das ist doch nichts.« Marcus wollte ihr zu verstehen geben, daß er dem keine so große Wichtigkeit beimaß wie seine Mutter.

»Ganz gleich. Nach der Stunde du gehst zu Mr. Cordle. Er ist Osteopath. Er wird dir wegbringen die Schwellung.«

Marcus lächelte bei der Wiedererwähnung des Wortes und dachte an Cordles erste merkwürdige Begrüßung, ›Du wirst bald zu mir kommen.‹ Seit ihrer ersten Begegnung hatte er Cordle nur sehr selten getroffen, und er war so aufgeregt bei der Aussicht auf ein Wiedersehen, daß er sich gar nicht so recht auf seine Stunde konzentrieren konnte.

Das fiel Madame Sousatzka auf, und fast nahm sie es Cordle übel, daß er ihr wie ein Konkurrent die Zuneigung von Marcus entzog. Sie spürte deutlich Marcus' Ungeduld mit ihr, und ein-, zweimal erwischte sie ihn, wie er zur Uhr auf dem Kaminsims hinübersah. Sie würde um ihn kämpfen müssen. Aber sie wollte seinen Widerstand nicht herausfordern und beschloß, die Stunde abzukürzen. Er sollte nicht das Gefühl haben, sie halte ihn zurück.

»Heute Sousatzka so ein Kopfweh«, flunkerte sie. »Morgen wir haben dafür lange Stunde, ja? Geh du jetzt zu Cordle« sagte sie.

»Das tut mir leid«, sagte Marcus hochentzückt. Ohne sich zu besinnen, schlang er die Arme um ihren Hals und küßte sie. »Hoffentlich sind die Kopfschmerzen bis morgen weg«, tröstete er sie. Madame Sousatzka hielt ihn eng umschlungen.

»Für dich und für Unterricht Sousatzka wird sein besser«, versprach sie. Sie beobachtete ihn, als er aus dem Zimmer ging. Anscheinend war ihm heiß, denn in seinen Kniekehlen zeichneten sich feine Gerinnsel ab, wie ein Stirnrunzeln auf einer jungen Stirn. Sie sah die halbherzige Bügelfalte in seinen kurzen Hosen, den geknoteten Taschentuchzipfel, der aus einer Seitentasche seiner Jacke heraushing, und die dunkle, sanfte Wölbung seines Kopfes. Madame Sousatzka lag auf der Couch. Sie schloß die Augen und hielt die Stellen auf ihren Schultern umklammert, wo seine Arme sie umschlungen hatten, und sie bemühte sich krampfhaft, nicht an Cordles Hände auf seinem Körper zu denken.

Cordle wohnte im ersten Stock, und Marcus klopfte schüchtern an seine Tür. Cordle, im weißen Kittel, öffnete selber. Er geleitete Marcus ins Zimmer und deutete verlegen auf ein Liegebett im hinteren Teil.

»Zieh bitte deine Jacke aus und leg dich hin«, sagte er.

Marcus kletterte auf das Liegebett und legte sich auf den Rücken. Cordle war mit ein paar Farbtafeln beschäftigt, und Marcus sah sich inzwischen im Zimmer um. Es war größer als das von Madame Sousatzka und fast leer. An der gegenüberliegenden Wand hing eine anatomische Tafel, nur eine der vielen, die fast sämtliche vier Wände von oben bis unten bedeckten. Die Tafel zeigte einen menschlichen Körper, in hundert verschiedenen Farben koloriert. Mr. Cordle hatte eine Leidenschaft für Farben. Die Funktion jedes Knochens verlangte ihre spezielle Farbe. Die Wirbelsäule zum Beispiel war blau, weil er Blau für die Farbe des Gleichgewichtes hielt. Der Brustkorb war von Schwarz bis Grau schattiert, und das Brustbein präsentierte sich in einem grellen Rot. Alle Tafeln an den Wänden waren ähnlich koloriert, manche Einzelheiten mehr, manche weniger. Sie sahen aus wie politische Landkarten, denn für Mr. Cordle manifestierte sich die Gesamtheit des entdeckten Universums im menschlichen Körper. Auf jeder Tafel waren einige Stellen freigelassen, über deren Kolorierung Mr. Cordle sich noch nicht ganz im klaren war.

»Das sind die noch unentdeckten Kontinente«, pflegte er seinen Patienten zu erklären. »Eines Tages werde ich, Horace Cordle, sie entdecken. Horace Cordle, der Entdecker!« lachte er und stellte sich in Positur wie ein Denkmal auf einem öffentlichen Platz.

»Der Körper, Marcus, ist die Welt«, sagte er, während er auf das Liegebett zuging. Er knipste eine Lampe auf einem Tisch neben sich an. Zwei gebogene vergilbende Rippenknochen rahmten die nackte Glühbirne ein wie zwei starrsinnige Staubgefäße. »Hier«, sagte Mr. Cordle und legte die Hand auf Marcus' Nabel, »liegt der Mittelpunkt des Universums. Auf der Brust, die sich über dem Brustkorb ausdehnt, liegt Asien. Mit Asien mußt du dich in acht nehmen, Marcus«, sagte er, »es kann die Ursache für ernste Störungen sein. Jetzt dreh dich um. Mir scheint, warum wir gekommen sind, ist ein kleiner Druck auf Mittel-Amerika.« Und er preßte Marcus seine langen, schönen Hände ins Kreuz. Wenn Madame Sousatzka ihre eigene Methode hatte, war schließlich auch Mr. Cordle berechtigt, eine zu haben.

Für eine halbe Stunde lag Marcus da und überließ sich Mr. Cordles sanfter Massage. Er dachte über den Unterschied zwischen seinem Leben in der Schule und seinen

Wochenenden bei Madame Sousatzka nach und konnte sich nicht recht darüber klar werden, wo er tatsächlich hingehörte. Jetzt, mit Mr. Cordles Händen auf seinem Rücken, war er nicht derselbe Junge, der Geographiestunden hatte oder im Naturkundeunterricht saß. Doch wenn er in der Schule war, war er ein anderer als der, den er bei Madame Sousatzka sah. Und seine Mutter. Zu welcher Welt gehörte sie? Er sah sie vor sich, abgesondert und einsam, in einen aufgezwungenen Mantel der Reinheit gehüllt. Er wußte, wenn er irgendwo wirklich hingehörte, dann zu ihr. Und in diesem Augenblick liebte er sie innig.

V

Mrs. Crominski vergaß nie, was sie sich nach ihrer Unterredung mit Madame Sousatzka auf der Heimfahrt im Bus vorgenommen hatte. Drei Monate wollte sie ihr geben, und während die Wochen vergingen, strich sie im Geiste immer mehr von Madame Sousatzkas restlicher Gnadenfrist ab. Nur noch eine Woche, und noch immer keine Rede von einem Konzert. Sie beschloß, Marcus lieber schonend auf den Bruch vorzubereiten.

Er übte gerade noch, bevor er zum Unterricht fuhr. »Hört sich an für mich, daß er spielt wie ein Engel«, sagte Mrs. Crominski. Marcus wußte, welche Freude es ihr machte, ihn spielen zu hören, und er hatte nichts dagegen, daß sie im Zimmer blieb, während er übte. Jedes Wochenende bei Madame Sousatzka war er sich bewußt, daß sie nicht daran teilhatte. Obgleich er froh darüber war, bedeutete es doch im Grunde nur eine weitere Zurückweisung, für die er sie entschädigen mußte. Er hörte auf zu spielen.

»Ich habe so viel bei ihr gelernt, Mama«, sagte er. »Weißt du, bis ich zu ihr kam, habe ich gar nicht verstanden, was Klavierspielen heißt.«

»Wieviel mußte haben zu verstehen, bevor du gibst a Konzert? Neun Monate biste schon da. So viele Stücke. So viel üben. Für was, möcht' ich wissen!«

»Du mußt Geduld haben, Mama. Sie sagt, ich kann ein Konzert geben, wenn ich so weit bin.«

»So weit bin, so weit bin.« Mrs. Crominski war außer sich. »Für mich biste so weit. Ich habe genug, Marcus«, sagte sie ernst. »Ich glaube, du solltest gehen weg von ihr.«

»Nein!« schrie Marcus auf. Es war ja nicht nur Madame Sousatzka, die er würde verlassen müssen. Da waren doch noch Onkel, Jenny und Cordle. Eine ganze Lebensweise würde er aufgeben müssen. »Nein, ich gehe nicht von ihr weg«, sagte er eigensinnig. »Sie ist doch die beste Pädagogin in London, Mama«, bettelte er, »ich will nicht weg von ihr.«

»Also dein ganzes Leben lang willste bleiben bei Madame Sousatzka. A Bart wirste kriegen bei ihr, und noch immer wirste nicht sein so weit. Es hat keinen Sinn, Marcus. Geld kostet's mich keins, ich weiß schon. Aber die Zeit, die Zeit. Nächste Woche werd' ich kommen und ihr sagen meine Meinung. Ist Zeitverschwendung, und a Buckel kriegste außerdem. – Jawohl, a Buckel. Ist mir ganz egal, wie *sie* es nennt. Er ist da. Hat man je sowas gehört! Ein Junge soll gehen zur Klavierstunde und soll kriegen a Buckel? Nächsten Freitag werd' ich ihr sagen Bescheid, und diesmal, das kannste mir glauben, werd' ich hören auf keinen Unsinn von ihr.«

»Ich werde mit ihr reden«, sagte Marcus. »Heute werd' ich mit ihr reden, du kannst dich drauf verlassen, Mama. Heute, in der Stunde red' ich mit ihr. Dann brauchst du gar nicht erst zu ihr zu gehen.«

»Sprich du heute mit ihr, das kannste machen sowieso. Nächsten Freitag geh' *ich* hin. Sag ihr, daß ich komme. Nächsten Freitag mußte sein so weit, daß du kannst geben a Konzert.«

Mrs. Crominski nahm Hut und Mantel und machte

sich zum Ausgehen fertig. Bei der Tür sah Marcus verzweifelt auf ihren braunen Hut. »Mama, ohne Hut siehst du besser aus.«

»Was sagt man – plötzlich bemerkt er seine Mutter«, sagte sie lächelnd. Sie setzte den Hut ab und schob sich das Haar zurecht. »Ist so besser?«

»Es geht«, erwiderte Marcus.

»Es geht, sagt er. Ist besser, oder nicht besser?«

»Es ist kein Unterschied«, sagte Marcus. Mrs. Crominski setzte sich energisch den Hut wieder auf.

»Alles, was du machst, ist falsch«, sagte sie zu ihrem Spiegelbild. »Trägste a Hut, ist es falsch. Trägste keinen Hut, ist es auch falsch.« Sie betrachtete sich prüfend im Spiegel.

»Ist wirklich kein schöner Hut«, gab sie zu. »Also gut, wenn du gibst a Konzert, schaff' ich mir an a neuen Hut. Wenn ich dann noch lebe«, murmelte sie und griff nach ihrer Einkaufstasche.

»Warum mußt du eigentlich immer diese Tasche mitnehmen?« sagte Marcus.

»Auf dem Rückweg kauf' ich paar Gemüse«, sagte sie beleidigt. »Geniert er sich plötzlich mit seiner Mutter und ihrem Hut und ihrer Tasche. Wenn die große Madame Sousatzka geht aus mit a braunen Hut und Markttasche, macht nichts. Werd' ich Gott danken, wenn er ist weg von ihr«, sagte sie drohend.

»Das hat doch nichts mit Madame Sousatzka zu tun«, schrie er sie an.

»Bin ich noch nicht taub«, sagte Mrs. Crominski. »Erleben soll ich, daß mein Sohn schreit mich an. Danke Gott, dein Vater selig kann dich nicht hören. Und alles bloß wegen dieser Frau. Auf einmal seine Mutter ist nicht mehr gut genug für ihn«, schrie sie ihn plötzlich auch an. »Willste geh'n zur Stunde oder willste nicht?«

Marcus folgte ihr zur Tür hinaus. Das kann nur an diesem blöden Hut liegen, an nichts sonst, dachte er. Am liebsten hätte er schützend den Arm um sie gelegt, bis sie in den Vauxhall Mansions ankamen. Aber es war ihm nicht möglich, und er haßte sich selber dafür, daß er sie nicht berühren mochte. ›Morgen‹, redete er sich gut zu, ›morgen werde ich ...‹ Auf dem Pflaster sah er einen kleinen Stein liegen und versetzte ihm mit dem Fuß einen wütenden Stoß. Mrs. Crominski sah den Stein an sich vorbeisausen, der sie beinahe am Fuß getroffen hätte. Marcus grauste bei dem Gedanken, wie seine Mutter diese unbeabsichtigte Wirkung seiner Bewegung auslegen könnte. Er lief zu ihr hin, faßte ihre Hand und hoffte, daß sie keine Bemerkung darüber machen würde.

»Auf einmal liebt er seine Mutter wieder«, sagte sie bloß.

Er hätte gerne gewußt, ob andere Jungen in seinem Alter keine Schwierigkeiten hatten.

»Bitte mein Liplink – pianissimo. Nicht wie der ...«

»Wie ein Elefant?« Aus langer Erfahrung kannte Marcus schon den entsprechenden Kommentar für ein verunglücktes Pianissimo.

»Sehr richtig, mein Liplink«, sagte sie und strich ihm zärtlich über das Haar, »ein Elefant.«

Madame Sousatzka beugte sich über die Noten, wobei ihr Busen mit einem eindeutigen Mollakkord die Tasten herunterdrückte, und unterstrich die bewußte Passage mit einem Rotstift. Diese Gelegenheit benutzte Marcus, um auf ihre Uhr zu schauen, die um ihren Hals hing und wie ein sondierendes Senkblei in dem Zwischenraum hin und her pendelte. Zehn nach vier – noch zwanzig Minuten. Dann rauf zu Mr. Cordle in den ersten Stock. Bei ihm dauerte es bis halb sechs. Und dann ging es ins Mansardenzimmer zu Jenny. Er nahm sich vor, bis halb sechs an nichts anderes als an Jenny zu denken, und beschloß, jedes Pianissimo zärtlich in ihrem Namen auszuführen.

Madame Sousatzka richtete sich mit einem ansteigenden Arpeggio von den Tasten auf.

»Laß die Schulter fallen«, sagte sie und legte ihre Hände um ihn. »Du bist nicht entspannt, mein Liplink. Wie kann die Botschaft kommen zu deine Finger, wenn du nicht aufmachst deinen Körper, um sie zu lassen durch. Sieh dir an die Schwellung«, sagte sie. »Ist wieder Mr. Lawrence und alle seine Buchstaben.«

Aber Madame Sousatzka wußte wohl, daß die leichte Krümmung von Marcus' Wirbelsäule nicht auf Mr. Lawrence zurückzuführen war, sondern auf das fortgesetzte Fallenlassen der Schultern, das der ›Botschaft‹ freieren Durchlaß verschaffen sollte. Woche um Woche versuchte Cordle, sie wieder in Ordnung zu bringen. Was Madame Sousatzka verbog, richtete Cordle wieder gerade, und der Kampf um Marcus' armen Rücken wurde jeden Freitag von beiden Seiten mit der gleichen Vehemenz geführt.

»Ist nur für guten Zweck«, pflegte sie Cordle zu antworten, sooft er ihre Methode anzweifelte. »Sie machen Spaziergang«, sagte sie zu ihm, »Sie bleiben auf Hauptstraße, und was sehen Sie? Autos, Fabriken, Gestank – nichts weiter. Aber wenn Sie gehen durch Nebenstraßen«, flüsterte sie, »enge, krumme Gassen, was sehen Sie? Leben, Sinn, Schönheit. Die echte Botschaft kann nicht kommen durch Hauptstraße.«

Mr. Cordle machte nicht den geringsten Versuch, ihre fragwürdige Logik anzuzweifeln; teils, weil er Madame Sousatzka sehr gern hatte, aber hauptsächlich, weil es ihn den größten Teil seiner Patienten gekostet hätte, die nämlich im Sousatzka-Konservatorium lernten und sich ihre Methode zu Herzen genommen hatten.

»Versuche noch einmal, mein Liplink«, fuhr Madame fort. »Ich weiß, diesmal du wirst es schaffen.«

Marcus dachte an Jenny. Es war immer dasselbe: immer hielt sie Teekuchen für ihn bereit, wenn er hinaufkam; immer kam er auf Zehenspitzen in ihr Zimmer, wo sie mit dem Rücken zur Tür saß und sich die Fingernägel lackierte. Dann schlich er ganz leise von hinten auf sie zu und hielt ihr die Augen zu; und sie tat immer, als erschrecke sie, und schrie: »Wer ist denn das?« Und Marcus wußte genau, daß sie wußte, wer es war, denn seit neun Monaten hatte sich jeden Freitag dasselbe abgespielt.

»Das ist schon viel besser«, lobte Madame Sousatzka. »Keine Elefanten mehr. Und nun wir werden zum Schluß noch spielen eine Etüde.«

Die Stunde schloß jedesmal mit einer Etüde ab. Die

meisten Messingschild-Klavierlehrer hätten den Unterricht mit einer Etüde begonnen. Etüden, Tonleitern und Arpeggien waren die Sklavenarbeit; sie waren nur geschrieben worden, um das Gewissen von Lehrer und Schüler zu erleichtern und sie so schnell wie möglich hinter sich zu bringen. Bei Madame Sousatzka war es gerade umgekehrt, eher wie bei einem Fußballspieler, der das Zuspielen übt, nachdem das Spiel längst vorbei und gewonnen ist.

Noch einmal beugte sie sich über die Tasten, um auf dem Notenblatt eine Änderung im Fingersatz vorzunehmen. Noch vierzig Minuten bis zu Jenny.

»Und jetzt«, sagte Madame Sousatzka, sich in ihren Stuhl zurücklehnend und die Augen schließend, »wir beide werden zuhören von Anfang bis zum Ende. Ich werde hören zu, du wirst hören zu, und es wird spielen. Wenn du bereit bist, Liplink, bitte es, zu anfangen.«

Sie holte tief und hörbar Atem. Marcus beobachtete, wie ihre Nasenflügel sich blähten und zwei Büschelchen schwarzer Haare sehen ließen. Wenn sie ausatmete, war das das Zeichen, anzufangen. Marcus legte seine Hände auf die Tasten und wartete auf Madame Sousatzkas Ausatmen. Sie atmete eine ungewöhnlich große Menge Luft ein – viel mehr, dachte Marcus, als für jeden praktischen Gebrauch nötig gewesen wäre. Und als ihr Atem oben war, ganz oben in ihrem Kopf, schlossen sich ihre Augenlider, ihre Nasenflügel bebten, und sie hielt ihn dort auf der gleichen Höhe an. Marcus wartete. Er lehnte sich zurück und schaute auf ihre Uhr. Noch dreiunddreißig Minuten bis zu Jenny. In dieser Stunde schien Madame ihren Rekord brechen zu wollen. Dann kam ihr Atem plötzlich in einem Riesenstrom. Marcus schlug die ersten Akkorde der Etüde an, in denen dieses Strömen unterging. Jetzt waren sie im Schwung. Ungefähr in der Hälfte flüsterte sie ihm halblaut zu: »Hör nur, mein Liplink, wie schön es spielt.« Es hatte eine Zeit gegeben, als Marcus die ersten Stunden bei Madame Sousatzka gehabt hatte, wo er ihr diese ›es‹ – Routine übelnahm. »*Ich* spiele doch«, pflegte er mit ihr zu schimpfen. Er sah nicht ein, weswegen er das Lob mit etwas Unbekanntem teilen sollte. Eines Tages, als sie während einer Tonleiterpassage wieder geflüstert hatte, wie klar ›es‹ spielte, hatte er den hohen Ton kurzerhand in der Luft hängen lassen, war aufgestanden und hatte sich in eine Ecke des Zimmers gestellt. »Hören Sie nur, wie schön es jetzt spielt«, hatte er zu ihr gesagt, während die führende Note irritierend unaufgelöst in der Luft hing. »Aber du hast es ja mitgenommen«, hatte sie beschwörend gesagt und gebeten: »Schick es zurück, und laß uns die letzten paar Seiten noch hören.« Marcus hatte klein beigegeben. Auch wenn er dieses ›es‹ nicht völlig verstand, ahnte er doch, daß es die Basis war, auf der Madame Sousatzkas Unterricht und wahrscheinlich sogar ihre ganze Lebensweise beruhten.

Marcus war völlig in die Etüde versunken. Selbst an Jenny dachte er nicht mehr. Er war sich nur seiner eigenen Beteiligung an den Tönen bewußt, die den Raum erfüllten. Er war glücklich, während er spielte, und dabei wußte er gar nicht, wie gut er spielte. Aber Madame Sousatzka wurde das immer klarer, und wieder einmal, wie schon so oft in diesen letzten Wochen, mußte sie sich sagen, daß sie Marcus nichts mehr beibringen konnte. Und die Angst, daß er das eines Tages selber merken könnte, ließ sie schaudern. Die Etüde war verklungen. Nach Madame Sousatzkas Meinung gab es an der Vollkommenheit seines Spiels nicht das Geringste auszusetzen. »Es hat wunderbar gespielt«, war doch alles, was sie zugeben konnte. Aber dieses Mal bezog sich das ›es‹ nicht auf ihre Methode. Ein leichter Anfall von Eifersucht hielt sie davon ab, Marcus für sein virtuoses Spiel zu loben. Er war noch so unverdorben, daß er hinter Madame Sousatzkas Kommentaren nur die edelsten Motive vermutete. Und sogar wenn er ihren Neid bemerkt hätte, hätte er ihr verziehen. Er liebte Madame Sousatzka wegen so vieler Dinge, die gar nichts mit dem Klavierspiel zu tun hatten; wegen ihres Hauses, in dem sie Jenny wohnen ließ, wegen des Zimmers oben, das sie dem alten Mr. Cordle vermietet hatte, und wegen der schmutzigen Gräfin im Souterrain; wegen einer ganzen Welt voller Merkwürdigkeiten und Verschrobenheiten. Marcus war noch zu jung, um sie als das zu sehen, was sie in Wirklichkeit war: eine Welt verkrachter Existenzen.

Als die Etüde zu Ende war, erinnerte er sich an das Versprechen, das er seiner Mutter gegeben hatte. »Was glauben Sie, Madame Sousatzka«, begann er vorsichtig, »wann werde ich ein Konzert geben?« »Wenn du so weit bist, mein Liplink«. Madame Sousatzka versuchte, heiter zu sein. »Konzerte ist das letzte, an das du solltest denken. So viel Zeit hast du noch. So viel mußt du noch lernen bei Sousatzka.« Marcus beugte sich hinunter, um seinen

Schnürsenkel zuzubinden. »Das sagen Sie mir jedesmal«, murmelte er.

Madame Sousatzka tat so, als habe sie nichts gehört. »Lauf jetzt«, drängte sie ihn. Sie fuhr ihm scherzhaft durch die Haare und schob ihn sanft von sich weg: »Cordle wird schon auf dich warten.«

Sally kam erst in einer halben Stunde zum Unterricht. Während der Pausen spielte Madame Sousatzka sonst immer entweder zu ihrem eigenen Vergnügen, oder um sich auf die nächste Stunde vorzubereiten. Aber jetzt konnte sie sich auf keins von beiden konzentrieren. Marcus' Frage hatte sie erschüttert. Sie wollte ihn nicht von sich lassen. Er war ein Stück von ihr geworden. Sogar während der Woche, wenn er bei seiner Mutter war, hatte sie das Gefühl, bei ihm zu sein. Sie wußte, wann er Nägel kaute, und beobachtete dabei im Geiste die Umrisse des Muttermals auf seiner rechten Hand und die abgeflachten Spitzen seiner Daumen, die elastisch waren wie Pilze. ›Ob er wohl mit Cordle über das Konzert sprechen wird?‹ dachte sie. Der Gedanke von Cordles sanften Händen auf Marcus' Rücken machte sie ganz krank. Sie setzte sich an den Flügel und spielte die Etüde noch einmal, die Marcus gerade beendet hatte. Und während sie spielte, merkte sie deutlich, wie weit er sie überflügelt hatte. Sie hörte plötzlich auf und packte seine Noten zusammen, sein Etüdenheft, seine Fingerübungen und das Album mit den Sonaten. Sie schlang ihre Arme um das Notenbündel, preßte es an sich und klammerte sich daran, als habe sie Marcus bereits verloren.

VI

»Ach, du bist es«, sagte Mr. Cordle ganz überrascht, als Marcus ins Zimmer trat. In den letzten drei Monaten war Marcus jeden Freitag in Mr. Cordles Behandlungszimmer gewesen, aber jedesmal begrüßte ihn Mr. Cordle, als komme er gänzlich unerwartet. »Na, was können wir denn für dich tun?« fragte er.

Beide, Marcus und Mr. Cordle, wußten sehr gut, was sie für ihn tun konnten, aber diese Frage war der formelle Auftakt zu jeder Behandlung. Das ›wir‹ gab Mr. Cordles Laientätigkeit eine professionelle Note. Der restliche Teil dieses ›wir‹ war nach Marcus' Meinung irgendwie verwandt mit dem ›es‹ von Madame Sousatzka. Man hätte meinen können, daß zwei unheimliche Gespenster im Hause herumspukten.

Cordle begab sich zum Liegebett hinüber und legte seine Hände um Marcus' mageren Körper. Er massierte tief an den Schulterblättern entlang und arbeitete sich behutsam bis an die leichte Krümmung der Wirbelsäule hinunter. »Sie hat ihn wieder mal bearbeitet«, brummte er vor sich hin. »So kann das nicht weitergehen. In einer halben Stunde macht sie alles zunichte, was ich nur durch wochenlange Behandlung mühsam in Ordnung bringen kann. Ich muß unbedingt nochmal mit ihr sprechen.« Er ließ seine Hände an der Krümmung auf und nieder gleiten und murmelte dazu: »Sousatzka, Sousatz-ka hm-tata«, um seinen Bewegungen eine Art Walzerrhythmus zu verleihen. Hin und wieder wechselte er dann den Rhythmus und donnerte statt dessen »Forte, Forte!« Und mit der neuen Takteinteilung hatte Marcus das Gefühl, als ginge die Rückenmassage in ihrem Auf und Ab jetzt im Marschtempo vor sich. »Jetzt wollen wir mal ein bißchen ins Nördliche Eismeer springen«, sagte Mr. Cordle, ergriff ein nasses kaltes Tuch und wickelte es Marcus um den Hals, um seinen Phantasien einen Anschein von Realität zu geben. »In kurzer Zeit werden wir ganz warm sein«, versprach Mr. Cordle und bezog sich in den Plural mit ein. Er rieb Marcus' Nacken, bis eine prickelnde Wärme den Körper des Jungen durchströmte.

»Nun wollen wir uns mal Rußland ein bißchen anschauen«, sagte Mr. Cordle in seiner taktvollen Ausdrucksweise. Marcus drehte sich auf den Rücken. Er war ein Junge, der gewissenhaft auf seine Stichworte reagierte. Er kannte die Reihenfolge schon auswendig. Mr. Cordle legte seine Hände auf Marcus' Brust. »Ach, du meine Güte, sind wir aber mager, was?« schalt er und bohrte seine Finger zwischen die herausstehenden Rippen. »Hier, nimm ein Stück Schokolade.«

Marcus richtete sich auf. Dem Anbieten von Schokolade folgte immer eine Behandlungspause. »Und wann gibst du nun endlich dein Konzert?« fragte Mr. Cordle jede Woche während der Schokoladenzeit. Dies bestätigte auf eine andere Weise, daß Madame Sousatzka Angst hatte, ihren Spitzenschüler an die Öffentlichkeit zu verlieren.

»Ich nehme an, nächstes Jahr. Madame Sousatzka behauptet, ich sei noch nicht so weit.«

»Und du? Glaubst *du*, du bist schon so weit?«

»Manchmal, ja. Es würde mir Spaß machen, vor vielen Leuten zu spielen. Ich habe genug davon, immer nur für mich zu üben, wo außer Madame Sousatzka niemand zuhört. Aber vielleicht hat sie recht. Ich habe noch nicht alles gelernt.«

»Du wirst immer eine Menge zu lernen haben. Man hört nie auf zu lernen. Wenn es nach Madame Sousatzka ginge, würdest du nie fertig sein. Arbeitest du schon an einem Programm?«

»Ich habe unzählige Stücke. Daraus könnte man leicht eins zusammenstellen. Auch Concerti könnte ich spielen. Aber wie soll ich je dazu kommen?«

»Nïemals«, sagte Mr. Cordle. Die wenigen Haare, die er noch hatte, zog er sich als Pony über die Stirn herunter und spielte mit einer imaginären Uhr, die er an einer Kette um den Hals trug. »Niemals«, imitierte er Madame Sousatzkas kehlige Stimme, »du wirst niemals sein so weit.«

Marcus lachte, beherrschte sich aber gleich wieder bei dem Gedanken, ein Verräter zu sein. Der angedrohte Besuch seiner Mutter fiel ihm wieder ein, und flüchtig schoß ihm der Gedanke durch den Kopf, daß sie ganz recht habe. Wenn er von ihr weg war, fiel es ihm immer so leicht, ihre Partei zu ergreifen. »Sousatzka steht mir im Weg«, sagte er plötzlich. »Ich könnte schon längst Geld verdienen. Ich könnte schon berühmt sein. Ich bin fertig, aber sie will mich nicht weglassen. Ich werde von ihr weggehen. Ich suche mir jemand anderen.«

Mr. Cordle legte Marcus die Hand auf die Schulter. Er fühlte sich für die plötzliche Rebellion des Jungen verantwortlich. »Sie hat dich alles gelehrt, was du kannst«, sagte er begütigend. »Es wäre undankbar von dir, sie zu verlassen. Vielleicht hat sie recht, und du bist noch nicht fertig. Schließlich weiß sie doch, was sie tut. Du bist noch so jung. Du hast noch eine Menge zu lernen. Viele Dinge – nicht nur Klavierspielen.«

»Aber sie hat mich ein Genie genannt. Erst diese Woche hat sie gesagt, ich sei ein Genie.«

Mr. Cordle seufzte. »Du siehst doch die bunte Tafel da drüben.« Er wies auf eine Tafel an der gegenüberliegenden Wand. Es war das Modell eines menschlichen Körpers, und aus jedem Knochen, Muskel und Gelenk führte eine Linie aus dem Körper und endete in dem Fachausdruck für den betreffenden Körperteil. Die Bezeichnungen waren sauber und symmetrisch zusammengestellt und folgten den Umrissen einer ausgehöhlten menschlichen Gestalt. »Ich glaube, diese Tafel hing über meinem Bett, als ich ein Junge in deinem Alter war«, sagte Mr. Cordle. »Und jeden Abend sah ich sie an und weinte. Ich weinte um diesen Menschen, der von einer ganzen Batterie von Fachausdrücken eingekreist war. Ich war überzeugt«, fuhr er fort und zeigte mit einem langen Stock auf die Tafel, »daß alle Linien, die du da aus dem Körper herausragen siehst, Pfeile seien, und daß deswegen das Blut durch den Körper ströme. Und da hing er neben meinem Bett, von Fachausdrücken gekreuzigt, und jeden Tag starb er ein bißchen mehr, ohne daß ich etwas dagegen hätte tun können. Meine Mutter kam eines Tages herein, um mir einen Gutenachtkuß zu geben, und sie sah, daß ich weinte. Sie fragte mich, warum, und ich erzählte ihr, es sei wegen des sterbenden Mannes über meinem Bett. Sie lachte und streichelte meine Wangen und sagte, ich hätte zuviel Phantasie. Im Geiste sah ich mich wie den Mann auf der Tafel, und aus der Träne auf meiner Wange kam eine schwarze Linie, an deren Ende es hieß: Phantasie. Mit Fachausdrücken kann man einen Menschen umbringen, Marcus. Das war der Moment in meinem Leben, mit dem ich angefangen habe zu sterben. Das war mein erster Pfeil. Ich habe seitdem Dutzende bekommen, und jedesmal schmerzt es ein bißchen mehr. Das Sterben wird immer schwerer«, murmelte er, und Marcus erschrak tödlich, als er Mr. Cordles Stimme brechen hörte. Marcus verstand nur sehr vage, worauf Mr. Cordle hinauswollte. Er wünschte, er hätte diese Geniesache nie erwähnt. Die mußte doch zu der einen oder anderen Theorie führen.

»Leg dich hin, Marcus«, sagte Mr. Cordle leise, aber in einem Befehlston, der Marcus ängstigte. Irgendwie hatte er das Gefühl, er solle geopfert werden. Er ging auf das Liegebett zu und spürte Mr. Cordles Hand. Aber Mr. Cordle wendete sein Gesicht ab, als wolle er etwas verbergen, und hob Marcus wie eine Feder hinauf. Angsterfüllt lag Marcus da. Mr. Cordle schaute auf ihn herunter, und von seiner Wange tropfte eine Träne auf Marcus' Hemd. Als er Mr. Cordle weinen sah, fühlte sich Marcus wieder sicherer. Er streckte seine Hand aus und packte Mr. Cordles Finger, genau wie Madame Sousatzka es so oft bei ihm tat.

»Ich bin von oben bis unten mit Fachausdrücken beladen«, vertraute ihm Mr. Cordle an. »Ich muß sie abschütteln, bevor ich sterbe. Das ist der Vorgang des Sterbens, Marcus. Sie abzuschütteln, die Fachausdrücke loszuwerden, einen nach dem anderen, bis der Mensch frei ist und schwebt, bis er frei ist von jeder Last. Bis nur noch Platz ist für den einzigen Fachausdruck, auf den es ankommt.«

»Welcher ist das?« fragte Marcus, der das Gefühl hatte, er müsse das Gespräch im Fluß halten, und wenn aus keinem anderen Grunde, als um Mr. Cordle von gewaltsameren Dingen abzulenken.

»Wenn ich sterbe«, fuhr Mr. Cordle fort, »möchte ich ganz unbeschwert daliegen, bis auf einen Fachausdruck.« Er legte seinen Finger behutsam auf Marcus' Nabel. »Hier wird der Fachausdruck stehen«, flüsterte er, »und er wird heißen: der Mensch, der Mittelpunkt des Universums.«

Marcus starrte auf Mr. Cordles gesenkten Kopf. Die Mitte war vollkommen kahl und glänzte wie ein geschältes, hartgekochtes Ei. In der Mitte war ein winziger Schmutzfleck, und Marcus heftete seinen Blick auf diesen schwarzen Punkt inmitten all der glänzenden Sauberkeit. Er starrte darauf, und es kam ihm vor wie eine Ewigkeit, und eine Welle von Mitgefühl überschwemmte ihn. Und aus Mitleid für den kleinen Schmutzfleck, umgeben von soviel Weiß, fing er zu weinen an.

»Dreh dich um«, sagte Mr. Cordle plötzlich. »Zurück zur Arbeit. Zurück zum Nordpol.«

Dankbar drehte Marcus sich um. Er wollte diese letzten fünf Minuten aus seinem Gedächtnis verdrängen. Er versuchte, an Jenny zu denken. Aber wenn er sie sich vorstellte, sah er sie mit Fachausdrücken übersät. Er schloß die Augen, und Madame Sousatzkas imposante Gestalt verstellte ihm den Blick. Mit ihr ging es ihm nicht besser. Die Schilder mit den Fachausdrücken hingen von ihr herunter, wie von einem riesigen Weihnachtsbaum. Welches war der Fachausdruck, mit dem Madame Sousatzka ihn durchbohrt hatte? Sein Herz, sein Kopf, vielleicht seine Finger? Er fühlte sich plötzlich müde und überlastet mit Bruchstücken von Wissen und Erfahrung, die ein Kind dazu verführen könnten, zu glauben, es wisse nun alles. Sanft strichen Mr. Cordles Hände an seinem Rücken entlang. Es war ihm ganz bewußt, daß er im Begriff war einzuschlafen, aber er wollte sich nicht dagegen wehren. Er hörte noch, wie Mr. Cordle einmal seinen Namen rief, dann sehr leise noch ein zweites Mal. Er glaubte, eine Tür ins Schloß fallen zu hören, aber nicht einmal ein flüchtiger Gedanke an Jenny konnte ihn wachhalten.

Als Marcus aufwachte, glaubte er zuerst, er habe tagelang geschlafen. Erstens, weil er hungrig war, und zweitens, weil er das Gefühl hatte, weit weg gewesen zu sein. Mr. Cordle machte leise die Tür zu. Er drehte sich um und sah überrascht, daß Marcus wach war. »Ich dachte, du würdest mindestens bis morgen früh schlafen«, lachte er.

»Wie lange habe ich denn geschlafen?«

»Keine zehn Minuten«, sagte Mr. Cordle. »Gerade habe ich Jenny auf der Treppe getroffen. Sie wartet schon auf dich.«

Plötzlich fielen Marcus wieder alle Einzelheiten ihrer

seltsamen Unterhaltung ein. Er blickte verstohlen auf die Tafel an der Wand. Aber der Platz, wo sie gehangen hatte, war jetzt leer, ein weißes Viereck auf einer gelblichweißen Fläche. Marcus erinnerte sich an den kleinen Schmutzfleck auf Mr. Cordles Kopf und war neugierig, ob er ihn wohl abgewaschen habe. Anscheinend hatte Mr. Cordle seinen Ausbruch von vorhin bedauert und, während Marcus schlief, alle Spuren beseitigt.

»Wasch dir lieber das Gesicht, bevor du zu Jenny hinaufgehst«, riet Mr. Cordle. »Du siehst ja aus, als hättest du mindestens eine Woche lang geschlafen.« Mr. Cordle gluckste vor Verlegenheit. »Vergiß deine Übungen nicht«, sagte er automatisch. Er schien einzusehen, daß es gar keinen Sinn hatte, das Geschehene vertuschen zu wollen. »Marcus«, bat er inständig, »vergiß diesen ganzen Unsinn mit den Fachausdrücken. Das ist nur so eine Theorie von mir«, sagte er lachend. »Ich arbeite daran. Manchmal verstehe ich sie selber nicht, aber sie entspricht einem Gefühl in mir.«

»Weiß Madame Sousatzka etwas davon? Von den Fachausdrücken, meine ich.« Auch Marcus versuchte zu lachen. Wenn Mr. Cordle selber bereit war, sich über seine eigene Theorie lustigzumachen, war Marcus auch bereit, ihn darin zu unterstützen.

»Sie kennt sie«, antwortete Mr. Cordle. »Sie sagt, ich hätte recht. Ich glaube, sie versteht sie besser als ich.«

Marcus wollte sich nicht in weitere Diskussionen verwickeln lassen. Außerdem hatte er sowieso schon herzlich genug von den Fachausdrücken. »Es ist schon sehr spät«, sagte er, lief hinüber zu Mr. Cordle und berührte ihn am Arm. »Ich komme morgen wieder«, sagte er treuherzig, als habe er das Gefühl, Mr. Cordle könnte glauben, er käme niemals wieder.

»Ja, morgen«, murmelte Mr. Cordle. »Morgen schauen wir uns Amerika nochmal an«, sagte er plötzlich vergnügt.

Marcus wusch sich erst gar nicht, sondern rannte gleich die Treppe zur Mansarde hinauf. Vor Jennys Tür hielt er zum Luftschnappen an. Dann ging er leise auf Zehenspitzen ins Zimmer. Jenny saß wie immer am Gasofen und lackierte sich die Nägel. Marcus schlich sich leise von hinten an sie heran und hielt ihr die Augen zu.

»O!« Jenny schrie erschreckt auf. »Wer ist denn das?« Marcus ließ sie los, und sie drehte sich um. »Ach, du bist es, Marcus«, sagte sie, scheinbar überrascht. »Weißt du, du benimmst dich wie ein richtiger Mann.«

Marcus hatte so ein flattriges Gefühl um den Nabel herum. Sie hielt seine Hände fest. »Was ist los, Marcus? Du zitterst ja«, sagte sie.

»Ich glaube, ich werde langsam älter, Jenny«, antwortete er.

VII

Marcus wußte nichts weiter von Jenny, als daß sie freitags abends immer in ihrem Zimmer vor ihrem Gasofen saß und sich die Nägel lackierte. Das Teewasser kochte, und auf dem Tisch am Erkerfenster stand das Teegebäck. Auch ein Telefon war im Zimmer. Marcus hatte es nur wegen seines so ungewöhnlichen Standortes bemerkt. Jennys Gaskocher hatte zwei Brenner, und das Telefon stand auf dem Brenner neben dem Wasserkessel. Marcus hätte gern das Gas darunter angezündet, um auszuprobieren, ob es dann vielleicht klingelte. Jenny war die einzige im Hause, die ein Privattelefon hatte. Die schmutzige Gräfin, die im Souterrain wohnte, Mr. Cordle und sogar Madame Sousatzka, die doch schließlich die Vermieterin war, mußten mit Pennies ausgerüstet den Fernsprecher im Zwischenstock benutzen. Irgendwie war es Marcus nie in den Sinn gekommen, Jenny zu fragen, warum sie ein eigenes Telefon hatte. Wahrscheinlich hielt er Jenny für berechtigt, etwas zu besitzen, was den anderen versagt war. Jedenfalls hatte Marcus es noch nie klingeln hören, zumindest nie an einem Freitag, und hielt es demzufolge mehr für ein Dekorationsstück. Darum war er auch an diesem Freitag so erstaunt, als das Telefon auf einmal, nur ein paar Minuten, nachdem er ins Zimmer gekommen war, zu läuten anfing. Auch Jenny war überrascht. Sie stand schnell auf, drehte den Gashahn unter dem Kessel zu und nahm den Hörer ab, als funktioniere das eine nur, wenn das andere abgestellt wurde.

»Hallo?« Ihre Stimme klang unsicher und fragend. Sie horchte eine Weile und warf nervöse Blicke zu Marcus hinüber, als er eine Illustrierte vom Boden aufnahm. »Du weißt doch, daß ich freitags nie arbeite«, hörte er sie sagen. Darauf trat tiefe Stille ein.

»Ich habe nichts dagegen, Jenny«, flüsterte Marcus. Sie winkte mit der Hand ab. »Wirklich nicht, wenn es wichtig für dich ist.« Sie ließe ihn bestimmt die Teekuchen mit in sein Zimmer im Souterrain nehmen, und er könnte bis zum Schlafengehen mit der Gräfin Dame spielen. Aber bei dem Gedanken, einen Freitagabend mit Jenny einzubüßen und seine ganze Wochenendroutine über den Haufen geworfen zu sehen, wurde ihm ganz elend, und trotz seines großzügigen Angebotes sah er sie flehend an.

»Nein, das ist unmöglich«, hörte er sie sagen. »Dann müssen wir eben warten, bis du wieder zurück bist. Es tut mir leid, Felix, aber du weißt genau, freitags kommt nicht in Frage.« Sie sagte bedauernd auf Wiedersehen und zündete das Gas unter dem Kessel wieder an.

»Ich werde gehen. Wirklich!« sagte Marcus voller Begeisterung, nachdem er wußte, daß sein Weggehen nicht mehr nötig war.

»Die Freitagabende gehören dir, Marcus. Das ist nun schon fast ein ganzes Jahr so. Ich hasse es sowieso, Gewohnheiten zu unterbrechen. Das bringt immer Unglück, besonders am Freitag.« Jenny war sehr abergläubisch. Sie war immer hinter Marcus her, wenn er eine Socke verkehrt herum anhatte, und klopfte alle Augenblicke auf Holz, um die bösen Geister zu bannen. »Nimm einen Teekuchen«, sagte sie, »das Wasser wird gleich kochen. Bring den Teller hierher. Wir bleiben beim Ofen.«

»Was arbeitest du eigentlich, Jenny?« Es war das erste Mal, daß Marcus daran dachte, sie danach zu fragen.

Jenny lachte. »Ach, alles mögliche.«

»Was zum Beispiel?«

»Ich helfe Leuten aus. Mache mich nützlich.«

»Was tust du denn?«

»O, verschiedenes. Wie geht es Sousatzka heute?« fügte sie schnell hinzu. »Du bist noch immer nicht reif für dein Konzert, wie mir scheint.«

Marcus murrte. Er hatte das Gefühl, daß dieser Freitagabend nicht so werden würde wie die anderen. Jenny schien entsetzlich nervös zu sein und tat schrecklich geheimnisvoll mit ihrer Arbeit. Sie hatte auch keine Ruhe, sich die Nägel fertigzulackieren. Dann dieser komische Telefonanruf, und jetzt fing sie auch noch von seinem Konzert an, genau wie Mr. Cordle und seine Mutter. »Ich bin noch nicht so weit«, sagte Marcus ärgerlich, »und ich will nichts mehr von diesem Konzert hören.«

Jenny lächelte. »Heute sind wir beide gereizt, stimmt's? Komm«, lachte sie, »wir gießen jetzt den Tee auf, ja? Und wenn du deinen getrunken hast, lese ich dir aus den Teeblättern deine Zukunft.«

Das hatte Jenny noch nie für ihn getan, obgleich er von Mr. Cordle gehört hatte, daß sie eine berufsmäßige Hellseherin sei. Auch Madame Sousatzka schwor auf sie, was wahrscheinlich der Grund für die unzähligen schmutzigen Tassen war, die in ihrem Musikzimmer herumstanden und ihr Geheimnis hüteten, bis Jenny bereit war, es zu lüften.

Die Aussicht, seine Zukunft vorausgesagt zu bekommen, reizte Marcus ungeheuer. Vor allem wollte er etwas über sein Konzert erfahren. Er nahm sich vor, an alles zu glauben, was Jenny ihm erzählte, und mit jedem Schluck Tee schluckte er eine Portion Zweifel mit hinunter. Nach dem letzten Schluck bildeten die zurückgebliebenen Teeblätter auf dem Boden und an einer Seite der Tasse ein Muster, dessen Kompliziertheit eine Fülle von Voraussagen versprach. »Hier, Jenny«, sagte er herausfordernd, »was hat das alles zu bedeuten?«

Jenny schaute flüchtig in die Tasse, während sie eine Brille aus ihrer Handtasche nahm. Marcus hatte Jenny noch nie mit Brille gesehen. Sie sah ganz verändert damit aus, so daß sie ihm ganz fremd vorkam. Und mit dem Telefonanruf vorhin, dem Teelesen und jetzt auch noch mit der Brille, wurde sie ihm immer fremder.

Er schaute sich verstohlen nach etwas Vertrautem im Zimmer um. Der Kuchenteller war leer, der Nagellack war irgendwie verschwunden. Sein Blick kehrte zu Jenny zurück, und das Stirnrunzeln hinter der Brille entfremdete sie ihm von neuem. Schon hatte er das unerklärliche Gefühl, daß er vielleicht gar nicht mehr Marcus sei, weil sie ihm so fremd schien. Er warf einen kurzen Blick auf die Linien in seiner rechten Hand, wo sie in das Handgelenk einmündeten, und sah dort in der Mitte das vertraute kleine schwarze Muttermal. Beruhigt streckte er die Hand aus und riß Jenny die Brille vom Gesicht. Sie schien es gar nicht zu bemerken, sondern starrte weiter in die Tasse.

»Da ist sie«, rief sie plötzlich, »es ist Sousatzka. Ja, sie ist es, ich würde sie überall erkennen.«

»Wie schaffst du das denn ohne deine Brille?« fragte Marcus und schwenkte ihre Brille in der Luft.

»Für eine Vision braucht man keine Brille«, entgegnete Jenny, halb zu sich selber. »Da ist sie. Ich seh' sie ganz deutlich. Obwohl Tausende von Leuten um sie herum stehen; Hunderte und Hunderte von Menschen. Und sie wollen sie dazu bewegen, beiseite zu treten, weil sie etwas verbirgt. Sie sind wütend.« Jennys Atem flog vor Aufregung. »Gehn Sie weg, Sousatzka!« schrie sie, »gehn Sie weg! Bitte nicht. O nein, tun Sie's nicht. Bitte ...«, stammelte sie.

»Tun Sie was nicht?« flüsterte Marcus, von ihrer Erregung angesteckt. »Was tut sie denn jetzt?«

»Ja, großer Gott«, keuchte Jenny, »das ist doch nicht möglich ... Er ist es ... ich sehe ihn deutlich«, redete sie weiter, wie eine begeisterte, nicht mehr an ihr Publikum denkende Radiomoderatorin.

»Wen siehst du denn da?« bestürmte Marcus sie. »Was geht denn da vor?«

»Nichts«, sagte Jenny. Sie sank erschöpft in ihren Stuhl zurück und atmete wieder ruhig, als habe sie den Teufel endlich vertrieben. »Nichts. Nur eine riesige Menschenmenge, wie gesagt, und in der Mitte Madame Sousatzka«.

»War es bei meinem Konzert?« fragte Marcus aufgeregt.

»Das könnte sein.« Jenny war überrascht. Jetzt begriff sie erst den Sinn ihrer Vision. »Marcus«, sagte sie und lehnte sich nach vorn, »wie lange willst du eigentlich noch bei Madame Sousatzka lernen?«

Das Telefon klingelte, und Jenny sprang von ihrem Stuhl auf. »Ich werde doch lieber gehen«, sagte Marcus. Dieser Freitagabend war eben einfach nicht wie sonst. »Ich werde zu Onkel runtergehen und mit ihr Dame spielen.«

Jenny hielt ihn bei der Schulter fest. Zwar war es ihr wichtig, das Telefon abzunehmen, aber noch wichtiger war ihr, daß Marcus bei ihr blieb. Mit der einen Hand hielt sie ihn fest, und mit der anderen nahm sie den Hörer ab.

»Hallo?« sagte sie fragend. Keine Antwort. »Hallo«, sagte sie immer wieder; zunächst ärgerlich, aber zum Schluß ganz erleichtert. »Siehst du, es ist niemand da«, sagte sie und legte den Hörer wieder auf. »Wohl sicher falsch verbunden.«

Marcus setzte sich wieder, obwohl er sich bei Jenny gar nicht mehr glücklich fühlte. Und warum fielen sie bloß plötzlich alle so über Madame Sousatzka her? Mr. Cordle mit seinen Fachausdrücken, und jetzt Jenny mit ihrer Vision. Er wollte nicht mehr, daß man über sie sprach.

»Vergangenen Montag habe ich das Hundertmeter-Brustschwimmen gewonnen«, sagte er.

»Tatsächlich, Schatz?« Jenny war aufrichtig erfreut. »Hast du eine Medaille oder etwas bekommen?«

»Einen Pokal. Wenn ich kann, schmuggle ich ihn aus der Schule und bring' ihn dir nächsten Freitag mit. Würdest du ihn gerne sehen?«

»Ja, mit Begeisterung. Du kannst dann deinen Tee daraus trinken, und ich lese dann wieder aus deinen Teeblättern«, lachte sie.

»Jenny«, sagte er und lehnte sich nach vorn, »die Dinge,

die du in meiner Tasse gesehen hast – sind sie wahr? Ich meine, ist je etwas wirklich eingetroffen, was du vorausgesagt hast?«

»'türlich ist es eingetroffen. Du glaubst nur nicht daran, das ist es. Cordles Mutter ist doch auch gestorben, oder etwa nicht? Ich hab' es ihm drei Wochen vorher aus der Tasse prophezeit. Dabei wußte er nicht mal, daß sie krank war. Dann ist eine Freundin von mir in die Ferien gefahren, und ihr Mann ist ertrunken. Das hätte ich ihr vorher sagen können. Ich hab's nämlich in seiner Tasse gesehen.«

»Hast du's ihm denn nicht gesagt?«

»Nein, natürlich nicht«, erwiderte Jenny. »Gegen das Schicksal kann man sowieso nichts machen. Wenn es in der Tasse geschrieben steht, passiert es, und kein Mensch kann was dagegen tun.«

»Liest du eigentlich nie was Erfreuliches heraus?«

»Schließlich hab' ich dir doch dein Konzert prophezeit, stimmt's? Wenn das nichts Erfreuliches ist, weiß ich es auch nicht.«

»Aber für Sousatzka war es nicht erfreulich. Das weißt du ganz genau.«

Jenny gab keine Antwort. Geistesabwesend pustete sie auf ihre Fingernägel, um sie zu trocknen.

»Soll ich dir das Geschirr abwaschen, Jenny?« fragte Marcus und stand auf. Freitags wusch er immer für sie ab.

»Nein«, brüllte Jenny ihn an und fiel beinahe vom Stuhl, als sie ihm die Tassen aus der Hand riß. »Das tu' ich später selber«, sagte sie ruhig. Marcus setzte sich wieder hin und beide schwiegen.

»Ich glaube, ich gehe jetzt runter zum Damespiel«, sagte er nach einer Weile, als er dieses Schweigen nicht mehr aushalten konnte. Er war gekränkt, aber nicht überrascht, als Jenny keinen Versuch machte, ihn zurückzuhalten.

Betrübt ging Marcus die Treppen hinunter. Auf dem oberen Teil der Treppe, die von Jennys Zimmer hinunterführte, war das Treppengeländer aus Gußeisen mit glatten Eisenstäben. Er nahm seinen Bleistift aus der Tasche und ließ ihn beim Hinunterlaufen daran entlangklappern. Er fühlte sich verlassen, und das Geräusch tröstete ihn. Als er sich der Tür von Mr. Cordle näherte, steckte er den Bleistift wieder weg und ging auf Zehenspitzen auf die nächste Treppe zu. Von hier an wurde die Treppe respektabler. Das Geländer war aus Hartholz, und Marcus mußte jetzt ruhig und gesittet weitergehen.

Unten im Zwischenstock hatte Madame Sousatzka wieder mal Schwierigkeiten mit dem Telefon. In all den Jahren hatte sie nie den entscheidenden Unterschied zwischen den Knöpfen A und B begriffen. Verzweifelt schrie sie auf eine Partnerin am anderen Ende des Drahtes ein, die sie gar nicht hören konnte, während die Pennies hintereinander in die Münzrückgabe zurückklimperten. Plötzlich bemerkte sie das. »Ach, entschuldigen Sie«, sagte sie zu niemand Bestimmtem und warf sie wieder ein. Bei jedem Penny zählte Madame Sousatzka hastig, indem sie bei jedem Einwurf die Nummer wiederholte, die sie zu wählen beabsichtigte. Marcus beobachtete, wie sie die Wählscheibe mit einem Rotstift herumdrehte.

»Hallo«, schrie sie nach einer Weile. »Na, endlich hab' ich dich.« Ihre Stimme klang triumphierend. Dann drückte sie auf Knopf B. Hoffnungslos landeten die Pennies wieder in der Münzrückgabe, und hoffnungslos fischte Madame Sousatzka sie wieder heraus. »Verzeihung«, murmelte sie, und Marcus ging weiter die Treppe hinunter. Als er unten im Hausflur ankam, sah er den Schatten eines Mannes die Stufen zum Haus heraufkommen und eingehend die neben der Haustür angebrachten Namenschilder mit den dazugehörigen Klingeln studieren. Nicht daß es ihm etwas geholfen hätte, denn keine der Klingeln funktionierte, und einen Klopfer hatte die Tür auch nicht. Nur Eingeweihte gewannen Zutritt zu 132 Vauxhall Mansions, indem sie mit der einen Schulter die Haustür etwas anhoben und aufstießen. Selbst Madame Sousatzka wendete diesen Trick an, wenn sie ihre Schlüssel vergessen hatte. Nur schob sie danach die Tür mit der anderen Schulter wieder zu, um den Schmerz auszugleichen.

Marcus beobachtete den Mann, wie er auf die verschiedenen Knöpfe drückte, und setzte sich auf die unterste Treppenstufe. Er horchte auf die Stille im Haus. Nach ein paar Minuten drückte der Mann wieder auf die Klingelknöpfe und trat dann etwas zurück, um zu den Fenstern hinaufzuschauen. Dann drückte er zum dritten Mal auf die Knöpfe und legte sein Ohr an die Glasscheibe.

Marcus lächelte. Er fand, der Mann sei geduldig genug gewesen und habe Einlaß verdient. Er drehte den Messingknopf an der Tür und zog. Aber die Tür war so lange schon an die rauhe Behandlung gewöhnt, daß sie sich weigerte, auf eine normale Behandlung zu reagieren. »Stoßen Sie«, rief er dem Mann durch den Schlitz in der Tür zu, wo früher mal ein Briefkasten gehangen hatte. Marcus trat zurück, während der Besucher die Tür aufstieß, und wenig später standen sich beide im Hausflur gegenüber.

»Hallo, hallo«, schrie Madame Sousatzka immer noch oben am Telefon. Dann wurde es still, und Marcus hörte das wohlbekannte Geräusch fallender Pennies. Er trat hinter den Besucher und schloß die Haustür. Daß Madame Sousatzka oben am Telefon und er allein hier unten im Flur stand, gab ihm ein Gefühl von Autorität.

»Was wünschen Sie?« fragte er den Mann.

»Jenny?« sagte der Mann unsicher. Anscheinend war er noch nie im Haus gewesen, und er war etwas nervös, überhaupt gekommen zu sein.

»Welche Jenny?« fragte Marcus eifersüchtig. Es war Freitag, und Jenny gehörte ihm, obgleich dieser Abend ein Mißerfolg gewesen war.

»Ich weiß nicht – einfach Jenny«, sagte der Mann.

Da kam es Marcus erstmals nach einem Jahr zum Bewußtsein, daß auch er Jennys Familiennamen nicht wußte.

»Du mußt Marcus sein«, sagte der Mann und versuchte, sich auf diese Weise ein besseres Alibi für seine Anwesenheit zu verschaffen. »Jenny hat mir nämlich viel von dir erzählt.«

»Was denn?« fragte Marcus neugierig. Plötzlich liebte er Jenny wieder zärtlich, weil sie mit einem Fremden über ihn gesprochen hatte.

»Sie hat gesagt, ich müßte dich spielen hören. Und

wenn du mir gefielest, müßte ich ein Konzert für dich arrangieren.«

»Hallo, hallo Marion, Liplink«, hörte man Madame Sousatzka triumphierend im Zwischenstock.

Marcus sah sich um. War es Madame Sousatzka erst einmal gelungen, zu der gewünschten Person durchzudringen, telefonierte sie stundenlang.

»Wer sind Sie denn?« flüsterte er wie ein Verschwörer.

Der Mann beugte sich zu ihm herunter und wisperte Marcus ins Ohr: »Felix Manders.«

Dieser Name war für Marcus legendär. Alle großen Künstler verließen sich mit ihren Konzerten auf seinen Namen. In Marcus' Vorstellung gehörten ihm alle Konzertsäle der Welt. Irgendwie hatte er ihn sich überhaupt nie als einen Mann vorgestellt, wie er jetzt vor ihm stand, in einem dunkelgrauen Anzug mit einer roten Nelke im Knopfloch; auch nicht lächelnd, wie er Marcus jetzt anlächelte, bescheiden und etwas befangen. In seiner Vorstellung hatte er nie einen Anzug getragen oder gelächelt. Er saß immer nur als Schatten hinter den Auftretenden – entweder auf der Schulter eines Pianisten oder auf dem Schoß eines Cellisten. Am liebsten wäre Marcus die Treppe zu Madame Sousatzka hinaufgestürzt: ›Madame Sousatzka! Madame Sousatzka! Kommen Sie schnell runter, Felix Manders ist hier. Felix Manders ist in die Vauxhall Mansions gekommen.‹ Aber aus irgendwelchen Gründen wollte er, daß das Geheimnis unter ihnen beiden bliebe. »Mr. Manders«, flüsterte er, »kommen Sie, ich werde ihnen jetzt etwas vorspielen.«

Aber Zuhören schien gar nicht der Zweck von Mr. Manders' Besuch zu sein. Er hatte es eilig, zu Jenny hinaufzukommen. »Ein andres Mal«, sagte er freundlich, »ich werde alles arrangieren.«

»Nein«, entgegnete Marcus und zog ihn am Ärmel. »Ich will Ihnen jetzt was vorspielen. Ich spiele Ihnen die Etüde vor, an der ich gerade arbeite. Bitte, hören Sie zu.« Er zog Mr. Manders in Madame Sousatzkas Zimmer. »Setzen Sie sich«, sagte er und schubste ihn beinahe in den großen Lehnsessel hinter dem Flügel. »Es dauert nicht lange. Nachher führ' ich Sie dann zu Jenny hinauf.«

Mr. Manders war ausgesprochen in Verlegenheit. Er befand sich in einer höchst peinlichen Situation. Er saß in der Falle und war das Opfer einer sehr sanften, wenn auch unbewußten Erpressung. »Also gut«, sagte er, »aber nur die Etüde.«

»Ich höre zu, Sie hören zu, und es wird spielen«, sagte Marcus. Daß er das sagte, war nur eine andere Form des Daumenhaltens, um das Glück zu beschwören. Er legte sein ganzes Herz in den Einleitungsakkord. Wahrscheinlich war es das erste Mal in Mr. Manders' Karriere als Konzertmanager, daß ihm eine Etüde als Verkaufsobjekt vorgetragen wurde. Nicht daß es etwas ausmachte, aber es war einfach nicht üblich. Mr. Manders hätte Czerny nicht von Chopin unterscheiden können. Wie so viele kommerzielle Kunstmäzene hatte er sein Geschäft nach der Maxime aufgebaut: ›Von Musik verstehe ich nichts, aber ich weiß, was mir gefällt.‹

Und seltsamerweise erwies sich das, was Mr. Manders

gefiel, sehr oft als das, was auch einem durchschnittlichen Publikum gefiel; und er war stets darauf bedacht, seine Veranstaltungen durch die eine oder andere Attraktion interessanter zu machen.

Er hatte zum Beispiel einen berühmten Pianisten gebucht, der von einem Liegestuhl aus spielte. Eine seiner Sängerinnen sang mit den Händen auf dem Kopf, »damit die Töne nicht tremolieren, ohne daß ich es will«, wie sie sagte. Aber seine größte Sensation war eine Cellistin gewesen, die im Damensattel für ihr Publikum spielte. Er hatte ihr eine Menge Auftritte verschafft, hauptsächlich Solokonzerte, weil sie mit den Orchestern nicht allzugut stand. Der Durchschnitt der Cellisten, von denen die meisten sie aus dem Sattel spielen konnten, betrachtete sie als Verräterin. Aber sie verdiente gut, und Manders bekam seine Provision.

Er beobachtete Marcus und fragte sich, was er aus ihm machen könnte. Sein Spielen klang ganz brillant. Besonders die Tonleiter- und Arpeggiopassagen machten großen Eindruck auf ihn, vor allem, wenn er fortissimo spielte. Leisespielen interessierte ihn nicht. Er wollte großes Feuerwerk. Der Junge hatte Talent, das merkte jeder. Aber es brauchte einen Mann wie Manders, um ihn sich in kurzen Samthosen vorzustellen und ihn als Neunjährigen auszugeben, was ohne weiteres hätte stimmen können. Er begann schon, sich die Phrasen für die Presse zurechtzulegen. ›Ein ganz normaler, Junge. Spielt Kricket für seine Schule. Ein guter Schwimmer. Liebt seine Mutter. Voller Schabernack wie jeder normale kleine

Junge.‹ (Suche Beispiele dafür in ›Abenteuer eines Schuljungen‹.) ›Zufällig hat er schon in der Wiege den großen Paderewski gehört und wollte seitdem Pianist werden. Spielte schon Klavier, bevor er kriechen konnte. Seine Technik ist beängstigend.‹ (Gut gesagt.) ›Probleme der Eltern, die sich einem genialen Sohn gegenübersehen.‹ (Ein Fressen für die Sonntagsblätter.) Briefe an die Redaktion: ›Mein Joe konnte schon lesen, als er drei Monate alt war. Welcher Leser kann das überbieten?‹ Er war unerschöpflich. Außerdem konnte Mr. Manders ein neues Wunderkind gebrauchen. Sein augenblickliches näherte sich langsam den Zwanzig, und es wurde immer schwieriger, ihn zu vermarkten. Er sah zwar jünger aus, aber er hatte schon vor Jahren Stimmbruch gehabt und mußte deshalb bei Interviews den Mund halten und Manders reden lassen. Auch hatte er haarige Beine, und das wirkte etwas lächerlich unter den kurzen Samthosen. Nein. So lange ein Wunderkind vermarktet werden konnte, war es ein gutes Geschäft. Mr. Manders entschied sich auf der Stelle. »Komm zu mir«, sagte er laut, obgleich die Etüde, die Marcus spielte, noch nicht zu Ende war. »Ich glaube, ich kann dir helfen.«

Marcus hörte ihn nicht. Er merkte auch nicht, daß Mr. Manders aufstand. Er hörte weder die Tür aufgehen, noch merkte er, daß Madame Sousatzka hinter ihm stand. Sie wartete auf das Ende der Etüde.

»Manders«, sagte sie in einem Ton, als habe sie einen Laufburschen vor sich, »was haben Sie hier zu suchen?«

Madame Sousatzka hatte Mr. Manders nie kennengelernt, kannte aber sein Gesicht sehr gut. Es war ein Gesicht, das Tausende von Konzertbesuchern kannten. Ein paar Minuten vor Konzertbeginn tauchte dieses Gesicht im Zuschauerraum auf, saß am Ende der Reihe auf einem Klappsitz, der mit einem Hörapparat ausgestattet und für Schwerhörige reserviert war. Er sah sich mit einem letzten befriedigten Blick um und schloß bis zur Pause gewöhnlich die Augen. »Was haben Sie in meinem Zimmer zu suchen?« wiederholte sie.

»Er wollte Jenny besuchen«, antwortete Marcus, »und als er mir gesagt hat, wer er ist, hab' ich gesagt, ich wolle ihm vorspielen.«

Mr. Manders wünschte sehnlichst, er hätte nie seinen Fuß in dieses Haus gesetzt. Seine Beziehung zu Jenny wurde streng geheimgehalten. Er war nur gekommen, weil er verreiste und sie vor seiner Abreise noch sehen wollte. Er hätte Madame Sousatzka gern ins Vertrauen gezogen, aber der Junge hinderte ihn daran.

»Jenny?« erkundigte sich Madame Sousatzka. Das war ihr neu. Sie hatte geglaubt, alle Kunden von Jenny zu kennen. »Jenny?« wiederholte sie, und plötzlich gingen ihr die Möglichkeiten der Situation auf.

»Ganz recht«, gestand Mr. Manders kleinlaut.

»Wollten Sie Jenny prüfen?«

»In was?« fragte Marcus.

»Lauf jetzt, mein Liplink«, sagte Madame Sousatzka zu ihm. »Ich habe mit Mr. Manders etwas zu besprechen.« Manders saß in der Falle, und er wußte es. Er lächelte Marcus zu, als der Junge aus dem Zimmer ging.

»Soll ich Jenny sagen, daß Sie hier sind, Mr. Manders?« fragte er.

»Nein, laß nur. Ich geh später zu ihr.«

Marcus schloß die Tür. Manders nahm seine Füllfeder heraus und ließ sie auf seine Finger auftippen. Er versuchte, die Überlegenheit wiederzugewinnen, die er in seinem Agentenbüro empfand, aber das war schwierig, solange er stand. Und er konnte sich nicht gut setzen, solange Madame Sousatzka noch stand und auf ihn herabsah. Aber sie setzte sich, und zwar auf den Klavierhocker, den Marcus so hoch hinaufgeschraubt hatte wie nur möglich. Hoch aufgerichtet bedeutete sie ihm, Platz zu nehmen. Er setzte sich in einen niedrigen Sessel ihr gegenüber. Er hatte das Gefühl, fast auf dem Fußboden zu sitzen. Madame Sousatzka fixierte ihn wortlos. Ihre rechte Hand suchte die Tasten, und während sie ihn fixierte, spielte sie gelassen eine Tonleiter. Als sie oben angelangt war, hielt sie einen Augenblick inne und kam dann ebenso gelassen wieder herunter. Dann schlug sie den Tonika-Akkord an, wobei sie ihn scharf ansah. »Er ist noch nicht fertig«, sagte sie.

»Aber selbstverständlich ist der Junge fertig, Madame Sousatzka.« Manders beugte sich vor, soweit es auf dem niedrigen Sitz möglich war. Er lächelte und war erleichtert, daß Madame Sousatzka mit ihm nicht über Jenny sprechen wollte. »Er ist mehr als fertig. Wenn er jetzt nicht herauskommt, verliert er seine Frische. Warum bringen wir ihn nicht heraus, solange er noch klein ist?«

»Wir?« fragte Madame Sousatzka. »Noch ist er mein Schüler. Er muß noch viel lernen.«

»Auch Rubinstein muß noch viel lernen«, entgegnete Manders, obgleich er nicht recht wußte, was. »Dasselbe gilt für Horowitz. Und für... Mit einem Wort, alle großen Künstler müssen noch viel lernen. Aber das lernen sie durch Erfahrung. Und wie soll dieser Junge Erfahrung bekommen, wenn er nicht konzertiert?«

»Mr. Manders«, sagte Madame Sousatzka sehr von oben herab und stand auf, »Klavierspielen ist nicht nur spielen nach Noten. Sie sind Geschäftsmann. Von Musik«, sie schüttelte verächtlich ihren Arm hin und her, »Sie verstehen nichts. Manche Leute verkaufen Kleider, manche verkaufen Möbel. Und Sie? – Sie verkaufen Künstler. Das ist Ihr Geschäft. Sie putzen heraus den Künstler, damit er sich verkauft sehr gut. Erst vorige Woche Sie hatten einen schwarzen Pianisten im großen Konzertsaal. Ich habe ihn gehört, Mr. Manders. Er spielt Klavier, wie ich eine Lokomotive fahre, und glauben Sie mir, Mr. Manders, ich kann nicht fahren eine Lokomotive. Aber er ist schwarz. Sehr schön. Es ist was anderes. Und jetzt Sie wollen mir wegnehmen meinen Jungen, ihm anziehen kurze Samthosen, ihn setzen in große Festival Hall mit seine extra erhöhte Pedal und verdienen viel Geld mit ihm. Ist Ihnen gleich, ob der Junge spielt gut oder nicht. Wenn er dann ist älter und muß tragen lange Hosen, Sie lassen ihn fallen. Vielleicht er spielt dann sogar viel besser. Trotzdem Sie werden sagen zu ihm, ›tut mir leid, aber die Leute kaufen nicht mehr‹. Was dann? Vielleicht Sie beantworten mir das, Mr. Manders. Was dann?« wiederholte sie.

»Wenn Sie nicht den Wunsch haben, den Jungen herauszubringen, kann ich das verstehen, und ich bin bereit zu warten, bis Sie der Meinung sind, daß er fertig ist.« Mr. Manders hatte keine Lust, gerade jetzt einen ungünstigen Eindruck bei Madame Sousatzka zu hinterlassen. Durch die Jenny-Angelegenheit stand zuviel auf dem Spiel. Er mußte sich gut mit ihr stellen. »Natürlich verstehen Sie mehr von Musik als ich«, schmeichelte er ihr.

»Das ich will hoffen«, antwortete sie. »Das wenigstens ich will hoffen.«

Mr. Manders lachte unsicher.

»Sie können jetzt gehen zu Jenny«, sagte sie. »Aber lassen Sie in Ruhe den Jungen.«

»Gewiß, gewiß, Madame Sousatzka«, erwiderte er, stand auf und lehnte sich über den Flügel. »Sie verstehen, es wäre mir nämlich ein bißchen peinlich, wenn es sich in Fachkreisen herumsprechen würde, wissen Sie – die Sache mit Jenny, meine ich«, flüsterte er ihr zu.

»Lassen Sie in Ruhe den Jungen«, war alles, was ihm Madame Sousatzka zur Antwort gab. Als Gegenleistung für ihr Stillschweigen war er bereit, Marcus für alle Zeiten in Ruhe zu lassen. Er hatte das Gefühl, glimpflich davongekommen zu sein. »Nicht mal, wenn er fertig ist«, lachte er.

»Wenn er ist fertig«, sagte sie und wies auf die Tür, »er braucht keinen Agenten.«

Als Manders draußen war, sank Madame Sousatzka in dem niedrigen Sessel zusammen. Sie fühlte sich verlassen und bedroht, wie eine selbsternannte Monarchin, die ihr Reich zerfallen sieht. Und was das schlimmste war, der Feind hatte die Hauptstadt getroffen. Keiner ihrer anderen

Schüler hatte Marcus' Talent. Aber ganz abgesehen davon, ging es um Marcus, das Kind. Er war der Sohn, den Boris ihr vielleicht geschenkt hätte. Er war der Enkel, geboren, seine Großeltern, ihre Eltern, zu überleben. Er war die Fortsetzung einer abgebrochenen Linie, wie der Teil eines zerschnittenen Wurmes, der sich mit einer selbstverständlichen, unabänderlichen Gewißheit wieder erneuert. Gleichzeitig war ihr klar, daß sie ihn verlieren würde, daß er ihr nie wirklich gehört hatte; und daß sie trotz aller Liebe, die sie ihm geschenkt, nicht das Recht hatte, ihn zu besitzen. Sie empfand plötzlich eine schreckliche Sehnsucht nach Boris. Sie klappte den Flügel auf und begann ein ruhiges russisches Liebeslied zu spielen und leise seine halbvergessenen Worte dazu zu singen. Draußen wurde es langsam dunkel. Vor einem der Häuser am Platz hielt ein großer Möbelwagen.

Madame Sousatzka lief ans Fenster. Zwei Männer luden eine Matratze auf, und zwei andere folgten mit einem Küchentisch. Dann kam eine Frau mit einer Blumenvase und einem Koffer aus dem Haus, gefolgt von zwei kleinen Kindern, die stehenblieben und im Vorgarten alle Blumen abpflückten. Alle stiegen in den Möbelwagen, und der Fahrer schloß die Türen. Dann fuhren sie geräuschlos davon. Das Ganze hatte ungefähr fünf Minuten gedauert. Madame Sousatzka starrte auf das verlassene Haus. An jedem Frontfenster hingen noch die Tüllvorhänge, leere Hüllen, um ein bewohntes Haus vorzutäuschen. Ein tiefer Haß erfüllte sie plötzlich gegen die Familie, die sich vom Platz davongestohlen hatte. Sie fühlte sich betrogen und zog schnell die Vorhänge zu. Sie starrte den Flügel an und die Etüde, die Marcus gerade Mr. Manders vorgespielt hatte. »Es ist ungerecht«, schluchzte sie und ließ sich auf dem hochgeschraubten Klavierhocker nieder. Dort thronte sie und stöhnte wie eine gestrandete Möwe.

VIII

Als Marcus das Musikzimmer verließ, wäre er fast vor der Tür stehengeblieben, um zu horchen. Aber er war zu aufgeregt, um lange stillzustehen. Mr. Manders würde ihm helfen. Er hatte es jedenfalls gesagt. Marcus mußte irgendeinem Menschen davon erzählen. ›Mama‹, dachte er. Und er war froh, daß sie ihm als erste eingefallen war. Sie würde später sowieso anrufen, wie jeden Freitagabend. Aber so lange konnte er nicht warten. Er mußte mir ihr sprechen. Und er lief nach oben zum Fernsprecher.

»Mama?« sagte er, als sie antwortete.

»O mein Gott«, schrie sie, »was ist passiert? Haste gehabt a Unfall? Hab' ich doch gleich gesagt, nix Gutes wird kommen von dieser Frau!«

»Nein, Mama«, sagte Marcus. Es bereute diesen Anruf. Nach ihrer Bemerkung über Madame Sousatzka hätte er ihr am liebsten überhaupt nichts erzählt. »Alles ist in Ordnung«, sagte er resigniert. »Eigentlich wollte ich dir nur was erzählen.«

»So? Was denn? Erzähl mir.«

»Rat mal.« Marcus ließ sie ein bißchen zappeln.

»Raten soll ich. Hör mich an, Marcus, entweder du erzählst mir auf der Stelle, oder ich schrei'«, drohte sie ihm.

»Du, Mama«, flüsterte er mit wiedererwachender Begeisterung, »ich soll ein Konzert geben.«

»A Konzert? Wie? Wo? Was?«

Da erzählte ihr Marcus die ganze Geschichte mit Manders und wie er ihm vorgespielt hatte.

»A Konzert«, frohlockte Mrs. Crominski. »Endlich biste soweit. Was sagt denn deine Madame Sousatzka dazu?«

»Sie scheint etwas verärgert darüber zu sein. Gerade spricht sie mit Mr. Manders.«

»Verärgert soll sie sein?« Mrs. Crominski war sprachlos. »Ach so!« Nun war ihr auch plötzlich alles klar. »Jetzt versteh' ich. Jetzt versteh' ich das Ganze erst überhaupt. Ich komme sofort«, sagte sie entschieden. »Jawohl, ich komme«, wiederholte sie, um seinen Einwände zuvorzukommen. »Ich setz' mir nur auf mein Hut.« Sie hängte ab, ehe Marcus noch protestieren konnte. Es tat ihm leid, daß er ihr etwas erzählt hatte. Sicher setzte sie sich jetzt gerade vor dem Spiegel ihren braunen Hut auf. Marcus wußte, daß sie dabei dachte, was für ein scheußlicher Hut das sei. Er wußte, sie litt darunter, daß er den Hut haßte. Er nahm sich vor, niemandem zu sagen, daß seine Mutter käme, und sehr erstaunt zu tun, wenn sie auftauchte. Er versuchte, nicht daran zu denken.

Er wollte unbedingt noch mit einem anderen Menschen über Manders sprechen. Mit Jenny vielleicht? Aber die Zeit war zu kurz, denn Manders hatte ja vor, zu ihr hinaufzugehen. Was wollte Manders eigentlich von Jenny? – Mit Cordle vielleicht? Aber die Sache mit den Fachausdrücken war ihm noch zu frisch im Gedächtnis. Sicher würde der alte Cordle sofort wieder davon anfangen. Blieb nur noch Onkel. Marcus beschloß, zu ihr hinunterzugehen.

Die Treppe zu Onkels Wohnung ging zum Schluß in Steinstufen über. Das machte es unmöglich, die Gräfin jemals zu überraschen. Bevor man unten ankam, konnte sie vierzehn Steinstufen zählen, und wem es gelang, diese geräuschlos hinter sich zu bringen, mußte immer noch über die Stelle mit dem knarrenden Linoleum vor ihrer Tür hinwegkommen. Onkel hätte eine Fliege auf dem Linoleum landen hören, und bis man an ihre Tür kam, hatte sie längst gerufen: »Wer ist da?«

Marcus sprang die Steinstufen hinunter und rief schon auf halbem Wege: »Ich bin's, Marcus«, um ihr die Frage und die Mühe, den Mund aufzumachen, zu ersparen.

Sie schaute gar nicht auf, als Marcus ins Zimmer kam. Atemlos vor Aufregung stand er vor ihr. Er wartete darauf, daß sie ihn fragen würde, was geschehen sei. Aber heute war Onkel besonders müde. Eine Magenverstimmung hatte verschiedene Gänge durch den Garten notwendig gemacht, und das einzige, zu dem sie sich aufraffen konnte, war das fragende Hochziehen einer Augenbraue.

»Mr. Manders ist oben«, stieß er hervor.

Ein erneutes Hochziehen der Braue.

»Sie wissen doch – Mr. Manders?« sagte Marcus, der ihre Form der Verständigung inzwischen schon ebensogut kannte wie Mr. Cordles verrückte Terminologie. »Der Manager«, fuhr er fort. »Ich habe ihm vorgespielt.« Nachdem sie ihre Augenbrauen erschöpft hatte, öffnete sie den Mund – weit genug, wie sie hoffte, um ihr Erstaunen zum Ausdruck zu bringen.

»Ja, wirklich«, sagte Marcus und lachte. »Er hat gesagt, er wird mir helfen. Ich werde ein Konzert geben.« Er legte seine Arme auf ihre Schultern und wirbelte sie mit ihrem Stuhl herum, so daß er den ganzen Schaukelrhythmus durcheinander brachte. Er kniete sich vor sie hin und sagte langsam und eindringlich, damit es die schmutzige Gräfin auch in seiner ganzen Wichtigkeit begriff: »Ich werde ein Konzert geben.«

Arme Onkel; sie hatte keine mimischen Ausdrucksmöglichkeiten mehr zur Verfügung, um alle Fragen zu stellen, die sie Marcus so brennend gerne gestellt hätte. Und sie sprach sehr schnell, als habe sie gar keine Zeit; ähnlich wie ein Autofahrer, der auf den Gashebel tritt, weil er sieht, daß seine Benzinuhr nach leer hin ausschlägt. »Weiß Madame Sousatzka davon?«

»Sie war dabei. Sie hat mich spielen hören.«

»Sie hat dich spielen lassen?« Onkel war skeptisch. Darum erzählte Marcus ihr die ganze Geschichte. »Sie sitzen noch immer oben und sprechen über mich.«

»Ich glaube eher, sie sprechen von Jenny.« Und plötzlich brach die Gräfin in Gelächter aus. Dafür schien sie ihre Energie aufgespart zu haben, denn es war ein wildes Gelächter, jung und kraftvoll.

»Was ist los, Onkel? Glauben Sie, Madame Sousatzka wird mich nicht lassen? Wird sie mir's verbieten, Onkel? Wird sie sagen, ich bin noch nicht fertig?«

Onkel legte einen Arm um seine Schultern. Das war für ihre Verhältnisse eine sehr großzügige Geste, und Marcus wußte diese ungewohnte Energieverschwendung zu schätzen. Ja, sie beugte sich sogar nach vorn und küßte ihn auf die Stirn. Es war ein anstrengender Tag für Onkel. Zweifellos brauchte sie mindestens eine Woche, um sich davon zu erholen.

»Beruhige dich, mein Schatz«, sagte sie zu ihm. »Sie wird schon einverstanden sein, du wirst sehen. Ich werde mit ihr reden. Du wirst dein Konzert geben. Und wir werden alle kommen, Cordle, Jenny, Sousatzka und ich.« Sie hielt für eine wohlverdiente Halbzeit inne. »Ich werde mein Diadem tragen«, lachte sie, »und ich werde allen Leuten erzählen, daß ich deine Wochenendwirtin bin. Nach dem Konzert veranstalten wir dann ein großes Fest. Ich tanze mit Cordle, du tanzt mit Jenny, und Madame Sousatzka tanzt mit...sie tanzt mit – « Onkel fuhr mit gespieltem Ernst fort: »Sie tanzt mit Mr. Manders eine Quadrille.« Und dann tat Onkel etwas ganz Unglaubliches: sie stand tatsächlich auf, zog Marcus vom Boden hoch, streckte graziös die Hand aus, Marcus ergriff ihre Fingerspitzen, und die Gräfin summte ein feierliches Menuett. Es gelang ihnen, ein freies Stück Fußboden zu finden, um den Tanz, vom Summen der Gräfin begleitet und unter ihrer unverkennbar fachmännischen Leitung, auszuführen. Als der Tanz zu Ende war, nahm die Gräfin ein imaginäres Chiffontuch von ihrem Handgelenk und wedelte es schwermütig vor ihrem Gesicht hin und her, wie eine Fahne auf Halbmast; sie verneigte sich mit einem Hofknicks vor Marcus, der sich seinerseits tief vor ihr verneigte.

So fand Madame Sousatzka die beiden vor, als sie unbemerkt zu Onkel ins Zimmer trat. Sie klatschte in die Hände, und die Tanzenden drehten sich erschrocken zu ihr um. Onkel konnte sich gerade noch daran erinnern, daß sie sich vor allen Dingen erst mal hinsetzen müßte. Sie kehrte zu ihrem Schaukelstuhl zurück und ließ Marcus stehen, der Madame Sousatzka mit offenem Mund anstarrte.

Sie stand in der offenen Tür; ihre Augen waren gerötet und ihr Pony zerrauft. Sie hatte aufgehört zu klatschen, und Marcus sah ein weißes zusammengeknülltes Taschentuch in ihrer Faust.

»Was ist denn, Madame Sousatzka?« fragte er und ging auf sie zu. Madame Sousatzka streckte ihre Arme nach ihm aus, als er näher kam, und hielt ihn fest an sich gepreßt. Dann begann sie von neuem still vor sich hinzuschluchzen. Sie sprach kein Wort.

»Kommen Sie herein und setzen Sie sich erst mal, meine Liebe«, sagte die Gräfin, ohne den Kopf zu drehen. »Marcus, geh ein Weilchen in dein Zimmer. Ich möchte mit Madame Sousatzka sprechen. Du kannst inzwischen schon das Damebrett zurechtmachen. Vergiß nicht, ich nehme Weiß«, lachte sie. »Jenny sagt, daß Schwarz kein Glück bringt.«

Marcus ging in sein Zimmer, das direkt neben ihrem lag und mit diesem verbunden war. Er machte die Tür hinter sich zu und saß zitternd auf seinem Bett. An der Tür zu horchen, kam ihm diesmal gar nicht in den Sinn.

»Es ist wegen Manders, nicht wahr?« fragte Onkel, als Madame Sousatzka sich gesetzt hatte.

Madame Sousatzka nickte traurig. »Ja, seinetwegen. Ich will tun nur das, was ist richtig für den Jungen, das Sie wissen, Onkel? Nur was ist richtig für ihn!«

»Was für ihn richtig ist, Sousatzka, oder was für Sie richtig ist?« Onkel kam sofort auf den springenden Punkt zu sprechen. Madame Sousatzkas Antwort war ein lautes Stöhnen. Sie wußte, daß Onkel ihr Dilemma durchschaute, und Onkel wußte auch, daß Sousatzka das wußte. »Wir werden zu Jenny gehen«, sagte sie. »Wir werden eine Séance abhalten. Das wird alles klären.« Madame Sousatzka zuckte nur skeptisch die Achseln.

»Hat sie nicht Cordles Problem auch gelöst? Verlaß dich auf das Glas, sage ich mir immer. Es hat noch nie versagt. Sprechen Sie doch mit Jenny.«

»Es ist sehr wichtig«, erwiderte Madame Sousatzka. »Glauben Sie, sie wird es tun noch heute abend für mich? Sie hätten Zeit heute abend, Onkel?«

Onkel dachte einen Augenblick nach. Sie hatte immer Zeit, aber sie weigerte sich, es zuzugeben. »Ja, ich wäre heute abend frei«, sagte sie großmütig. »Und fragen Sie auch Cordle. Er ist immer bereit. Bitten Sie Jenny, es heute abend zu arrangieren, wenn Marcus im Bett ist.«

»Ein unangenehmer Mensch, dieser Manders«, sagte Madame Sousatzka plötzlich. »Ein Geschäftsmann. Er ist wie die anderen. Das ich habe ihm gesagt. Menschen für ihn sind wie Waren in Laden.«

»Aber Leute wie Manders sind notwendig«, entgegnete Onkel, »was sollte sonst aus all den Marcussen werden?«

»So viele Marcusse es gibt gar nicht«, unterbrach sie Madame Sousatzka.

»Auf alle Fälle muß er Marcus als Ihren Schüler ankündigen«, fuhr Onkel fort. »Denken Sie doch bloß mal, wie gut das für Sie sein wird. Sie werden die gesuchteste Pädagogin in London sein. Alle kleinen Marcusse werden nur noch zu Ihnen kommen.« »Nein, nein«, fing Madame Sousatzka wieder zu weinen an, »es gibt nur einen Marcus. Er ist anders. Als er kommt zu mir, er spielt nur mit seine Finger.« Onkel wunderte sich im stillen, womit um alles in der Welt man denn sonst spielen sollte. »Aber jetzt«, fuhr Madame Sousatzka fort, »jetzt er spielt mit alles – mit Geist, mit Körper, mit ...«Ihr fehlten die Worte. »Mit alles spielt er. Ohne mich er ist nichts.«

»Aber er gehört Ihnen doch nicht«, sagte Onkel. Sie war schon ganz müde von ihrer ungewohnten Betriebsamkeit und hätte die Entscheidung nur allzugern den Bewegungen des Glases überlassen. »Arrangieren Sie es für heute abend, meine Liebe. Ich komme dann um zehn Uhr zu Jenny nach oben.« Bei der Vorstellung von den vier Treppen, die sie erklimmen mußte, um an der Sitzung teilzunehmen, drehte sie sich in ihrem Stuhl auf die Seite und überließ sich dem Schlaf.

Madame Sousatzka stand leise auf und ging auf Marcus' Zimmer zu. »Marcus«, rief sie zärtlich und machte die Tür auf. Er lag auf dem Bett und spielte gegen sich selber Dame. »Nicht doch, nicht doch«, sagte sie, als sie sah, daß er einen falschen Zug machen wollte. »Siehst du denn nicht, der schwarze Stein hier nimmt dir ja weg die beiden weißen.«

»Aber *ich* habe doch die schwarzen«, sagte Marcus.

»Wer denn hat die weißen?«

»Auch ich, natürlich«, lachte er, »aber einer muß doch verlieren.«

Madame Sousatzka ließ sich auf den Bettrand sinken.

Dabei stieß sie versehentlich gegen das Damebrett, und die Steine rutschten durcheinander. Marcus steckte sie alle in ein rotes Säckchen.

»Onkel schläft«, sagte Madame Sousatzka. »Soll ich mit dir spielen?«

»Nein, danke, ich habe keine Lust mehr«, sagte Marcus. »Ich würde gerne üben. Kann ich den Flügel jetzt benutzen?«

»Ja«, willigte sie traurig ein. »Aber du mußt nur üben die Etüden. Aber nicht bloß wegen Konzert, sondern überhaupt, du hast verstanden? Überhaupt.« Sie küßte ihn auf den Kopf und verließ schweren Herzens auf Zehenspitzen Onkels Wohnung.

Vor der Tür kramte sie in ihrem Portemonnaie nach Pennies. Mit den Pennies in der Hand stieg sie die Treppe zum Fernsprecher im Zwischenstock hinauf. Sie konnte Jenny jetzt nicht aufsuchen, das war ihr klar. Manders war wahrscheinlich noch bei ihr, und sie wollte ihm nicht noch einmal begegnen. Sowieso hatte sie sich nie um Jennys Geschäfte gekümmert, weil sie sich nicht dafür interessierte.

Sie steckte ihre Pennies in den Apparat, bevor sie die Nummer wählte, und legte den Daumen auf Knopf A, um ihn rechtzeitig hinunterzudrücken. Daß sie alles richtig machte, war ein reiner Zufall. Vom Zwischenstock aus konnte sie das Telefon in Jennys Zimmer läuten hören. Sie horchte sehr lange und wartete. Sie sah das Zimmer vor sich und war überzeugt, daß Jenny, wenn sie zu Hause wäre, das Telefon selbst vom äußersten Winkel aus längst hätte erreichen müssen. Dennoch ließ sie es weiterläuten. Jenny ging eigentlich freitags nie aus. Madame Sousatzka hörte Mr. Cordle hinter seiner Tür eine halbe Treppe höher schwer atmen. Wahrscheinlich kolorierte er eine seiner Tafeln. Das Läuten oben verstummte plötzlich, und Madame Sousatzka vernahm ein sehr verschlafenes ›Hallo‹. Sie drückte Knopf A herunter. »Jenny?« flüsterte sie. Jenny bejahte, gleichfalls flüsternd. »*Ich* bin es – Sousatzka. Ich wollte fragen, ob das Glas ist zu Hause zufällig heute abend?«

»Heute abend?«

»Ja. Ist sehr wichtig. Er hat Ihnen nicht erzählt? Ich muß wissen unbedingt, was ich soll tun. Onkel wird kommen auch, und jetzt ich sage noch Bescheid Cordle. Bitte, Jenny... Ich weiß, ich soll machen Verabredung vorher. Aber ich mache Verabredung jetzt. Notruf«, platzte sie heraus, plötzlich von dem Brett über dem Telefon inspiriert, auf dem die Instruktionen und Telefonnummern von Polizei, Feuerwehr und Krankenwagen angebracht waren.

»Keine Angst«, lachte Jenny jetzt. »Um zehn Uhr. Ich mache alles bereit.«

Jenny hängte ab, und Madame Sousatzka hörte sie oben in ihrem Zimmer umhergehen. Dann legte auch sie den Hörer auf und drückte aus lauter Gewohnheit auf Knopf B. »Cordle«, rief sie hinauf, »ich komme jetzt zu Ihnen.«

»Moment! Moment!« schrie er in Panik. »Ich male an der Tür!«

Madame Sousatzka wartete draußen, bis Cordle sie hereinließ. Er trug einen goldgelben Kittel, in dessen großen Taschen lauter Pinsel steckten. Die Tafel an der Tür war neu koloriert, nur hatte Mr. Cordle sich diesmal aus unerfindlichen Gründen auf Ölfarben kapriziert. Normalerweise kolorierte er seine Tafeln mit Plakafarben. Anscheinend aber war ihm diese Tafel besonders wichtig.

»Sie haben gefunden eine neue Farbe, Cordle?« fragte Madame Sousatzka aus Höflichkeit.

Cordle rieb sich die Hände. »Sousatzka«, flüsterte er, »ich glaube, ich hab's.« Aber Sousatzka war viel zu sehr von ihrem eigenen Problem erfüllt, um Cordles neue Entdeckung mit der gebührenden Begeisterung zu begrüßen. »Ich hab's«, wiederholte Cordle in der Meinung, sie habe ihn nicht gehört. »Das wirft meine ganze Methode über den Haufen. Und wissen Sie, wer mich auf die Idee gebracht hat? Marcus.«

Bei der Erwähnung dieses Namens horchte Madame Sousatzka auf. »Seinetwegen ich bin hier«, sagte sie.

»Wieso? Haben Sie Ihre Methode auch geändert?« fragte Mr. Cordle ängstlich. Da sein Beruf mehr oder weniger von ihrem abhing, neigte er zu der Ansicht, daß sie ihre beiden Methoden aufeinander abstimmen sollten.

»Nein.« Sousatzkas Stimme klang entschlossen. »Die Methode ist dieselbe.« Und sie erzählte Mr. Cordle ihr Erlebnis mir Mr. Manders. »Onkel sagt, wir müssen fragen das Glas. Jenny macht es bereit für heute abend. Sie können doch kommen, Cordle, ja?« bettelte sie.

»Natürlich komm' ich. Ich bin ein großer Anhänger vom Glas; besonders in meinem Fall, als es mir möglich war, eine Entscheidung zu treffen. Aber Sousatzka«, warnte er, »was das Glas entscheidet, müssen Sie dann auch tun.«

»Ich weiß, ich weiß«, sagte Madame Sousatzka und brach fast zusammen, »das ist es eben.«

»Was *wollen* Sie denn gern?«

»Ich will das, was für meinen Jungen ist richtig.« Beide schwiegen. Cordle wußte nicht recht, was er ihr raten sollte, und zog es wie die Gräfin vor, die Verantwortung abzuwälzen.

»Das Glas wird Ihnen helfen«, redete er ihr gut zu. »Um zehn werde ich oben sein.«

Behutsam zog er die Tafel von der Tür weg, um Madame Sousatzka vorbeizulassen, und sie ging langsam die Treppe hinunter in ihr Zimmer.

Marcus übte an seiner Etüde, und die Brillanz seines Spiels machte sie ganz krank. Sie wartete vor der Tür, bis er fertig war, während sie ihn, vor sich hinflüsternd, korrigierte. Als er geendet hatte, hörte sie das Rascheln von Notenblättern. Er sang vor sich hin. Sie erkannte die Melodie als Beethovens Klavierkonzert, und ein schreckliches Gefühl von Niederlage und grenzenloser Verzweiflung überfiel sie. Endlich schien er die Noten gefunden zu haben, und sie hörte ihn die ersten Takte spielen. Im Grunde wollte sie gar nicht zuhören, aber ihre unsägliche Trostlosigkeit hielt sie an der Tür fest. Sie hörte Schritte auf dem Treppenabsatz und sagte sich, daß es Manders sein müsse, der herunterkam. Sie wollte ihm nicht wieder begegnen, wollte aber in diesem Augenblick auch nicht ins Musikzimmer gehen. Sie rannte in einen Erker am Ende des Hausflurs und beobachtete Mr. Manders, wie er die Treppe herunterkam. Als er an ihrer Zimmertür vorbeikam, blieb er stehen und horchte. Er lächelte. Sousatzka hätte ihn umbringen können. Er hatte kein Recht, wie ein gemeiner Ehebrecher in ihre Beziehung zu Marcus einzubrechen. Er hatte kein Recht, vor der Tür zu stehen und zuzuhören. Und er hatte schon gar kein Recht, zu lächeln.

Es kam ihr vor wie Stunden, bis er sich endlich umwandte und das Haus verließ. Marcus spielte noch immer und sang dazu die Orchesterstimmen. Dann hielt er mitten in einer schwierigen Passage inne. Er probierte sie noch einmal, aber wieder mißlang sie. Sie horchte, während Marcus die Passage wiederholte. Er verlangsamte das Tempo, versuchte einen anderen Fingersatz und verhedderte sich jedesmal mehr. Sie mußte lachen, als sie hörte, wie er das Metronom einstellte und es von neuem versuchte. Aber der Apparat hatte die ganze Passage bereits weggetickt, als er noch nicht einmal halb damit fertig war. Dann hörte sie, wie er in seiner Ohnmacht mit beiden Fäusten immer wieder auf die Tasten hämmerte, und sie ertränkte das ohrenbetäubende, durch das Pedal noch verstärkte Getöse in ihrem schallenden Gelächter. Sie lachte noch, als das Getöse am Flügel längst aufgehört hatte. Onkel, Cordle und Jenny hörten es durch das Haus hallen, wie das erstickte Gekreisch einer Geisterlokomotive.

Durch die Fenster des Musikzimmers sah Marcus seine Mutter die Frontstufen heraufkommen. Sie wußte nicht, daß keine der Klingeln funktionierte. Niemand erwartete sie. Er brauchte also nur die Tür nicht aufzumachen, und sie müßte wieder weggehen. Er ließ einige Zeit verstreichen. Er wußte, daß sie auf die stummen Klingelknöpfe drückte und wartete. Er sah sie draußen stehen, mit ihrem braunen Hut, ihrer Einkaufstasche und ihrer Ungeduld, und war entschlossen, sie nicht hereinzulassen, wußte aber gleichzeitig, daß es ihm hinterher leid tun würde. Alles Händehalten, alle Küsse der Welt könnten sie nicht entschädigen, wenn er sie an seinem persönlichen Leben nicht teilhaben ließe.

Er klammerte sich an die beiden Seiten des Klavierhockers, als wolle er sich an seinen Sitz anketten. ›Sie wird schon weggehen‹, dachte er, ›und morgen werde ich ihr dann erklären, daß die Klingeln nicht funktioniert haben, so daß niemand sie hören konnte.‹

Aber Madame Sousatzka stand noch immer draußen im Flur. Sie hatte einen Schatten hinter der Glasscheibe gesehen, und Marcus hörte, wie sie die Tür aufmachte. Er sprang auf und sah sich nach etwas um, was er verstecken mußte. Er hatte das Gefühl, irgend etwas Verdächtiges müsse herumliegen, ein Brief, eine Photographie oder ein Tagebuch, das es zu verstecken galt. Aber es lag nichts herum. Alles Verdächtige lag in ihm selber, und er wußte genau, daß das viel schwerer zu verbergen war. Er nahm sein Spielen wieder auf und spielte besonders laut, um vor sich selber eine Entschuldigung zu haben, daß er sie nicht habe ins Zimmer kommen hören. Als er die Stimme seiner Mutter hörte, brach er das Spiel sofort ab und mimte höchstes Erstaunen. Aber weder seine Mutter noch Madame Sousatzka schienen ihm zu glaubten, und er übertrieb seine Überraschung, um sie zu überzeugen.

»Du hast gar nichts gesagt zu mir, daß deine Mutter kommt, Marcus«, sagte Madame Sousatzka etwas ärgerlich.

»Ach, das hatte ich ganz vergessen. Ich war so aufgeregt über Mr. Manders und hab's vergessen.«

»Marcus«, sagte Madame Sousatzka, »dieser Mr. Manders nicht gut für dich, erstens. Zweitens, ich höre dich spielen das Vierte von Beethoven. Ist zu schwer. Du bist noch nicht fertig.«

»Natürlich bin ich noch nicht fertig damit. Morgen könnte ich es noch nicht spielen. Aber mit Stunden und Üben könnte ich es leicht spielen.« Er war plötzlich froh darüber, daß seine Mutter gekommen war.

Mrs. Crominski merkte, daß sie jetzt wenigstens Marcus auf ihrer Seite hatte. Sie konnte es sich also leisten, ein kleines bißchen nachzugeben. »Hör zu, Marcus«, sagte sie, »ist wichtig, daß Madame Sousatzka soll sagen, was sie denkt. Immerhin, Madame Sousatzka ist die Lehrerin.«

Marcus war ganz entsetzt über das, was er für einen Seitenwechsel hielt. »Aber Mama, ich weiß, ich kann es spielen. Ich weiß genau, daß ich fertig bin.«

»O, ist ein Problem«, sagte Mrs. Crominski heiter und sah der Diskussion mit Vergnügen entgegen. Dadurch, daß sie Marcus in Widerspruch zu Madame Sousatzka gebracht hatte, befand sie sich jetzt in der vorteilhaften Lage einer Vermittlerin. »Also gut, soll dieses Stück sein noch nicht so weit«, sagte sie. »Ich denke, daß wir sind uns einig darin, Madame Sousatzka. Sind aber viele Stücke –

sehr viele. Und sogar für dieses Stück« – sie wollte nicht riskieren, den Titel zu nennen und vielleicht etwas Falsches zu sagen – »ist viel Zeit noch, zu werden fertig. Konzert ist nicht morgen.«

Beide sahen Madame Sousatzka erwartungsvoll an. Die Reihe war zweifellos an ihr.

»Für mich ist viel größeres Problem als für Marcus«, sagte sie. »Wenn Marcus spielt schlecht, ist schlecht für Marcus. Aber für Sousatzka ist viel schlechter. Für Sousatzkas Renommee ist schlecht. Und für Sousatzkas Lebensunterhalt.«

Die Diskussion hatte eine ganz unerwartete Wendung genommen. Die Konzertfrage auf die Spitze zu treiben, schien mit einem Male auf nichts anderes hinauszulaufen, als Madame Sousatzka ihren Lebensunterhalt zu entziehen.

»Aber warum sollte denn Marcus spielen schlecht?« fragte Mrs. Crominski.

»Für mich er ist noch nicht fertig.«

»Darum kein Konzert?« sagte Mrs. Crominski drohend.

»Das ich habe nicht gesagt. Vielleicht, wenn er ist fertig.« Das Glas sollte für sie entscheiden; aber sie wollte den beiden nichts davon sagen.

»Wann sehen wir?« drängte Mrs. Crominski.

»Morgen vielleicht.«

Mrs. Crominski war vernünftig genug, nicht weiter in sie zu dringen. Sie wußte, daß Madame Sousatzka ihr drohender Tonfall nicht entgangen war. Sie wußte auch, daß Madame Sousatzka ihre Entscheidung bereits getroffen hatte, und sie war bereit, ihr mit der Antwort noch etwas Zeit zu lassen, um ihr nicht das Gefühl zu geben, sie sei dazu gezwungen worden. »Nächste Woche ist reichlich Zeit, Madame Sousatzka«, lenkte sie ein. »Ich versteh'. Ist für Sie große Entscheidung. Sie sollen sich lassen Zeit. Kann man nicht entscheiden so große Angelegenheit über Nacht. Sollen Sie warten eine Woche – vierzehn Tage vielleicht.«

Mrs. Crominski händigte die Zugaben mit größter Freigebigkeit aus; mit der Großzügigkeit, wie sie sich eine siegreiche Ehefrau einer aufgegebenen Geliebten gegenüber leisten kann, und Madame Sousatzka haßte sie dafür.

Sie versuchte zu lächeln. Mrs. Crominski sollte nicht merken, daß ihr die Entscheidung aufgezwungen worden war. Auf alle Fälle wollte sie das Glas befragen, und wenn das Glas entschied, daß kein Konzert stattfinden sollte, beschloß sie, diese Entscheidung unbedingt zu akzeptieren, ohne Rücksicht auf die Folgen. Wenn Mrs. Crominski nur schon ginge. Sie wollte mit Marcus allein sein.

Mrs. Crominski stand auf: »Ich glaube, wir haben besprochen alles Nötige. Ich geh' jetzt. Sie wollen vielleicht reden mit Marcus.« Sie kam zu Marcus, um ihn zu küssen, und Marcus versuchte, sein Gesicht wegzudrehen. Seine Mutter hatte gesiegt. Aber obgleich sie seine Interessen wahrgenommen hatte, fühlte er sich doch mit allen Fasern zu Madame Sousatzka hingezogen. Auch er hatte den Wunsch, mit ihr allein zu sein. Mrs. Crominski verließ das Zimmer fast unbemerkt, während Marcus und Madame Sousatzka sich gegenseitig hilflos anstarrten.

Sie ging zu Marcus hinüber und legte die Hände auf seine Schultern. »Sousatzka verliert ihren Marcus«, sagte sie.

›Hätte sie es doch nur nicht ausgesprochen‹, dachte Marcus, ›wir hätten so gut mit der Lüge weiterleben können.‹ Er wandte sich von ihr ab. »Ich verstehe Sie nicht«, sagte er. »Warum kann ich nicht Konzerte geben, und gleichzeitig bei Ihnen Unterricht haben?«

Plötzlich fielen ihm Peter Goldstein und sein stotternder Bruder ein. Was die wohl jetzt gerade machten? Wahrscheinlich trainierten sie im Garten für das morgige Fußballspiel. Wie schön wäre es, jetzt mit ihnen und allen anderen zusammen zu sein, sich auf dem Fußballplatz im Dreck zu suhlen, Verweise zu bekommen, oder nach dem Unterricht in der Schule zu bleiben, um bei den Weihnachtsdekorationen mitzuhelfen. Traurig sah er auf seine abgeknabberten Fingernägel. Daß er doch nie genügend Nägel vorrätig hatte, wenn er sie am dringendsten brauchte ... Warum knabberte Peter Goldstein keine Nägel? Warum trug *seine* Mutter keinen braunen Hut? Wieso war Peter imstande, Spinat zu essen? Hatte auch *er* eine Madame Sousatzka, die ihn fast jede Nacht verfolgte, so daß er ganz zerschlagen aufwachte? Er mußte ihn fragen. Gleich am Montag während des Unterrichts wollte er ihn fragen. Vielleicht würden sie ihn dann als einen der Ihren aufnehmen und ihn nicht mehr für etwas Besonderes halten. »Du *bist* aber etwas Besonderes, Marcus«, sagte er zu sich selber. »Du bist auserwählt.«

IX

An diesem Abend machte sich die schmutzige Gräfin um Viertel vor zehn auf den Weg. Sie wollte als erste ankommen, um vorher kurz noch mit Jenny über die Sitzung zu sprechen. Sie hatte sich ausgerechnet, wenn sie für jede Treppe zwei Minuten brauchte, könnte sie fünf Minuten vor der festgesetzten Zeit bei Jenny oben im Zimmer sein, ohne sich übermäßig abzuhetzen. Aber Mr. Cordle hatte ähnliche Gedanken. Auch er wollte noch schnell mit Jenny sprechen, bevor die Sitzung anfing. Und als die Gräfin gerade auf dem Treppenabschnitt war, der zu Mr. Cordles Wohnung hinaufführte, trat er aus seiner Tür. »Sie kommen aber früh«, sagten beide wie aus einem Munde zueinander; und da sich beider Pläne durchkreuzt hatten, blieb ihnen nichts weiter übrig, als gemeinsam hinaufzugehen. Aber Madame Sousatzka war ihnen schon zuvorgekommen. Sie war bereits bei Jenny.

Sie hatte sich dem Anlaß entsprechend angezogen und trug ein langes rotes Samtkleid, das ihr bis zu den Knöcheln hinunterreichte. Ein undefinierbarer schwarzer Pelzstreifen rollte sich um den Saum, der hinten in einer schlapp herunterhängenden Schleppe endete. Allem Anschein nach war sie sehr nervös. Sie lief aufgeregt hin und her, rang die Hände, blieb alle Augenblicke stehen und blickte zur Tür hinüber wie eine Diva, deren Partner sein Stichwort überhört hat.

Auch Jenny trug ihre Séance-Uniform: ein langes gerades schwarzes Kleid, das sich unten fest um ihre Fesseln wand, so daß es aussah wie ein zusammengerollter Regenschirm. Cordle hatte seinen weißen Kittel anbehalten, und Onkels aufregender Nachmittag hatte ihr keine Kraft mehr gelassen, sich umzukleiden. Aber sie kamen vornehm lässig hereinspaziert und versuchten auszusehen, als warte ihre Karosse draußen vor der Tür. Madame Sousatzka musterte sie lange genug, um ihnen zu zeigen, daß sie ihnen nicht böse sei, obwohl sie es von Rechts wegen verdient hätten.

Jenny hatte ihr Zimmer entsprechend hergerichtet, um es dem Ernst der Situation anzupassen. Die schwarzen Vorhänge waren zugezogen, und zwei grüne Lampen an beiden Enden des Zimmers warfen die Schatten der vier Teilnehmer an die Wände. In der Mitte des Zimmers stand ein grüner Spieltisch, und an seinen vier Seiten waren vier gleiche Stühle symmetrisch aufgestellt. Rings um den Rand des Tisches lagen in gleichmäßigen Abständen die einzelnen Buchstaben des Alphabets. In der Mitte stand ein umgestülptes gewöhnliches Wasserglas und daneben ein Schälchen mit Schlämmkreide. Vier zusätzliche Stühle waren um den Gaskamin gruppiert, und jeder der Anwesenden nahm seinen Platz für die Einleitungszeremonie ein.

»Sind wir soweit?« fragte Jenny.

Cordle rutschte auf seinem Stuhl hin und her, um eine bequeme Stellung zu finden, und Madame Sousatzka drapierte sich die Falten ihres pelzbesetzten Saumes um die Füße. Ein starker Pfefferminzgeruch verbreitete sich im Zimmer. Die Zeremonie des Pfefferminzteetrinkens ging jeder Séance voraus und hatte den Zweck, die Teilnehmer zu entspannen und zur Konzentration anzuhalten. Niemand durfte sprechen, nachdem ihm sein Glas Tee gereicht worden war. Jedes Glas trug den Namen seines Besitzers auf einem Stückchen Heftpflaster. Während sie tranken, sollten sie sich auf das Problem konzentrieren, das sie an diesem Abend dem Glas zu überantworten gedachten. Onkel hätte es zwar nie offiziell zugegeben, aber der Pfefferminztee wirkte bei ihr nicht. Er entspannte sie allerdings, versetzte sie aber in einen Traumzustand, der nicht das mindeste mit dem zu behandelnden Problem zu tun hatte.

Es war unweigerlich immer der gleiche Wachtraum, den sie ganz bewußt mit dem ersten Schluck in sich auslöste. Sie saß in einem der Pariser Boulevardcafés, und neben ihr saß Paul. Er spielte mit ihrer roten Federboa, die sie um den Hals trug. »Bist du glücklich, daß wir verheiratet sind, Louise?« Sie erinnerte sich, wie sie vor lauter Glück nicht ›Ja‹ sagen konnte. Wortlos legte sie ihre Hände auf seine, und er küßte sie. Und als er zu ihr aufsah, sprossen zwei rote Federn aus seinem Schnurrbart hervor. Sie lachte über ihn und er lächelte, und sie saß neben Paul in einem Pariser Boulevardcafé. Er spielte mit ihrer roten Federboa ... Und als sie ihn anschaute, gewahrte sie Mr. Cordle, der sie vorwurfsvoll ansah, als wisse er um ihre unerlaubten Gedanken.

Dabei konzentrierte Mr. Cordle sich keineswegs mehr auf das Problem als sie. Mr. Cordle tat nichts weiter, als sich eine Rede zurechtzulegen, die er zwischen den Teeschlucken in einer Gemeinde hielt, die sein Denkmal im Park aufgestellt hatte, um ihn für seine neuen Entdeckungen zu ehren. Cordles Vergangenheit ließ man am besten ruhen, und seine Wachträume drehten sich um das, was noch kommen könnte. ›Ich bin dankbar, sehr dankbar für die Form, in der Sie Ihre Anerkennung zum Ausdruck gebracht haben‹, sagte er, ›und ich fühle mich geehrt, hochgeehrt. Ich habe ein Menschenalter damit zugebracht, meine Theorien auszuarbeiten, und als ich endlich auf die große Entdeckung stieß: das Wesen der Menschheit ist ... ist ... Ich bin dankbar, sehr dankbar für die Form, in der Sie Ihre Anerkennung zum Ausdruck gebracht haben, und ich fühle mich geehrt, hochgeehrt‹ . . . Er erblickte eine Träne in Madame Sousatzkas Auge und redete sich ein, daß seine Rede sie so gerührt habe.

Aber von allen Anwesenden dachte nur Madame Sousatzka wirklich an das Glas. Angenommen – was sie innerlich befürchtete – das Glas würde ihr befehlen, Marcus das Konzert zu ermöglichen? Dann müßte sie gehorchen. Es bedeutete Unglück, wenn man gegen den Urteilsspruch des Glases verstieß. Und was dann? Das Konzert, ein großer Erfolg und Angebote aus der ganzen Welt. Neue Lehrer, neue Methoden und neue Engagements. Marcus wäre für sie verloren, und nur hin und wieder käme ein Dankesbrief und eine Karte zu Weihnachten. Sie war sich der heißen Träne gar nicht bewußt, die langsam an ihrer Wange herunter rollte. Sie fühlte nur ein großes Loch im Magen, den bitteren und bohrenden Schmerz, versagt zu haben.

Jenny sah sie an und hoffte um ihretwillen, daß das Glas heute Nacht ein Fehlurteil herausbringen würde. Sie wußte, was Marcus für Madame Sousatzka bedeutete, und wieviel davon nichts mit dem Klavierspiel zu tun hatte. Und doch hatte Felix recht: Es wäre schlecht für den Jungen, nicht herauszukommen, und Marcus würde ihr nicht dankbar sein. Einer von ihnen mußte leiden, und Jenny versuchte krampfhaft zu entscheiden, wer. Sie liebte beide, und fast wünschte sie, sie wäre Manders nie begegnet. Sie erinnerte sich vergangener Zeiten, als sie noch draußen in der Nähe auf den Strich gegangen war, der am Park entlangführte, und als Manders mit seinem Auto neben ihr hielt und sie nach dem Weg nach Oxford fragte. Sah sie so aus, als wisse sie den Weg nach Oxford, sie mit ihrem engen Rock, ihren Sandaletten und dem Fuchscape, das Beaty ihr vererbt hatte, weil deren erste Jugendfrische schon dahin war? Wie auch immer, sie hatte sich erboten, ihm Gesellschaft zu leisten. Er wollte sowieso nicht nach Oxford. Aber sie fuhren ein Weilchen spazieren und unterhielten sich. Sie war ihm dankbar dafür, daß er nicht sofort mit ihr verhandelt hatte, sondern mit ihr umgegangen war, als sei sie ein anständiges Mädchen, das sich nur ein bißchen einsam fühlte. Das war der Grund, warum sie ihn gern hatte, und warum es vielleicht auch so viele Jahre hielt. Sie sah auf ihre Armbanduhr, das Geschenk eines anderen Klienten – auch ein ständiger Kunde –, eines Geschäftsmannes aus dem Norden, der sich von seiner Frau unverstanden fühlte.

Gewöhnlich rechnete sie zehn Minuten für die, wie sie

es nannte, Gedanken-Akklimatisierung hinzu. Mehr Zeit zu geben, war gefährlich. Die Gedanken werden flatterhaft und wandern. Sie klopfte mit dem Finger an ihr Glas. Das war ihr Signal für alle, anzufangen. Beide, Cordle und Onkel, zuckten bei diesem Geräusch und angesichts der plötzlichen Erkenntnis ihrer Aufgabe zusammen.

»Ich glaube, wir können jetzt anfangen. Aber bevor wir anfangen, sollten wir meiner Meinung nach bestimmen, wer die Fragen stellt.«

Es gab eine kurze Diskussion darüber. Onkel erklärte, Sousatzka sei zu sehr interessiert und deswegen parteiisch; worauf Sousatzka erklärte, daß auch Onkel als Wochenend-Wirtin nicht ganz uninteressiert sei. Auch Cordle würde persönlich von der Entscheidung des Glases betroffen, und so einigte man sich auf Jenny als der Unparteiischsten von allen. Jenny nahm ihren Platz am Tisch ein. Ihr gegenüber saß Madame Sousatzka und zu beiden Seiten Mr. Cordle und Onkel.

Einen kurzen Augenblick verharrten sie in Schweigen. Jetzt gab Jenny ein Zeichen. Alle hoben den Zeigefinger ihrer rechten Hand und tauchten ihn gleichzeitig in das Schälchen mit der Schlämmkreide. Dann legten sie ihn leicht auf das Glas.

»Ist ein Geist hier im Hause?« fragte Jenny. Es kam keine Antwort.

»Weißt du, warum wir hier sind?« versuchte Jenny es noch einmal mit leiser Stimme.

Onkel nieste, und das Glas erzitterte. »Es weiß«, sagte Cordle.

»Mit wessen Problem beschäftigen wir uns?«

Sie warteten und konzentrierten sich. Sogar Onkel war zu diesem Ereignis aus Paris zurückgekehrt. Dann begann das Glas, sich langsam vorwärts zu bewegen. Es schien zu wissen, wohin es wollte, nahm sich aber Zeit. Langsam schob es sich zu Madame Sousatzka hinüber und blieb entschlossen auf dem Buchstaben M stehen. Aber nicht lange. Kaum hatte es den Buchstaben erreicht, bewegte es sich zum anderen Ende des Tisches hinüber, wo Jenny saß, und hielt bei dem Buchstaben A inne.

»Es ist Manders«, sagte Onkel.

»Könnte auch Marcus sein«, meinte Jenny ernst.

Alle schauten auf das Glas, das sich zur Ruhe gesetzt zu haben schien. Jenny wiederholte die Frage, und gehorsam setzte sich das Glas wieder in Bewegung. Es glitt an dem Buchstaben N vorbei und blieb auf R stehen; aber nur ganz kurz. Danach glitt es in schneller Reihenfolge von C auf U und S.

»Marcus«, hauchte Madame Sousatzka, als ob das nicht ganz klar wäre. Und ob aus eigener Initiative oder durch Druck von außen – das Glas kehrte in die Mitte des Tisches zurück.

»Was ist Marcus?« fragte Jenny. Es war nur ein formelle Frage, denn Jenny zweifelte keinen Augenblick lang an der Glaubwürdigkeit ihres Glases. Es hatte ihr schon seit Jahren die besten Dienste geleistet, und es hatte immer recht behalten. Sie hütete es und hielt es in Ehren wie ein Kind ein altes geliebtes Spielzeug.

Das Glas setzte sich wieder in Bewegung, diesmal eindeutig und entschieden auf den Buchstaben P[4] zu. »Das genügt«, sagte Jenny. Sie bewegte das Glas wieder in die Mitte zurück. Es hatte seine Fähigkeit unter Beweis gestellt.

»Entschuldigung«, sagte Onkel, die schon wieder niesen mußte.

»Sie konzentrieren sich nicht richtig, Onkel«, sagte Jenny tadelnd.

»Das ist nicht wahr«, wehrte Onkel sich. »Das kommt nur von der Schlämmkreide.« Sie hatte tatsächlich an nichts anderes als an Marcus gedacht, und aus lauter Pikiertheit versetzte sie sich wieder zurück nach Paris.

Jenny nahm sich zusammen. Die nächsten Fragen waren entscheidend, und sie wollte dem Glas Zeit lassen, sich zu beruhigen. »Wir sind noch nicht alle bereit«, sagte sie. »Irgendwer ist nicht hier. Wir müssen alle zusammenbleiben. Um ein wirklich gutes Resultat zu erzielen, müssen wir uns gemeinschaftlich konzentrieren. Laßt eure Gedanken in eure Fingerspitzen fließen. Kommen Sie zurück, Onkel«, flüsterte Jenny. Onkel wollte gerade in einen anderen Zug einsteigen, aber sie befreite sich gewaltsam aus ihrer Träumerei und konzentrierte sich auf ihre Fingerspitzen.

»Was soll Marcus tun?« fragte Jenny ruhig und bedeutungsvoll. In diesem Augenblick klingelte das Telefon. Madame Sousatzka, die in nächster Nähe saß, griff mit ihrer freien Hand nach dem Hörer, schrie hinein: »Raus!« und legte ihn sofort wieder auf. Aber die Ruhe war gestört worden. Alle erhoben sich und kehrten zu ihren Stühlen am Gasofen zurück, während Jenny den Kessel aufsetzte. Alle schwiegen.

Es war ein böses Omen, und Madame Sousatzka hatte langsam das Gefühl, daß alles unzuverlässig wäre, was immer das Glas befahl. Aber es bestand die Gefahr, daß es sich beleidigt fühlte. Sie mußten die Sitzung zu Ende führen.

Jenny sammelte die benutzten Teegläser ein und betrachtete die Teeblätter in jedem einzelnen. Drei davon waren uninteressant, und sie spülte sie unter der Wasserleitung aus. Nur Madame Sousatzkas Glas behielt sie zurück, um es genauer zu betrachten. Sie langte nach einem sauberen Glas auf dem Bord. Dann füllte sie die Gläser mit frischem Pfefferminztee, und die Zeremonie begann von neuem. Diesmal war es schwieriger, sich zu entspannen, und Jenny spürte die allgemeine Unruhe. »Trinkt schnell aus«, sagte sie, »wir dürfen das Glas nicht warten lassen.«

Sie tranken schweigend. Jenny war als erste fertig, und während sie auf die anderen wartete, ging sie hinüber zum Spülbecken, um Sousatzkas benutztes Glas zu nehmen. Was sie in deren Teeblättern las, war genau dasselbe, was sie am Nachmittag in Marcus' Tasse gelesen hatte, nur daß Marcus in Sousatzkas Glas nicht sichtbar war. Er kroch unter irgendwelchen Möbelstücken herum, umgeben von Hunderten von Menschen.

Schnell wusch sie das Glas aus und tilgte damit jede Spur von Unglück, das unweigerlich folgen mußte. »Sind wir jetzt soweit?« fragte sie und sammelte die Gläser ein.

Onkel blieb sitzen und starrte in die Gasflammen. Merkwürdig, dieses letzte Glas Tee hatte sie nicht wieder nach Paris zurückversetzt. Statt dessen erinnerte sie sich an Madrid, zwei Jahre später; an den Tag, an dem man ihr von der Gesandtschaft, wo er arbeitete, die Nachricht übermitteln ließ, daß Paul einem Herzschlag erlegen sei. Sie versuchte, sich von ihren Gedanken nicht bis zur Vorstellung seines so schrecklich toten Körpers auf dem Chippendalesofa in der Gesandtschaft mitreißen zu lassen, und sie war dankbar, als Jenny sie an den Tisch zurück bat.

Madame Sousatzka setzte sich als erste, und die übrigen folgten ihrem Beispiel. Ein zweites Mal ging Jenny durch die gleichen Präliminarien, und wieder erfolgten die gleichen Antworten. Die entscheidende Frage konnte nicht mehr länger hinausgeschoben werden.

»Was«, fragte Jenny bedeutungsvoll, »was soll Marcus tun?« Aller Augen waren auf das Glas gerichtet. Langsam begann es sich zu bewegen; zunächst in kleinen Kreisen, deren Durchmesser sich nach und nach erweiterte, bis es, fast unkontrollierbar, ganz dicht am Rande des Tisches rotierte. Ihre Finger glitten mit, und der Boden des Glases sah wie eine Rosette aus, auf der Jennys frischlackierter Fingernagel auf den Cordles abfärbte, der neben ihrem lag.

Sousatzka wollte nicht, daß das Glas stehenblieb. Sie hoffte im stillen, es werde seine Geschwindigkeit so erhöhen, daß es vom Tisch fiel und in tausend Scherben zerbrach. Sie haßte dieses Glas und wünschte seine Zerstörung. Cordle konzentrierte sich so eifrig wie nie zuvor, und auch Onkel wurde sich allmählich der lebenswichtigen Entscheidung bewußt, die das Glas zu fällen hatte. Nach und nach wurde es langsamer, während es auf die Mitte zu rotierte. Dann hörte es auf, sich zu drehen, und bewegte sich, wie magisch angezogen, auf den Buchstaben K zu, wo es traurig stehenblieb, als könne es nichts dafür. Es wollte die Sache hinter sich bringen und absolvierte die folgenden Buchstaben des Wortes ›Konzert‹ verhalten und schnell. Als es das Wort ausgespuckt hatte wie etwas Schmutziges, dirigierte Jenny das Glas zur Mitte hin, und alle zogen ihre Finger zurück.

Mit Ausnahme von Madame Sousatzka. »Cordle«, sagte sie mit einem durchdringenden Blick, »Cordle, Sie haben geschoben.«

Das war eine unverzeihliche Beschuldigung. Denn es warf nicht nur einen Verdacht auf diese Sitzung, sondern auch auf alle anderen, an denen Cordle teilgenommen hatte.

»Das ist eine Lüge«, fuhr er auf sie los, »eine glatte Lüge.« Niemand hätte es für möglich gehalten, daß Cordle wütend werden könnte. Keine von ihnen hatte ihn je so gesehen. Er blickte auf seine Hände hinunter und rieb sie sanft, als seien sie verletzt worden. »Brauche ich denn seinen Rücken nicht auch?« fügte er ruhig hinzu. Er stand auf und ging hinüber zum Gasofen.

Onkel und Jenny sahen Madame Sousatzka an, die angefangen hatte zu weinen. »Es tut mir leid, Cordle«, schluchzte sie. »Natürlich ist es nicht wahr. Ich habe es nur gesagt, weil ich dem Glas nicht glauben will. Wir brauchen ihn. Beide. Morgen früh werde ich Manders anrufen.«

Alle wollten sie trösten, sogar Mr. Cordle, der ihren Ausbruch verstanden und ihr längst verziehen hatte. Aber was konnten sie schon sagen? Mr. Manders war ihr Henker, und trotzdem wollte Sousatzka morgen früh eine Zusammenkunft mit ihm vereinbaren.

»Ich mache noch einen richtigen Tee, bevor wir auseinandergehen«, sagte Jenny schnell, um den Bann zu brechen. Behutsam drehte sie den Wasserhahn auf und stellte so leise wie möglich die Tassen bereit. Dann setzte sie den Kessel auf, und das gleichmäßige Rauschen der Gasflamme machte das Schweigen im Zimmer erträglicher. Jenny fing plötzlich zu summen an. Sie summte ein sehr bekanntes Volkslied, und ab und zu sang sie ein Wort. Onkel begann mit den Fingern den Takt dazu zu klopfen, und Cordle rutschte auf seinem Sitz nach vorn, um beim dritten Vers schüchtern einzustimmen, wobei er sich den Hals nach Jenny ausrenkte. Es klang etwas kehlig, wie bei einem Lockruf. Nur Madame Sousatzka saß schweigend da, die zitternden Hände auf den Knien.

Jenny goß den Tee durch ein Sieb ein, was sonst gar nicht ihre Gewohnheit war, aber sie wollte ihnen keinen Anlaß geben, sie zu bitten, ihnen heute abend noch wahrzusagen. Müde war sie sowieso, und morgen mußte sie arbeiten.

Madame Sousatzka pustete geräuschvoll in ihren Tee. Dann hob sie die Tasse hoch, streckte sie von sich und sagte mit gebrochener Stimme: »Trinken wir auf Marcus und seine Zukunft.«

»Nun hört euch das mal an«, sagte Jenny und lachte

erleichtert, »das ist ja ein regelrechter Toast! Aber so einen wichtigen Toast kann man doch nicht mit Tee begießen. Wartet ...« Und sie lief zum Schrank hinüber und holte eine Flasche Champagner heraus. Dann schloß sie die Schranktür zu, öffnete sie aber nach kurzem Zögern noch einmal und brachte eine zweite Flasche zum Vorschein.

»Das muß doch gefeiert werden«, meinte sie. Sie vergaß ihre Müdigkeit und dachte nur noch daran, wie sie die Entscheidung ihres Glases am besten feiern könnten. »Hier, Cordle, walten Sie Ihres Amtes.«

Sie gab ihm die Flasche, und Cordle entfernte das Stanniolpapier. Er preßte seine Daumen unter den Draht und hielt den Flaschenhals auf die Tür gerichtet. Dann kniff er die Augen ganz fest zu, so, als ob er sich die Ohren zuhalten würde, wenn er die Hände freigehabt hätte.

Für eine Sekunde war Onkel wieder in Paris, aber Madame Sousatzka saß traurig da und hielt noch immer die Teetasse in der ausgestreckten Hand. »Auf Marcus«, flüsterte sie, trank einen Schluck und stellte die Tasse auf die Erde.

Cordle behandelte den Sektkorken wie einen ausgerenkten Knochen. Er drehte ihn hin und her und mochte ihn nicht loslassen. »Feuer!« schrie Jenny. Cordle kicherte.

»Ihr Wunsch ist mir Befehl«, sagte er, und der Korken flog mit einem lauten Knall durch das Zimmer.

Der Champagner sprudelte aus der Flasche. Jenny hatte vergessen, für saubere Gläser zu sorgen, und so wurde er rasch in die Pfefferminzteegläser gegossen.

»Auf Marcus und seine Zukunft!« quietschte Cordle,

der schon vom Öffnen der Flasche beschwipst war.

»Auf Marcus!« riefen alle und erhoben ihre Gläser. »Und auf unsere liebe Sousatzka«, ergänzte Onkel und stieß mit ihr an. »Auf Sousatzka, die den Stein ins Rollen gebracht hat.«

»Nein, wir brauchen ein eigenes Glas für Sousatzka«, sagte Jenny. »Das nächste – dieses leeren wir auf Marcus.«

Cordle leerte sein Glas sehr schnell, um eine Entschuldigung für seinen Schwips zu haben. Onkel nahm nur ganz kleine Schlucke und flatterte von einer Gesandtschaftscouch auf die andere. Jenny leerte ihr Glas, von dem ein leichter Pfefferminzgeruch aufstieg, ganz berufsmäßig. »Los, los, Sousatzka, trinken Sie aus«, drängte sie. »Wir haben noch eine zweite Flasche vor uns.«

Sousatzka trank sehr vorsichtig in kleinen Schlückchen; aber auf Jennys Drängen hin trank sie ihr Glas in einem Zuge aus. Sie torkelte etwas und stolperte über den Pelzbesatz an ihrem Rocksaum. Es gab einen lauten Riß, dann Stille. Plötzlich lachte Madame Sousatzka laut auf, hob kurzentschlossen ihren Rock hoch, riß den ganzen Pelzbesatz herunter und legte ihn graziös um Onkels Hals. Das bewog Onkel wieder zu einer Traumfahrt nach Paris, was sie wahrscheinlich für den Rest des Abends beschäftigen würde.

»Ich konnte sowieso nie leiden das Kleid«, sagte Sousatzka. »Ich kaufe ein neues für Konzert. Noch ein Glas auf Konzert«, fügte sie hinzu und hob ihr Glas. Ihre plötzliche Fröhlichkeit hatte etwas Verzweifeltes. Sie wollte unter keinen Umständen eine Spielverderberin sein; ebenso wie die anderen Anwesenden. Alle versuchten, von sich aus diese Atmosphäre voll Fröhlichkeit zu befruchten, die ihnen aufgezwungen worden war.

Jenny füllte die Gläser von neuem. Onkel hatte ihre Füße auf Jennys Stuhl gelegt. »Kommen Sie zu mir«, sagte Cordle und wies kühn auf sein Knie. Jenny betrachtete das als einen zum Abend gehörigen Teil und gehorchte.

Sousatzka kicherte. »Und ich?« schmollte sie.

»Nehmen Sie die andere Seite«, sagte Cordle großzügig und klatschte auf sein freies Knie. Er konnte nicht voraussehen, auf was er sich da eingelassen hatte. Beschwipst wie sie war, ließ sich Sousatzka mit ihrem ganzen Gewicht auf Cordles Kniescheibe fallen. Er gab ein hysterisches, schmerzerfülltes Gelächter von sich, warf sie beide ab und rollte mit ihnen auf dem Fußboden herum.

Onkel strafte alle mit einem verachtungsvollen Blick. Sie hatten sie zeitweilig aus ihrem Traum gerissen. Sie schnippte die Zigarettenasche auf Cordles Hosen und torkelte zum Tisch hinüber, um ihr Glas wieder zu füllen. Die drei auf dem Fußboden gaben ihr ein Zeichen, daß sie auch ihre Gläser füllen solle, und Onkel ließ sich auf den Fußboden nieder, um ihnen Gesellschaft zu leisten.

Cordle war auf Grund seines Minoritätenstatus sehr gefragt. Onkel schlang ihre Arme um seinen Hals und kollidierte mit Sousatzkas Fingern, die schon vorher dagewesen waren. Jenny lag flach auf dem Rücken und hatte ihre Füße auf Cordles Knien. Sie sang ein Lied; ein Lied, das sie immer in ihrem Außendienst während der Flaute zu singen pflegte, um sich die Zeit des stundenlangen Hin- und

Hergehens zu vertreiben. Gewöhnlich nahm sie sich vor, nur eine bestimmte Anzahl von Strophen mit dem sich wiederholenden Refrain zu singen, ehe sie sich geschlagen gab und nach Hause ging; aber sie sang es dann doch immer unweigerlich bis zu Ende, weil es ein Lied war, das eine Geschichte erzählte, und es bedeutete Unglück, eine Geschichte nicht zu Ende zu erzählen. Die anderen hörten zu. Sie summten den Refrain mit und versuchten den Text zu lernen. Aber es war Jennys Vereinslied, und Leuten außerhalb ihres Gewerbes unbekannt.

»Und jetzt wollen wir tanzen«, sagte Cordle versuchsweise, als das Lied zu Ende war. Er wollte voll ausgenutzt werden. Sanft schob er Jennys Füße weg und machte sich aus Sousatzkas und Onkels Umarmung frei. Er entkorkte die zweite Flasche Champagner und schenkte allen wieder ein. »Auf die Zukunft«, sagte er. Sich einen noch harmloseren Toast auszudenken, war er nicht mehr imstande. Seine eine Hälfte wollte aus dem Zimmer taumeln, um hinunter in seine Wohnung zu gehen und mit lila Farben das Paradies in seine Tafel einzuzeichnen. Die andere Hälfte wollte unbedingt dableiben. Er hatte das Gefühl, daß eine undefinierbare günstige Gelegenheit in diesem Zimmer auf ihn warte, und ohne größere Schwierigkeiten entschied er sich für die zweite Hälfte. »Darf ich«, er stolperte zu Madame Sousatzka hinüber, »um diesen Walzer bitten?«

Er fing in einem sehr zweifelhaften Dreivierteltakt an mitzusingen. Sousatzka stimmte mit ein, und sein Walzerrhythmus wurde dadurch sicherer. Er hielt sie auf Armeslänge von sich weg, als trenne sie eine unsichtbare Barriere voneinander. »Kommen Sie oft hierher?« fragte er.

»Ja«, kicherte sie, »ich komme jede Woche.«

Durch ihre Antwort wurde Jennys Zimmer, das für Cordle zu einem prunkvollen Ballsaal geworden war, zum hiesigen Tanzlokal degradiert, und er paßte sich sehr schnell an. »Womit verdienst du denn deinen Lebensunterhalt, mein Schatz?«

»Ich bin Pädagogin«, sagte sie stolz. »Ich bin *die* Pädagogin. Die Lehrerin dieses großen Klaviervirtuosen, der augenblicklich spielt in ganz Europa. Ich bin seine Lehrerin.«

»O«, entgegnete Cordle und versuchte, das neue Milieu zu erraten, auf das ihre Antwort hinwies. Aber als er die beiden betrunkenen Mauerblümchen sah, die am Geschirrschrank lehnend dahinwelkten, sagte er: »Jetzt tanzen wir einen Krakowiak.« Er packte sie, legte ihre Hände in Sousatzkas und ließ sie im Kreise herumgehen. Er selbst drehte sich wie wild in der Mitte und summte wie ein Brummkreisel. Obwohl betrunken, war er sich seines Dilemmas wohl bewußt: wann immer er aufhören würde herumzuwirbeln, wären zwei der Damen bestimmt beleidigt. Darum ließ er sich wie eine Spirale zu Boden sinken und blieb lang ausgestreckt und erschöpft liegen. Er sah drei enttäuschte Gesichter auf sich herunterstarren, wie die vergrößerte Blüte einer Riesensonnenblume. Er konnte sie nicht mehr voneinander unterscheiden, und Onkels Pelzboa schien sie alle zu umschlingen. Plötzlich verschwand ein Drittel des Gesichts, und er spürte ein ungeheures Gewicht auf seinem Körper. Kaltes Metall berührte seinen Hals, und als er danach griff, merkte er, daß es Sousatzkas Uhr war. Er rollte ihre Besitzerin auf die Seite hinüber, und da blieb sie kichernd liegen.

»Ich bin betrunken«, sagte Madame Sousatzka in dem Bemühen, ihre verliebte Laune zu rechtfertigen. Cordle sagte nichts. Es genügte, wenn einer von ihnen die Verantwortung übernahm.

Er legte den Arm um sie und tätschelte das Fett, das ihre Wirbelsäule bedeckte. Jenny hatte sich auf ihr Bett gelegt. Sie hatte ihr Glas frisch gefüllt und lag mit dem Gesicht nach unten, in ihr Kopfkissen gekuschelt. Onkel erreichte nur mit Mühe und Not den Tisch und ließ sich mit voller Wucht vor dem Glas auf einen Stuhl fallen. Plötzlich trat tiefe Stille ein, die nur hin und wieder durch einen Seufzer der am Boden liegenden Madame Sousatzka unterbrochen wurde.

»Das erinnert mich an ein Fest, das 1905 in der Österreichischen Gesandtschaft stattfand«, sagte Onkel träumerisch. »Ich hatte mein schwarzes Organdykleid an. Es wurde unheimlich viel getrunken – alles Leute, die am nächsten Morgen unsere Feinde waren. Nur Paul war nüchtern. Und dann passierte etwas Gräßliches. Ich stand mit dem Rücken vor irgendeinem Bild«, sie schob den Buchstaben L für ›Louise‹ auf die Seite des Tisches. »Paul stand auch dort« – sie tat dasselbe mit dem Buchstaben P –, »und in der Mitte stand dieser widerliche englische General.« Sie nahm das Glas und schob es zwischen die beiden Buchstaben. »Besoffen wie ein Schwein war er und torkelte auf seinen kleinen Füßen hin und her.« Sie drehte das Glas hin und her. »›Er ist Ihrer nicht würdig, meine Liebe‹, sagte er zu mir. ›Will nur nichts trinken, weil er nichts vertragen kann.‹ Er tippte mit seinem Zeigefinger auf Pauls Revers: ›Ein Mann, der nichts vertragen kann‹, er spuckte vor Paul aus, ›ist kein Mann. Sie sind ihrer nicht wert‹, schrie er und legte seinen Arm um meine Schulter. Paul blieb ganz ruhig, aber man sah ihm deutlich an, daß er wütend war.« Onkel flüsterte nur noch, und beide, Cordle und Sousatzka, saßen auf dem Boden und hörten zu. Jenny lehnte sich aus dem Bett heraus. »Daß er wütend war, sah ich an der geschwollenen Ader auf seiner Stirn. ›Sie sind betrunken‹, sagte Paul zu ihm. ›Betrunken? So, so. Ich werde Ihnen zeigen, wie betrunken ich bin‹, und mit beiden Armen hob er Paul vom Boden hoch.« Bei dieser Stelle kippte sie das Glas und fischte den Buchstaben P damit auf. Das Paar auf dem Fußboden stand auf, um besser sehen zu können; und auch Jenny stand auf und trat an den Tisch. Onkel war in Trance. Ihr Geflüster war unerträglich. »Da legte ich meine Arme um Paul. Ich schrie und versuchte, ihn wegzuziehen. Alle Gäste drängten sich um uns.« Mit einer gewaltsamen Bewegung ihrer Hand fegte sie die übrigen Buchstaben zu einem wirren Haufen in der Mitte des Tisches zusammen. »Endlich konnte Paul sich frei machen«, Onkel nahm zärtlich den Buchstaben P aus dem Glas heraus, »aber ich sah deutlich, daß er erledigt war.« Sie knüllte die Karte mit dem Buchstaben P in ihrer Hand zusammen. »Ich konnte es nicht ertragen, nicht diesen Ausdruck auf seinem Gesicht. Ich zog meinen Schuh aus – er hatte einen spitzen Absatz – und schlug den

General damit ins Gesicht. Ich schlug ihn und schlug ihn und schlug ihn.« Mit der Karte in der Hand stieß sie das Glas an den Rand des Tisches. Jetzt schrie sie hysterisch: »Ich schlug ihn, bis er auf den Rücken fiel.« Sie fegte mit der Hand über den Tisch, das Glas sauste zu Boden und zerbrach in tausend Scherben. Mit der anderen Hand fegte sie die Karten hinterher und schlug sich, den zerknitterten Buchstaben P in der Faust, überwältigt von Reue und Erinnerung, vor die Stirn.

In gewisser Weise war Onkels Ausbruch für alle eine Erlösung. Jetzt konnten sie ihre Rollen fallen lassen, und wieder sie selber sein. Das Zerspringen des Glases hatte sie ernüchtert. Jenny fing hemmungslos zu weinen an, wütend über den Verlust ihres Glases und die Unmöglichkeit, Onkel dafür auszuschimpfen. Vergeblich versuchte sie, die Scherben wieder zusammenzusetzen, aber Cordle riet ihr davon ab.

»Sie werden sich nur in die Finger schneiden«, sagte er besänftigend. Aber Jenny beharrte darauf und hob jeden Splitter einzeln auf. Dann nahm sie ein anderes Glas und legte alle Scherben hinein, wie Asche in eine Urne. Sie hielt es gegen das fahle grüne Licht, wie eine Opferkerze, und trug es wie ein Heiligtum zum Kaminsims.

»Armer Paul«, flüsterte Onkel. Sousatzka legte ihre Arme um sie und streichelte den Pelzkragen. »Kommen Sie, Onkel,« sagte sie, »es ist höchste Zeit für uns alle, zu Bett zu gehen.«

Cordle ging zur Tür und hielt sie für die beiden Damen auf. Madame Sousatzkas Schleppe schleifte durch die Tür;

ihren Arm hatte sie fest um Onkels Taille geschlungen. Mr. Cordle nickte Jenny mit einem elenden Lächeln zu. Dann schloß er die Tür hinter sich.

Jenny starrte lange Zeit auf die Tür. Dann drehte sie die Lichter aus, bis auf die Nachttischlampe an ihrem Bett. Sie lag im Halbdunkel wach und betrachtete die Glasscherben in dem Glase, das auf dem Kaminsims stand, aufrecht und leblos wie ein toter Baum.

»Morgen kauf' ich ein neues«, sagte sie entschlossen zu sich selber. »Wir werden dringend ein Glas in diesem Hause brauchen.«

X

Madame Sousatzka hatte sich für den kommenden Samstag mit Mr. Manders in dessen Büro verabredet. Sie hatte an Mrs. Crominski geschrieben und sie von ihrer Entscheidung in Kenntnis gesetzt, ihr aber auch gleichzeitig zu verstehen gegeben, daß ihre Anwesenheit bei dieser Unterredung nicht unbedingt erforderlich sei. Mrs. Crominski hatte geantwortet. Über das erstere sei sie natürlich entzückt, und das zweite begreife sie natürlich. Sie begriff es gar nicht, war aber dennoch gewillt, der Verliererin Konzessionen zu machen, zumal sie beschlossen hatte, daß das Madame Sousatzkas letzter Umgehungsversuch sein sollte.

Bei dem Gedanken, allein mit Manders zu verhandeln, war Madame Sousatzka etwas nervös geworden und hatte Jenny um ihre Begleitung gebeten.

Marcus war sehr früh aufgestanden. Er saß bereits am Flügel und übte, während Sousatzka noch in ihrem Schlafzimmer war und sich anzog. Sie hatte schon ihre gesamte Garderobe durchprobiert und alle möglichen Farb- und Schmuckzusammenstellungen versucht. Die Frauenzeitschrift lag aufgeschlagen auf dem Bett, mit einem Artikel, der hieß: ›Fangen Sie mit nichts an.‹ Madame Sousatzka zog alles aus, bis sie beim Nichtszustand angelangt war. Tabula rasa. ›Das erste, was Sie tun müssen, wenn Sie eine wichtige Verabredung haben, ist, mit nichts anzufangen‹, hieß es in diesem Artikel. Also das hatte sie doch nun wirklich getan, und es war kein angenehmer Zustand. Was jetzt? ›Jetzt setzen Sie sich und denken nach.‹ Madame Sousatzka setzte sich und dachte nach. Es war ihr viel zu kalt, um sich intensiv auf etwas konzentrieren zu können. Nach kurzer Überlegung kam sie zu dem Schluß, daß sie dem Artikel bis dahin treu genug gefolgt war, und sie lehnte sich vor, um zu sehen, was als nächstes kam. ›Wenn Ihre Verabredung gesellschaftlicher Art ist, gibt es nichts Unschlagbareres als das unerläßliche kleine Schwarze.‹ Madame Sousatzka eilte hinüber an ihren Kleiderschrank. Ja, sie hatte eins von jenen Unerläßlichen, die man, von jedem Standard des guten Geschmacks aus gesehen, am leichtesten entbehren kann. Sie nahm es vom Bügel herunter und zog es an, aber eigentlich mehr der Wärme halber als der Vorschrift wegen. Sie kehrte zu ihrem Artikel zurück. ›Zu einem kleinen Schwarzen können Sie sich die extravagantesten Accessoires leisten‹, hieß es dort herausfordernd. Ah, das war schon mehr nach ihrem Geschmack. Sie legte sich eine schwere Bronzekette um den Hals, belud ihre Arme mit einem Haufen schwerer Kupferarmbänder und krönte das ganze Ensemble mit einem großen roten Samthut. ›Tun Sie sich keinen Zwang an mit Armbändern und Armreifen‹, hatte der Artikel geraten. Sie hatte ihn auf das gewissenhafteste befolgt.

Ein neuer Abschnitt bezeichnete die nächste Stufe des Vorgangs. ›Jetzt schauen Sie sich prüfend im Spiegel an‹, war die Aufforderung. Madame Sousatzka hätte lieber darauf verzichtet, aber ein gewisses Pflichtgefühl zwang sie, alles bis zum bitteren Ende zu befolgen. Als sie das Resultat im Spiegel sah, hatte sie das Gefühl, sie hätte besser daran getan, den Rat der Experten umzudrehen. Sie hätte ihr rotes Samtkleid anziehen und vorsichtiger mit dem Schmuck umgehen sollen. Also zog sie alles wieder aus und fing von vorne an.

Zum Schluß zog sie genau das an, was sie gleich zu Beginn hatte anziehen wollen. Sie hatte sich in jeder Beziehung die tollsten Extravaganzen geleistet. Sie glich eigentlich mehr einer Schaufensterdekoration. Und es machte nervös zuzusehen, wie sie sich auf die Tür zubewegte und sich die Treppe hinunter in den Hausflur manövrierte.

Jenny stand schon dort. Sie trug ihr schwarzes Unerläßliches – Sousatzka hatte sich die Zeitschrift von Jenny ausgeborgt, die sie ihrerseits aus Cordles Wartezimmer genommen hatte.

Cordle war auch heruntergekommen, um ihnen alles Gute zu wünschen. Onkel stand unten an der Treppe im Souterrain und rief hinauf. Zu mehr konnte sie sich so früh am Morgen nicht aufschwingen. »Viel Glück«, rief sie in unregelmäßigen Abständen. »Seid ihr noch nicht weg?« fragte sie ungeduldig, in der Hoffnung, endlich zu ihrem Schaukelstuhl zurückkehren zu können. »Eben ist das Taxi vorgefahren«, rief Jenny zurück. »Na, dann viel Glück«, antwortete Onkel; und als sie die Haustür ins Schloß fallen hörte, zog sie sich in ihr Zimmer zurück. Cordle begleitete die anderen noch die Stufen hinunter bis zum Taxi. Er winkte traurig und sagte kein Wort, als wäre das Taxi ein Henkerskarren.

Marcus saß zwischen den beiden Frauen. Er war der am wenigsten Aufgeregte von ihnen. Er fuhr so selten in einem Taxi, daß es jedesmal ein Abenteuer war. Er zählte die Länge der Intervalle zwischen den Klickgeräuschen im Taxameter, die immer verschieden waren. Aber da ihn das Taxameter persönlich nichts anging, ignorierte er sie nach einer Weile.

Das Schneckentempo regte Madame Sousatzka entsetzlich auf. Für sie bestand das eigentliche Vergnügen viel mehr darin, ein Taxi herbeizurufen, als darin zu fahren. Es passierte oft, daß sie in einer belebten Straße ›Taxi!‹ in eine Wagenreihe schrie, nachdem sie sich wohlweislich vorher überzeugt hatte, daß das Taxi bereits besetzt war. Die Leute um sie herum, die bei den Bushaltestellen anstanden, staunten sicher, was sie sich alles leisten konnte. Sie lehnte sich in ihren Sitz zurück und spielte mit ihrer Uhrkette, eine von den unzähligen Ketten, die sie um den Hals trug.

Auch Jenny war ungeduldig. Für sie gehörte eine Taxifahrt mit zum Geschäft, besonders noch aus der Zeit der Straßenbekanntschaften. Sie erinnerte sich noch, wie sie den jeweiligen Taxifahrern ihre Adresse angab, und wie sie es nie unterließen, ihr vielsagend zuzuzwinkern. Sie fand diese Vertraulichkeit unerhört. Ob sie ihnen ihre Adresse zuflüsterte oder vertrauensvoll zurief, oder ob sie sie lässig und mit Bestimmtheit sagte, immer begegnete sie dieser augenzwinkernden Bestätigung des ›Ich weiß schon, was du vorhast, Kleine, aber es geht mich nichts an, und darum hoppst nur rein, ihr zwei, ich bring euch schon richtig hin.‹ Der zwinkernde Taxifahrer war eine in ihren

Träumen immer wiederkehrende Gestalt, und selbst als sie vom Pflaster zum Telefon überging, konnte sie diese dämonischen Zyklopen am Lenkrad nie vertreiben.

Endlich hatten sie den Bus überholt, hinter dem sie hatten herfahren müssen, und der Taxifahrer bog in eine jener Seitenstraßen ein, die euphemistisch als Abkürzung bekannt sind. Als sie schließlich nach vielem Hin- und Herfahren auf die Hauptstraße zurückkamen, merkten sie, daß sie nur ein paar Meter über ihren Ausgangspunkt hinausgekommen waren. Madame Sousatzka starrte wie wild auf das tickende Taxameter. Nicht nur, daß sie zu ihrem eigenen Begräbnis fuhr, sie mußte auch obendrein die Fahrt noch selber bezahlen.

»Sind wir bald da?« fragte Marcus. Madame Sousatzka ließ das Taxameter einen Moment aus den Augen und sah zum Fenster hinaus. »Wir sind fast da«, antwortete sie erleichtert. Das Taxi bog plötzlich in eine Seitenstraße ein und hielt vor einem großen Bürohaus. »Das ist es«, sagte Jenny und strich ihr Haar zurecht. »Komm, Marcus, wir warten in der Eingangshalle auf Sousatzka.«

»Nein.« Sousatzka war hart. Gerade jetzt war Marcus ihr Schützling. »Wir gehen alle zusammen.«

Marcus und Jenny warteten, während Madame Sousatzka in ihrer Tasche herumkramte. Immer wieder sah sie von ihrer Tasche auf das Taxameter, um sicher zu gehen, daß es ihr keinen Streich spielte. Sie war sowieso erstaunt über den angezeigten Betrag. Die zehn Prozent Trinkgeld rechnete sie sich laut aus, während der Fahrer sie geduldig beobachtete. Nach vielen langen Berechnungen gab sie ihm schließlich das Fahrgeld und das Trinkgeld bis auf den Penny genau.

»Wollen Sie nicht lieber doch nochmal nachzählen, meine Dame?« fragte der Fahrer. Aber sein Sarkasmus machte nicht den geringsten Eindruck auf sie. »Nein, es stimmt genau, danke.« Sie entrang sich ein Lächeln, nahm Marcus bei der Hand und führte ihn die Stufen hinauf in die Eingangshalle.

In der Mitte der Halle stand ein Schreibtisch und dahinter saß, eine Telefonanlage bedienend, eine Frau mittleren Alters. Nase, Kinn und Fingernägel waren gefährlich spitz. Ihr langes angegrautes Haar war streng in der Mitte gescheitelt und in Schnecken über ihren Ohren aufgesteckt. Darüber lagen Kopfhörer, die wie ein Schraubstock ihren Kopf umklammerten. Sie schob die Schalter hin und her und steckte die Stöpsel in die entsprechenden Löcher; dabei ruhte ihre andere Hand auf ihrem Strickzeug, das vor ihr lag. Als sie Madame Sousatzka auf sich zukommen sah, nickte sie. Vielmehr, sie gab eine ganze Nickserie in alle Richtungen zum besten. Erst nickte sie Marcus zu, dann der Schalttafel, dann ihrem Strickzeug, dann hinauf zur Decke. Ihr Nicken war durchaus artikuliert und bedeutete: ›Es tut mir leid, Sie warten zu lassen, aber nehmen Sie doch inzwischen Platz, Sie sehen ja, wieviel ich zu tun habe, und wenn ich das Telefon nicht bediene, gibt es Ärger.‹ Letzteres wurde nicht geographisch, sondern nur durch das Nicken zur Decke hinauf angedeutet. Sie setzten sich und warteten.

Sie saßen noch keine fünf Minuten, und schon wurde

Madame Sousatzka nervös. Die Frau schaltete und stöpselte so fieberhaft am Schaltbrett herum, daß Madame Sousatzka glaubte, es müsse jeden Augenblick explodieren. Sie stand auf, um ihre beharrliche Anwesenheit in Erinnerung zu bringen. Ein erneutes Nicken der Frau, nur weniger nachdrücklich und mit weniger Zuversicht. Madame Sousatzka nickte ihrerseits, aber sehr heftig. Damit war der Kontakt wieder hergestellt, sie setzte sich wieder hin und fingerte an ihrer Uhr herum. Jetzt kamen sie schon zu spät zu ihrer Verabredung. In gewisser Weise war ihr das gar nicht so unangenehm. Sie wollte auf Manders nicht zu eifrig wirken.

Auch Jenny wurde langsam unruhig, und Marcus rutschte hin und her. Die Frau konnte mit ihrem Schalten und Stöpseln anscheinend nicht mehr aufhören. Sie schien völlig unter der Kontrolle des Apparates zu stehen.

Madame Sousatzka hielt es nicht länger aus. Sie stand auf und bedeutete den beiden anderen mit einer Kopfbewegung, ihr zu folgen. Sie konnten auch allein ihren Weg zu Manders finden. Sie segelte durch die Halle, am Schreibtisch der Frau vorüber. Marcus und Jenny liefen zaghaft hinter ihr her. Die Frau hielt in ihrem Stöpseln inne und sah ihnen erstaunt nach. Sie wußte nicht einmal genau, ob sie Freund oder Feind waren. Sie ließ alle Drähte fallen und nahm sogar die Hörer vom Kopf. Sie empfand es als böswilliges Verlassen und hatte den daraus resultierenden Tadel vor Augen. Aber es war ihre Aufgabe, die Betreffenden zu warnen, und sie betete zu Gott, daß irgend jemand die drei erwartete. Sie blätterte schnell die Agenda durch und fand auch richtig eine für elf Uhr dreißig angesetzte Besprechung: Mr. Manders mit Madame Sousatzka. Eilig klemmte sie sich ihre Kopfhörer wieder über die Ohren und bohrte einen Stöpsel in das vernachlässigte, zitternde Schaltbrett, wie ein Matador den Gnadenstoß ausführt. Sie hoffte noch vor ihnen durchzukommen. »Mr. Manders«, säuselte sie, »Madame Sousatzka ist da.« Sie gab nicht genau an, wo sie war, aber über ihre Anwesenheit im Gebäude gab es jedenfalls keinen Zweifel.

»Könnten Sie ihr sagen, sie möchte ein paar Minuten warten, und mich bei ihr entschuldigen?« säuselte Manders zurück. »Es ist im Augenblick gerade jemand bei mir. Ich melde mich, sobald ich fertig bin. Herein«, hörte sie ihn sagen, gerade als er den Hörer auflegte.

Die arme Frau sah plötzlich die Folgen ihrer Unzulänglichkeit vor sich. Eine spitze Träne kullerte über ihre Wange. In panischer Angst sprang sie auf und floh von ihrem Tisch. Sogar ihr Strickzeug und die knatternde Schalttafel, auf der die Signale wie bei einem wildgewordenen Spielautomaten aufleuchteten, ließ sie zurück.

Die Lage war auch im dritten Stock, Zimmer 23, nicht ruhiger, zu dem Madame Sousatzka und ihre Begleiter instinktiv den Weg gefunden hatten, als hätten sie ihn gerochen. Als Sousatzka zu Manders ins Zimmer trat, sah er Jenny nicht gleich, die nach ihr kam.

»Ah, Madame Sousatzka«, intonierte er in seinen einnehmendsten Managertönen. »Darf ich Ihnen meine Frau vorstellen«, sagte er und wendete sich zu einer Dame um, die mit dem Rücken zur Tür saß. In diesem Augenblick erschien Jenny mit Marcus. Das war eine Begegnung, die Manders seit Jahren sorgfältig zu vermeiden gesucht hatte. Daß Jenny mitkommen würde, hatte er sowieso nicht erwartet, und seine Frau war auch nur zufällig vorbeigekommen, weil sie gerade in der Stadt war. Er beschloß, Jenny vollkommen zu ignorieren, und hoffte, daß Madame Sousatzka soviel Geistesgegenwart hätte, ihn vorzustellen.

»Und was macht Marcus?« fragte er und ging auf ihn zu, um Sousatzka etwas Zeit zu lassen. Aber Madame Sousatzka merkte nichts, und Jenny stand herum, ohne begrüßt und bekannt gemacht zu werden. »Ah, Jenny, Sie sind auch mitgekommen«, sagte Manders endlich, weil ja schließlich jemand etwas sagen mußte. »Das ist meine Frau«, stellte er entschlossen vor. Jetzt kam es schon nicht mehr drauf an. Vermeiden ließ es sich jetzt nicht mehr.

Mrs. Manders warf eine leblose Hand aus, als gehöre sie nicht zu ihr, wie ein Fischer einen zu kleinen Fisch wieder ins Meer zurückwirft. Jenny ergriff sie und sah ihr fest in die Augen. Sie war eine berechnend aussehende Frau und klein dazu, wie Jenny mit ziemlicher Bestimmtheit annahm, da sie eigensinnig sitzen blieb. Sie war teuer angezogen und hantierte an ihrer Kleidung herum, als berechne sie, ob sie auch ausreichend entschädigt worden sei. Ihr Gesicht war niemals schön gewesen, nicht einmal in der Jugend. Aber das lag nicht an ihren Gesichtszügen, die wohlgeformt und fein geschnitten waren, es lag an der Niederträchtigkeit ihres Gesichtsausdrucks, die das Alter noch durch Runzeln vertieft hatte.

Eine Weile starrte sie auf Jennys Füße. Dann drehte sie den Kopf zu ihrem Mann um und sagte, als wolle sie ihn heruntermachen: »Vielleicht erklärst du mir das mal genauer, Felix. Madame Sousatzka ist die Lehrerin, Marcus ist der Schüler, aber wer ist Jenny?«

Er erwartete, daß Madame Sousatzka die gewünschte Auskunft liefern würde. Aber Sousatzka starrte wortlos zur Decke hinauf. Dieses Schweigen machte ihn langsam verdächtig. »Wer soll sie schon sein? Jenny ist auch eine Schülerin von Madame Sousatzka«, lachte er verlegen. Kaum war es heraus, bedauerte er es auch schon. Wußte er doch genau, daß man sie eines schönen Tages zwingen würde, das zu beweisen. Marcus schnappte hörbar nach Luft, und Manders machte ihm über den Kopf seiner Frau weg wilde Zeichen, den Mund zu halten. Er zwinkerte ihm kameradschaftlich zu, als sei das Ganze nur ein Scherz. Marcus zuckte die Achseln. Was geredet wurde, interessierte ihn nicht besonders. Er sah sich suchend um, um festzustellen, wo das Klavier stand.

»Eine Schülerin«, Mrs. Manders strahlte. »Und bestimmt genauso begabt wie unser kleiner Marcus hier.« Mrs. Manders machte bereits Besitzrechte geltend, und instinktiv rief Madame Sousatzka Marcus zu sich herüber.

»In ganz England gibt es keinen zweiten Pianisten, der so ist begabt wie Marcus«, sagte sie. «Jenny ist Anfängerin.«

Marcus sah, wie Manders Madame Sousatzka einen dankbaren Blick zuwarf. Zufällig fing er auch einen Blick von Mrs. Manders auf, die angewidert zu ihrem Mann hinüberschaute, und plötzlich begriff er, was da vorging.

»Sie ist doch keine Anfängerin«, lachte er, um das Spiel unbedingt mitzumachen. »Sie spielt bei den Concerti im Orchester mit, während ich solo spiele, stimmt's, Jenny?«

»Zumindest tue ich mein Bestes«, sagte Jenny. ›Wenn ich hier schon als Pianistin fungieren muß‹, dachte sie, ›kann ich ebensogut gleich eine erstklassige sein.‹

»Sieh mal an, ist das nicht reizend?« rief Mrs. Manders aus. »Wie ist es, Felix? Glaubst du, ich könnte sie mal hören? Weißt du was? Jenny könnte doch nächsten Freitag mit Marcus zu uns kommen. Du könntest dir dann erst Marcus anhören, und hinterher veranstalten wir ein kleines Konzert. Ich habe nämlich einen recht interessanten Salon, wissen Sie«, wandte sie sich an Madame Sousatzka. »Jeden Freitag. Bei mir haben schon die berühmtesten Musiker gespielt. Sie müssen auch kommen, meine Liebe«, fügte sie nach kurzer Überlegung hinzu. Madame Sousatzka schauderte bei dem Gedanken an berühmte Musiker, umgeben von Geschnatter mit kleinen Delikatessen. ›Salon‹ hatte in ihrem Wortschatz etwas Anrüchiges.

Mrs. Manders erhob sich, als hätte sie alles zur Zufriedenheit erledigt. Sie war so klein, wie Jenny es vermutet hatte. Wieder schleuderte sie ihre Hand nach allen Seiten hin, zum Zeichen, daß sie sich verabschieden wolle. »Wirst du heute zu Hause dinieren, Felix?« Die Frage war dazu bestimmt, Eindruck zu machen. Sie sollte andeuten, daß Mrs. Manders sehr schönes Silber besäße.

»Ich rufe dich noch an, meine Liebe«, sagte er, einigermaßen erstaunt über die Redeweise seiner Frau. »Ich habe heute sehr viel zu tun.«

»Jetzt muß ich aber wirklich gehen«, sagte Mrs. Manders, als hätte jemand verzweifelt versucht, sie zum Bleiben zu bewegen. »Ich habe den Wagen nicht abgeschlossen.« Gehorsam registrierte Jenny noch ein Stück Besitz. »Und André wird ärgerlich, wenn ich zu spät komme. Mein Schneider«, erklärte sie freiwillig, und Jenny nahm auch das zur Kenntnis. »Also auf Wiedersehen bis Freitag.« Marcus lief, um ihr die Tür aufzumachen. Er wußte nicht warum, aber irgendwie tat sie ihm leid. »Was für ein reizender kleiner Kerl«, sagte sie und strich ihm über den Kopf. »Gute Manieren findet man selten bei einem großen Talent.«

Als sie gegangen war, wandte sich Jenny an Manders. »Was machen wir jetzt?« fragte sie. »Ich hätte doch alles mögliche sein können. Zum Beispiel seine Mutter oder eine Freundin. Wie soll ich denn in einer Woche Klavierspielen lernen? Ich werde ganz einfach krank werden, anders ist es nicht zu machen. Ich denke nicht daran zu kommen.«

»Du *mußt* kommen«, sagte Manders fast ärgerlich. Plötzlich wurden ihm die vielversprechenden Möglichkeiten dieser neuen Situation klar, und sie machte ihm beinahe schon Spaß. »Wenn du nicht kommst, wird sie unweigerlich Verdacht schöpfen«, fuhr er fort. »Hör zu, Jenny. Ich habe doch nicht gewußt, daß du mitkommst. Ich habe auch nicht gewußt, daß meine Frau kommt. Und da hab' ich eben gesagt, was mir gerade einfiel. Tut mir leid.«

»*Ich* habe jedenfalls gesagt, Sie sind noch Anfängerin«, zog Madame Sousatzka sich aus der Affäre.

Alle drehten sich nach Marcus um. »Madame Sousatzka nimmt keine Anfänger«, verteidigte sich Marcus. »Das hätte sie erst recht nicht geglaubt.« Er fühlte sich bereits als Anführer der Verschwörung.

»Ganz egal, mein Junge«, sagte Manders. »Du hast uns die Sache eingebrockt, jetzt sieh zu, wie du uns da wieder raus kriegst.«

Alle hielten es für ganz selbstverständlich, daß sie Marcus keine Erklärung schuldeten. Sie wußten, er hatte die Situation erfaßt und sie anscheinend akzeptiert. »Sehr einfach«, sagte Marcus, »du wirst diese Woche einen Unfall haben. Du verbrennst dir die Hand. Nicht richtig natürlich.« Er lächelte Jenny an. »Du hast Tee gemacht, hast den Kessel vom Gas genommen und dir am Dampf die Hand verbrannt. So sehr, daß die Haut abgegangen ist. Am besten machst du gleich eine Wunde daraus, die nur langsam heilt.«

Der Sinn des Jungen für Einzelheiten imponierte Manders. Der Junge hatte alle Anlagen zu einem großen Lügner. »Du verbindest die Hand. Du kannst sie sogar in der Schlinge tragen. Dann kannst du nicht spielen, sehr einfach.«

Doch Jenny hatte ihre Bedenken. »Aber man wird doch von mir erwarten, daß ich über Musik spreche, auch wenn ich nicht spielen kann. Schließlich kann ich nicht in einer Woche auch noch die Stimme verlieren, wenn ich mir schon die Hand verbrannt habe.«

»Ich alles sage, was Sie müssen antworten«, erklärte Madame Sousatzka, die auch ihre Hand mit im Spiel haben wollte. »Ich Sie frage ganz bestimmte Fragen, und ich werde Ihnen sagen genau, was Sie müssen antworten.«

»Aber was ist, wenn *sie* mich fragt? Ich meine Mrs. Manders?«

»Wir alle werden für dich antworten«, sagte Manders in väterlichem Ton. »Wir werden's schon schaffen. Zugegeben, es war ein Fehler. Trotzdem müssen wir irgendwie damit fertig werden. Aber kommen wir jetzt zur Sache.«

»Wo ist das Klavier?« fragte Marcus.

Manders lachte. »Hier gibt's kein Klavier, mein Junge. Ich habe dich ja gehört. Das Vorspielen«, wandte er sich an Madame Sousatzka, »ist eine reine Formalität. Ich zweifle keinen Augenblick daran, daß der Junge spielen kann«, sagte er mit ziemlicher Autorität. »Und wenn ich keine Zweifel habe, ist an den Fähigkeiten des Jungen nichts auszusetzen.«

Seine Arroganz ärgerte Sousatzka, und sie wollte Marcus vor dieser unrechtmäßigen Aneignung von Kompetenz bewahren. »Ist es nötig unbedingt, daß Marcus ist dabei?« fragte sie. »Er kann doch warten auf uns unten. Das ist nur Geschäft, Liplink. Ist für dich langweilig. Geh in die Halle und unterhalte dich mit netter Dame unten an Maschine. Vielleicht sie läßt dich spielen damit.«

»Eine gute Idee«, erwiderte Manders. »Warte unten auf uns. Ich wollte Sie sowieso alle zum Lunch einladen«, sagte er großartig. »Kein Geschäftsessen, Madame Sousatzka. Wir werden uns über andere Dinge unterhalten.«

Marcus steckte die Hände in die Taschen, nachdem er sie ja jetzt nicht brauchte, und ging aus dem Zimmer.

Madame Sousatzka, welche die ganze Zeit gestanden hatte, sah sich nach einer Sitzgelegenheit um. Manders zog ein Sofa an seinen Schreibtisch heran und forderte sie mit einer Handbewegung auf, Platz zu nehmen. Dann schob er den Stuhl, auf dem seine Frau kurz zuvor gesessen hatte, hinter Jenny. Er selber kehrte zu seinem Drehstuhl hinter dem Schreibtisch zurück und kramte in unwichtigen Papieren herum, die er sorgfältig anschaute und mit ernster Geschäftsmiene sortierte. »Wir bringen ihn richtig groß heraus, habe ich beschlossen«, sagte er begeistert. »Und zwar nur in der Festival Hall; was andres kommt gar nicht in Frage.« Jenny riß Mund und Nase auf. Manders wartete auf Madame Sousatzkas Reaktion und ihren Dank. Aber Sousatzka war entschlossen, nicht zu zeigen, was sie fühlte, was immer es sein mochte. »Einen Klavierabend?« fragte sie ungerührt.

»O nein«, entgegnete Manders, in der Meinung, den Grund für ihren mangelnden Enthusiasmus gefunden zu haben. »Ein Orchester-Konzert. Ich will ihn groß herausbringen. Ein großer Dirigent, ein großes Orchester und in der Festival Hall.« Madame Sousatzka bemerkte, daß er plötzlich das Herausbringen allein besorgte. Sie sagte nichts, und Jenny war erstaunt, daß sie überhaupt nicht reagierte.

»Er wird spielen das Vierte von Beethoven«, kündigte Madame Sousatzka an.

»Spielt gar keine Rolle, was er *spielt*«, sagte Manders. »Was soll er *anziehen*? Das ist viel wichtiger. Ich schlage vor«, fuhr er fort, entschlossen, Sousatzkas Sprachlosigkeit einfach zu ignorieren, »schwarzer Samtanzug mit Etonkragen. Sein Haar sollte nicht zu ordentlich aussehen und, wenn möglich, länger sein als gewöhnlich. Ich habe vorläufig ein Datum im Februar festgesetzt. Ursprünglich sollte einer meiner Schützlinge an diesem Abend ein Konzert geben, aber er mußte es absagen. Statt dessen reserviere ich seinen Abend für Marcus. Wir haben also zwei Monate Zeit. Bis dahin kann er sein Haar wachsen lassen. Dann schwarze Lackschuhe«, fuhr er fort, »eventuell mit Silberschnallen. Aber darum wird sich meine Frau schon kümmern. Solche Sachen versteht sie großartig.«

Madame Sousatzka stand auf. Sie hatte endgültig genug. »Mein Marcus ist nicht männliches Modell«, schrie sie Mr. Manders an, den Jungen verzweifelt für sich fordernd. »Was er wird anziehen, ist völlig gleichgültig. Das geht nichts mich an. Was angeht *mich*, ist sein Spiel, Mr. Manders. Ich will sehen, daß er gibt ein Konzert, wie Sie es haben noch nie gehört. Nur darauf es kommt mir an.«

»Na, selbstverständlich wird er gut spielen, das wissen wir alle«, beruhigte Manders sie. »Das ist ja schließlich die Voraussetzung bei diesem Geschäft. Denn Pianisten gibt es so viele, Madame Sousatzka«, vertraute er ihr traurig an. »Sie spielen alle gut, sie haben alle Talent. Aber heutzutage und bei dieser Konkurrenz«, er erhob seine Stimme, als spreche er auf einer Generalversammlung, »müssen sie schon etwas mehr haben. Unser Marcus ist ein Kind« – Madame Sousatzka fiel der gemeinsame Nenner auf – »und ich habe die Absicht, ihn als Kind zu verkaufen, als Wunderkind, aber zu allererst mal als Kind. Was das Vierte von Beethoven angeht – und ich kenne es gut« – fügte er schnell noch hinzu, um Madame Sousatzkas Zweifel von vornherein auszuschalten, »und fast alle Pianisten, die bei mir gebucht sind, spielen es – glaube ich nicht, daß Marcus – nun, daß Marcus reif genug dafür ist. Ich glaube, ein kleiner Mozart würde sich besser verkaufen. Eine doppelte Ausgabe von Wunderkindern«, sagte er. »Und außerdem ist Mozart für Kinder sehr viel einfacher.«

Madame Sousatzka explodierte angesichts dieser bodenlosen Unkenntnis. »Sie wollen, er soll sein reif. Das will ich auch. Und wenn er ist reif, wird er spielen Mozart, nicht früher. Sie glauben, Klavierspielen ist nur die Technik. Darum er kann spielen Mozart, Sie meinen. Einfach. Zu diesem Geschäft, Mr. Manders, es gehört mehr, als schwarze und weiße Tasten. Für Mozart Sie müssen sein eine große Musiker. Sie müssen haben gelebt und gelitten, haben versucht und sein gescheitert. Sie müssen kennen die Freude, den Haß, den Betrug.« Madame Sousatzka schien ihrer Meinung nach ein viel besserer Kandidat für die Festival Hall zu sein. »Mein Marcus ist kleiner Junge. Für Mozart er ist noch nicht reif genug. Ist mir gleich, wieviele von Ihre jungen Leute spielen Beethoven, Marcus spielt ihn besser.«

»Ach, was kommt's denn um Himmels willen schon darauf an, *was* er spielt«, mischte Jenny sich ein. »Bitte zankt euch doch nicht, Felix«, sagte sie sanft, »laß Madame Sousatzka bestimmen, was Marcus spielen soll. Die Hauptsache ist doch, daß er gut spielt, nicht wahr?«

Nur weil Jenny diesen Wunsch geäußert hatte, war

Manders bereit, dieses Zugeständnis zu machen. »Also gut, Madame Sousatzka«, sagte er, »Sie sollen Ihren Willen haben. Aber Sie sollen meine Meinung als Veranstalter hören, die auf einer langjährigen Erfahrung beruht, daß ein Mozart spielendes Kind ein unfehlbarer Schlager ist.«

Madame Sousatzka setzte sich wieder. Manders' Meinung interessierte sie nicht, und so ließ sie ihn reden.

»Und jetzt die Frage des Kontraktes«, sagte Manders und nahm ein blaues Aktenstück vom Schreibtisch. »Einzelheiten brauchen wir nicht; die sind ziemlich uninteressant.« Madame Sousatzka öffnete ihren Mund in der Form eines Widerspruchs, aber der vorwärtstreibende Manders sagte: »Sie können eine Kopie davon mitnehmen und in Ruhe zu Hause lesen.«

»Wieviel zahlen Sie Marcus für Konzert?« fragte Madame Sousatzka naiv.

»Wieviel *ich* zahle?« Manders schnappte nach Luft. Für so naiv hatte er Madame Sousatzka denn doch nicht gehalten. »Ist Ihnen klar, Madame Sousatzka, daß es in unserem Geschäft üblich ist, besonders bei einem neuen, unbekannten Künstler, daß der Künstler *mich* bezahlt, um unter meiner Leitung herauszukommen, und daß er einen prozentualen Anteil am Reingewinn hat, wenn einer da ist? Aber in Marcus' Fall«, fügte er schnell hinzu, denn er fürchtete ihre Einwürfe, »mache ich eine Ausnahme.«

»Er *ist* Ausnahme«, erwiderte Madame Sousatzka. »Wieviel Sie zahlen ihm?«

»Ich weiß nicht«, sagte Manders leicht verärgert. »Er ist eine Ausnahme, weil ich am Anfang nichts von ihm verlange. Ich übernehme alle Spesen – die Festival Hall, das Orchester, den Dirigenten, die Ankündigungen, die Reklame – ich riskiere alles. Und Marcus wird aus dem Reingewinn bezahlt, nachdem ich meine Auslagen wiederbekommen habe.«

»Mit anderen Worten, nichts«, bemerkte Madame Sousatzka.

»Madame Sousatzka«, Manders war jetzt wirklich ärgerlich, und nur ein flehender Blick von Jenny besänftigte ihn ein wenig. »Ich bin im Begriff, alles zu verlieren«, sagte er. »Ohne Publikum kann man keinen Profit machen. Und man muß schon ein großes Publikum haben, um die Ausgaben zu decken. Man weiß es nie. Er ist unbekannt. Er spielt Beethovens Vierte. Nicht so populär wie ein Mozart.« Es tat ihm schon leid, daß er in bezug auf das Programm auf Sousatzkas Wünsche eingegangen war. »Aber angenommen, die Leute wollten wirklich kommen. Nehmen wir sogar an, sie haben Beethovens Vierte gern, aber dann regnet's an diesem Abend, oder es ist Nebel.«

»Im Februar kein Nebel«, höhnte Madame Sousatzka mit der Zuversicht einer Wetterprophetin.

»Aber regnen könnte es doch. Alles mögliche könnte geschehen.« Als er merkte, daß sein Einwand auf schwachen Füßen stand, schrie er sie an: »Madame Sousatzka, wenn Sie glauben, daß Sie woanders bessere Bedingungen bekommen können, steht es Ihnen jederzeit frei, dorthin zu gehen. Aber ich zweifle daran. Ich zweifle sehr daran. Es ist ein halsabschneiderischer Beruf, Madame Sousatzka. Sie werden nicht viele so großzügig finden wie mich.«

»Er hat recht, Sousatzka«, sagte Jenny, die ihre persönlichen Erfahrungen mit der Großzügigkeit von Manders gemacht hatte. »Und außerdem spielt doch Marcus nicht nur des Geldes wegen.«

»Das weiß ich, Jenny. Das ich weiß sehr wohl«, sagte Sousatzka. »Ich weiß, was Mr. Manders will tun. Ich erkenne das an. Ich nehme Vertrag mit nach Hause und werde ihn lesen durch.«

»Dann kann ich also mit den Vorarbeiten beginnen?« fragte Manders.

»Ja, Sie können beginnen«, willigte Sousatzka ein. »Für Konzert im Februar in Royal Festival Hall mit Vierter von Beethoven.«

Die Mahnung verdarb ihm die Laune. Jenny legte ihren Arm um seinen Hals, und er lächelte resigniert.

»Was ist mit dem Lunch, den du uns versprochen hast?« erinnerte sie ihn.

Sie fanden Marcus unten in der Eingangshalle. Am Telefontisch fand gerade eine kleine Essenspause statt, und als sie an der Frau vorbeigingen, versteckte sie ihr Gesicht in ihrem Strickzeug. Sie beobachtete, wie sie sich durch die Türen entfernten, und als sie gegangen waren, nahm sie verstohlen ein Käsebrot heraus und knabberte an einer Ecke daran herum wie eine alte Maus, die weiß, die Luft ist rein.

XI

Am nächsten Freitag, als sie sich fertig machten, um in die Vauxhall Mansions zu fahren, versuchte Marcus, seine Nervosität, seine Vorfreude, aber auch sein Schuldgefühl zu verbergen. Niemand hatte seiner Mutter etwas vom Salon erzählt. Er wußte genau, daß sie das Recht gehabt hätte, dabei zu sein. Aber dann würde es nur lauter Komplikationen geben, von der Jenny-Affäre ganz zu schweigen. Jedenfalls konnte er sich nicht vorstellen, daß sie zu dieser Art von Leuten paßte. Er hätte sich ihrer nur geschämt. Und gerade das bedrückte ihn mehr als alles andere.

Sie stand vor dem Spiegel und rückte ihren Hut zurecht. »Heute hab' ich gesehen so a schönen Hut, Marcus«, sagte sie. »Ich hab' mir gedacht, werd' ich ihn kaufen fürs Konzert.«

»Welche Farbe hat er gehabt?«

»Braun.«

»Aber Mama, ich hasse Braun. Warum nimmst du nicht mal einen anderen?«

»Es *ist* ja ein anderer, bloß die gleiche Farbe.«

»Laß *mich* doch diesmal die Farbe für dich aussuchen«, bat er. Er hatte plötzlich das Gefühl, daß ihre ganze zukünftige Beziehung von der Farbe ihres Hutes abhinge.

»Ich liebe aber Braun«, sagte sie. »Ist meine Farbe. Ist nichts mehr zu machen, ist schon gekauft«, lächelte sie.

»Zeig mal.« Marcus war auf das Schlimmste gefaßt.

»Nein. Soll sein a Überraschung für dich.« Sie lachte in

sich hinein wie ein Kind. »Du wirst ihn sehen beim Konzert. Du wirst sein stolz.«

Marcus zweifelte daran. Ihren letzten Hut hatte seine Mutter sich zur Feier seines neunten Geburtstages gekauft. Das war vor drei Jahren gewesen; und jetzt sah er trübe drei weiteren braunen Jahren entgegen.

Er nahm ihre Einkaufstasche. Dabei schoß ihm der Gedanke durch den Kopf, ob sie die Tasche wohl auch mit ins Konzert nehmen würde. Er mußte sie vorher irgendwo verstecken.

»Wir müssen gehen«, sagte er hilflos. Jetzt fühlte er sich schon weniger schuldbewußt wegen des Salons. Sie war selber schuld daran. Wenn sie darauf bestand, sich einen braunen Hut zu kaufen, ließ sie ihm gar keine andere Wahl.

Aber auf der Fahrt in die Vauxhall Mansions war das Schuldgefühl wieder da. Als sie im Bus ihr schwarzes Portemonnaie herausnahm, um das Fahrgeld zu bezahlen, und sorgfältig die braunen Pennies abzählte, rückte er näher zu ihr heran. Und als sie die Fahrscheine in Empfang nahm und in ihre Handtasche stopfte, in der bestimmt auch noch die Fahrscheine von ihrer ersten Fahrt in die Vauxhall Mansions von vor fast einem Jahr steckten, sagte er plötzlich leise vor sich hin: »Ich hab' dich lieb, Mama.« Und er hoffte und fürchtete zugleich, daß sie es gehört hatte. Und als er sie in den Vauxhall Mansions verließ, gab er ihr einen Kuß. Er sah sie über den Platz gehen, und es bedrückte ihn, daß er sich durchaus nicht erleichtert fühlte.

Er stieß die Tür mit der Schulter auf, und noch bevor er in den Hausflur trat, rief er schon: »Madame Sousatzka!« Es hörte sich an wie ein Stichwort.

»Wir sind hier unten«, kam Cordles Stimme aus dem Souterrain. Marcus lief hinunter zu Onkels Wohnung. Alle hatten sich dort zu einer Generalprobe versammelt. Ein starker Desinfektionsgeruch lag in der Luft, und Marcus bemerkte, daß Jennys rechte Hand mit einer zähen gelben Salbe bedeckt war. Cordle verband sie gerade mit größter Sorgfalt, wobei er jeden Druck auf die imaginäre Brandwunde vermied.

»Sie lieben Beethoven?« fragte Sousatzka in diesem Moment.

»O, ich finde ihn reizend«, antwortete Jenny.

»Das ist ganz unmöglich«, sagte Cordle. »Beethoven ist nicht reizend. Beethoven ist großartig, packend, prophetisch, aber er ist nicht reizend. Versuchen Sie's nochmal.«

»Lieben Sie Beethoven?« fragte Sousatzka liebenswürdig.

»Ich finde, er ist großartig, packend und prophetisch.« Jenny legte ihr ganzes Gefühl in die Rolle hinein. Sie mimte sogar ein Schmerzgeheul, als Cordle den Verband fester anzog.

»Sehr gut«, lobte Onkel, die sich selber die Rolle der Korrepetitorin übertragen hatte. »Wie wär's jetzt mit etwas Präziserem? Über das Konzert selber.«

»Ja«, sagte Madame Sousatzka. »Bereits wir haben das geübt. Wie, meine Liebe«, sagte sie, sich an Jenny wendend, »finden Sie die Eröffnungstakte?«

Jenny nahm ihr Stichwort auf. »Ich finde, es ist der größte Anfang, der je geschrieben wurde. Er ist beschwörend, er ist sehnsüchtig.«

»Bravo«, schrie Onkel. »Sie sollten Musikkritikerin sein, Jenny.«

Marcus saß auf dem Fußboden neben dem Stuhl der Gräfin. »Welches sind Ihre Lieblingskomponisten, meine Liebe?« fragte er in hohem Diskant, eine schlaffe Hand von sich streckend.

»Das haben wir noch nicht geübt«, sagte Jenny. »Du mußt mir unbedingt ein paar Namen nennen.«

»Sagen Sie doch einfach Bach«, riet ihr Cordle. »Von Bach hat sie bestimmt keine Ahnung.«

»Ich kenne was von Bach«, rief Jenny aus. »Ein Lied. ›Jesus, meine Zuversicht‹. Das haben wir immer im Schulchor gesungen.«

»Alle singen das im Schulchor. Sagen Sie das bloß nicht. Wenn sie Sie fragen sollte, was Ihr Lieblingsstück von Bach ist, sagen Sie so beiläufig wie möglich, Brandenburg Fünf. Das macht bestimmt Eindruck auf sie. Haben Sie's behalten? Brandenburg Fünf. Üben wir das mal.«

»Welches ist Ihr Lieblingsstück von Bach?« quietschte Marcus los.

Sich in ihrem Stuhl schlängelnd, drehte Jenny sich nach ihm um. »Brandenburg Fünf«, warf sie nonchalant hin und schleuderte ihren bandagierten Arm in seine Richtung.

»Bravo«, sagte Onkel, ein besonderes Lob spendend.

»Ich hoffe, alles geht gut«, sagte Madame Sousatzka.

»Alles wird großartig gehen«, meinte Cordle, »solange Jenny nur spricht, wenn sie gefragt wird. Schlimmstenfalls kann sie immer das Thema wechseln, oder Sie oder Marcus können sie unterbrechen.«

»Ihr dürft mich nur nicht mit ihr allein lassen«, sagte Jenny.

»Keine Angst, du bleibst bei mir«, beruhigte Marcus sie. »Alles, was zu sagen ist, sage ich.« Er hatte plötzlich das Gefühl, Jenny gehöre ihm. Er spürte, daß sie sich auf ihn verließ. Sie legte ihren verbundenen Arm um ihn.

»Nicht den«, warnte Cordle. »Sie können ihn doch nicht heben. Ich glaube, es ist besser, Sie legen ihn in eine Schlinge, damit Sie es nicht vergessen.«

In dem Moment fiel Jenny ein, daß sie ja um vier Uhr einen Kunden erwartete. »Sie müssen mir den Verband wieder abnehmen, Cordle, sonst verrutscht er. Bevor wir gehen, machen Sie mir eben einen neuen.«

Mit der unendlichen Geduld, die sein Beruf erforderte, wickelte er den Verband wieder ab. »Beim zweitenmal wird es nie mehr so gut wie beim ersten.« Im stillen aber war er glücklich darüber, daß er eine Entschuldigung hatte, es noch einmal zu tun. Verbände anlegen war seine Leidenschaft. Es war eine anständige, saubere und ordentliche Arbeit, besonders wenn keine Wunde vorhanden war, bei deren Anblick einem übel wurde. Es machte ihm großes Vergnügen, einen neuen Verband anzulegen, ihn einmal so und das andere Mal so zu kreuzen, damit er gut säße. Oft bedauerte er, daß er diese besondere Begabung nicht häufiger nutzen konnte, und er überlegte eilig, wie er sie mit

Fug und Recht in seinen Beruf einordnen könnte. Liebevoll nahm er Jenny den Verband herunter und versuchte, die Bandage so aufzuwickeln, daß sie ihre ursprüngliche Form wieder bekam. Aber einmal ihrer jungfräulichen Frische beraubt, hatte sie ihre ursprüngliche Ebenmäßigkeit verloren. Er warf sie in Onkels Papierkorb und freute sich schon auf die neue Bandage.

Jenny verließ sie, um ihre Verabredung einzuhalten. Marcus beschloß, noch etwas zu üben, und Madame Sousatzka verkündete, daß sie sich schon langsam umziehen wolle. Sie lief Jenny nach, um sich die Frauenzeitschrift von ihr zu borgen. Onkel und Cordle ließen sich zu einem Damespiel nieder, und Onkel schaukelte in ihrem Stuhl leise hin und her. Über ihnen im Musikzimmer hörten sie Marcus üben.

»Was halten Sie von Beethoven, Onkel?« mokierte Cordle sich.

»Ich finde, er ist großartig, packend und prophetisch«, lachte sie.

Als sie vor Manders' Haus ankamen, sahen sie eine ganze Reihe von Privatautos draußen stehen. Marcus klingelte und löste das Geklimper einer Serie populärer Kinderlieder aus. Die Tür wurde von einem Mann geöffnet, den sie für einen Butler hielten. Er trug ein frisches weißes Jackett und sah so respekteinflößend aus wie Cordle. Er ließ sie ein und zwang die beiden Frauen praktisch, in die Garderobe zu gehen, während Marcus draußen auf sie wartete.

Sousatzka und Jenny ließen eine geraume Zeit verstreichen, bis sie wieder zum Vorschein kamen. Der Butler sah auf seine Uhr, als wolle er sie kontrollieren. Er schnüffelte ununterbrochen, und sie waren nicht ganz sicher, ob das Schnüffeln auf eine vornehmere Herkunft zurückzuführen war, oder ob Jennys Salbe zu überwältigend roch. Er fragte nach ihren Karten.

Jenny lächelte ihn an. »Wir haben keine Karten«, vertraute sie ihm flüsternd an, als wolle sie sagen, daß sie ihrer sozialen Stellung nach wirklich auf seinem Niveau stünden. »Sagen Sie nur, Madame Sousatzka und Begleitung.«

Er zog die Augenbrauen hoch, überzeugt davon, daß es sich hier um ungebetene Gäste handle.

»Wir werden erwartet«, sagte Madame Sousatzka in ihrer ganzen Würde.

»Wie, sagten Sie, war der Name?« fragte er von oben herab. Es schien ihm gar nichts daran zu liegen, einer von ihnen zu sein.

»Sousatzka«, antwortete Marcus mit klarer Stimme, erstaunt darüber, daß ein Mensch so unwissend sein konnte, noch nie den Namen ›Madame Sousatzka‹ gehört zu haben.

Der Butler schnüffelte wieder, tat einen tiefen Atemzug, öffnete die Tür zur Vorhalle und blieb am Pfosten stehen. »Sousatzka«, schleuderte er verächtlich heraus, als kündigte er die Ankunft eines Hausierers an, »und Begleitung«, schloß er, die Anonymität noch unterstreichend.

Er war sehr erstaunt über die Begrüßung, die Mr. Manders ihnen zuteil werden ließ. Er kam auf sie zu und reichte ihnen die Hand. Jenny blinzelte er heimlich zu. »Ja, was haben *Sie* denn gemacht, meine Liebe?« fragte er.

»Sie hat sich verbrüht«, antwortete Marcus. Da er der Initiator dieses Schauspiels war, fühlte er sich berechtigt, den Auftakt zu geben.

»Was war denn los?« fragte Manders teilnahmsvoll.

»Ach, gar nichts besonderes«, entgegnete Jenny. »Nur der Dampf vom Teekessel.« Beide, Madame Sousatzka und Marcus, nickten wie auf Kommando.

»Das riecht man«, flüsterte Manders.

»Ach, meine Lieben«, fegte Mrs. Manders auf sie zu. »Wie reizend, daß Sie gekommen sind. Wir warten schon seit Stunden auf Sie.« Mit einer weitausladenden Armbewegung wies sie auf ihre verschiedenen Gäste. Sie schnupperte und bemerkte dann Jennys Verband. Sie legte ihre Hand auf Jennys Daumen. Jenny schrie vor Schmerz auf. ›Sie übertreibt es ein bißchen‹, dachte Manders.

»Es ist erst gestern passiert, und es tut ihr noch sehr weh.« Marcus lächelte Jenny zu und gratulierte ihr im stillen zu ihrem schönen Extempore.

»Das tut mir aber entsetzlich leid, meine Liebe.« Mrs. Manders war voller Mitgefühl. »Nun werden Sie ja heute leider nichts vorspielen können. Aber unserem kleinen Marcus hier geht es gut, wie ich sehe. Ich hoffe, du bist bereit, mein Kleiner. Alle sind schon ganz krank vor Neugierde, dich zu hören.« Sie deutete wieder auf ihre Gäste, die alle vollkommen gesund aussahen und sich sehr wohlzufühlen schienen. Jedenfalls tranken sie und unterhielten sich, ohne die Neuankömmlinge überhaupt zu bemerken. Madame Sousatzka zu begrüßen, fiel Mrs. Manders erst später ein. »Sie sind sicher sehr aufgeregt, Madame«, sagte sie. »Bitte nehmen Sie doch Platz.«

Marcus und Jenny nahm Mrs. Manders mit hinüber zur anderen Seite des Zimmers. Manders begleitete sie. Sousatzka drehte sich um und sah, daß man ihr einen Stuhl hingestellt hatte, während Mrs. Manders mit ihr sprach. Ein anderer, mit weißem Jackett bekleideter dienstbarer Geist erschien mit einem einzelnen Glas Sherry auf einem großen Silbertablett. Sie trank in kleinen Schlückchen davon. Plötzlich wurde ihr entsetzlich heiß, und sie merkte, daß ihr Stuhl direkt vor der Heizung stand. Heimlich drehte sie den Knopf auf ›kalt‹ und stellte zufrieden fest, daß es außer diesem keinen anderen Heizkörper im Zimmer gab. Im gleichen Augenblick tauchte ein kleiner schwarzer Dackel neben ihr auf. In ihrer peinlichen Isoliertheit hätte sie ihn aus lauter Dankbarkeit küssen mögen. Für ein nervöses Mauerblümchen gibt es nichts so Erlösendes wie einen Hund. Zu ihm konnte sie reden, so daß die anderen, wenn sie zu ihr hinüberschauten, sahen, daß sie sich unterhielt. Sie sprach zu dem Dackel und streckte wohlweislich ihren Fuß vor, daß er ihr nicht entwischen konnte. »Hallo, Liplink«, sagte sie, »bist du auch gekommen, zu hören die Musik?« Es war nicht weiter erstaunlich, daß der Hund keine Antwort gab. Madame Sousatzka versuchte ihr Glück von neuem. »O, so ein schönes Gesicht, was du hast«, lockte sie. Sie haßte den Anblick von Hunden, und dieser hier war besonders scheußlich. »Hast du Hunger?« fragte sie, als der Hund weglaufen wollte. In diesem Augenblick hätte sie dem Dackel ihren rechten Arm zum Fraß hingeben mögen, nur damit er in ihrer Nähe bliebe. Aber er entschlüpfte, und Sousatzka konnte ihm gerade noch einen Tritt versetzen, weil er ihr einen Korb gegeben hatte. Wieder saß sie allein. Sie stand auf, in der Absicht, wegzugehen. »Manders«, rief sie.

»Nanu, meine liebe Madame Sousatzka, was machen *Sie* denn hier drüben? Darf ich Ihnen Mr. Phillips vorstellen?« Er griff nach der Person, die seinem Griff am nächsten war. »Kommen Sie doch hier zu uns herüber.« Er ging mit ihr weiter und rief Jenny und Marcus auch in ihren Kreis hinüber. Unterwegs machte er sie mit allen möglichen Leuten bekannt und redete die ganze Zeit, vor Angst, daß sie ihn unterbrechen könnte. Inzwischen hatte sie sich entschlossen, doch zu bleiben. Sie war ihm weit überlegen, und das wußte er. Es würde auch so bleiben.

»Madame Sousatzka« krähte ein alter Herr in der Nähe. »Die Lehrerin. Meine Liebe, ich habe von Ihnen gehört, aber ich dachte, Sie wären gestorben«, babbelte er. Er zog hörbar die Luft durch die Nase hoch, als sei er noch nicht so ganz überzeugt, ob Madame Sousatzka sich nicht doch schon im Zustande des rigor mortis befände; aber es war nur, weil Jenny in der Nähe stand.

»Es ist meine Salbe«, erklärte sie ihm. »Ich habe mir die Hand verbrüht.«

»Ach, das tut mir aber leid«, sagte er. »Was hat Ihnen denn Ihr Doktor draufgetan? Ich bin nämlich selber Arzt, wissen Sie«, fuhr er erklärend fort, »»und ich interessiere mich immer für die Behandlungsweise meiner Kollegen.«

Jenny paßte sich der unerwarteten Lage an. »Was hätten Sie mir denn verordnet, Doktor?«

»Na, Aureomycin natürlich.«

»Also dann muß ich einen sehr guten Arzt haben«, sagte Jenny. »Genau das hat er mir auch gegeben.«

Der alte Herr lachte. »Ja, das hab' ich mir gedacht. Man riecht's«, sagte er. »Die Behandlung einer kleinen Verbrennung erfordert ja nun wirklich keine allzugroßen Fachkenntnisse. Halten Sie sie nur schön verbunden, das ist die Hauptsache. Also schau'n Sie mal an«, wendete er sich wieder an Madame Sousatzka, »das ist also *Ihr* Schüler, den wir heute abend das Vergnügen haben werden zu hören. Und was erwarten Sie sich von diesem Bürschchen hier?« Er legte Marcus seine Medizinerhand auf den Kopf. Marcus hatte den Typ von Kopf, der die Leute zum Streicheln oder Ansichdrücken verführte. Ja, Marcus fehlte direkt etwas, wenn niemand seine Hand dort hatte. Die Hand des alten Mannes war angenehm und paßte sich gut an, und es tat Marcus leid, als er sie wieder wegnahm.

»Marcus wird sein *der* große Pianist, Sie werden sehen«, sagte Madame Sousatzka. »Sie werden ihn hören.« Als sie von dem alten Mann wegschaute, sah sie zu ihrem Entsetzen, daß Mrs. Manders sich Jennys bemächtigt hatte. Sie stieß Marcus an: »Ich glaube, Jenny will dir was sagen, mein Liplink.« Und Marcus, der sein Stichwort kannte, lief eilends zu Jenny hinüber.

»Ich finde es sehr kleidsam«, sagte Jenny gerade ohne jede Scheu. »Von den langen Kleidern hatte ich schon genug.«

Marcus fühlte sich überflüssig und kehrte zu Madame Sousatzka zurück. Wieder fühlte er eine Hand auf seinem Kopf. Diesmal keine so angenehme. Und als er sich umdrehte, stand Mr. Manders hinter ihm.

»Nun, junger Mann«, sagte er, »sind wir soweit? Wenn die Unterhaltung noch lange dauert, vergessen wir zum Schluß noch ganz, warum wir gekommen sind, was? Komm und schau dir den Flügel an. Bitte setzen Sie sich doch«, sagte er zu denen, die in der Nähe standen, und wies auf die vergoldeten Stühle, die rings an den Wänden des Zimmers aufgestellt waren.

Der alte Arzt reichte Madame Sousatzka den Arm und geleitete sie zu einem Stuhl. »Gestatten Sie, daß ich neben Ihnen sitze, Madame Sousatzka?« fragte er. »Es wäre eine große Ehre für mich.«

»Natürlich«, erwiderte sie, obgleich sie es vorgezogen hätte, an Marcus' Seite zu bleiben. Sie beobachtete, wie Manders Marcus wegführte. Seine Hand lag auf der Schulter des Jungen. Der alte Herr hielt den Stuhl bei der Rückenlehne, während sie sich setzte. Andere Gäste bewegten sich langsam in Gruppen auf die Stühle zu. Sie blieben in Gruppen und ließen sich in ihrer Unterhaltung nicht stören. Bald saßen alle. Der dienstbare Geist nahm die Gläser weg, und es wurde still.

»Ein sehr folgsames Publikum«, sagte Mr. Manders. »Aber wir sind noch nicht ganz so weit. Wir müssen erst das Pedal für den kleinen Mann hier herrichten.« Er ließ sich auf die Knie nieder und versuchte, die Verlängerung an den Pedalen des Flügels zu befestigen. Marcus reichte ihm die Schrauben. Alles sah schweigend zu. Manders schob die Verlängerung hin und her, aber sie wollte nicht so recht passen. »Es wird noch ein Weilchen dauern«, sagte er unter seinem Arm hindurch zu seinen Gästen, »unterhalten Sie sich ruhig noch solange.« Aber das Schweigen dauerte an. Die Zuhörer waren von diesen Extravorbereitungen fasziniert.

Madame Sousatzka schaute auf die andere Seite des Zimmers hinüber und schauderte, als sie Jenny ohne Schutz und sich völlig selbst überlassen direkt neben Mrs. Manders sitzen sah. Jenny warf Sousatzka einen aufgeregten Blick zu und schickte ein Stoßgebet zum Himmel. Ausgerechnet diesen Augenblick äußerster Stille, die nur ein geflüsterter Fluch von Mr. Manders unterbrach, hatte Mrs. Manders für ihr Kreuzverhör gewählt. Und es sollte ein öffentliches werden.

»Und wer ist denn Ihr Lieblingskomponist, Jenny?« begann Mrs. Manders. Ihre Stimme war tief und isoliert und dröhnte durch den Raum wie Trommelrollen. Alle sahen Jenny an. Marcus ließ eine Schraube fallen und kniete sich neben Manders hin, um sie zu suchen. Er wollte dieses Gemetzel nicht länger mitansehen. Madame Sousatzka ballte ihre Fäuste und betete im stillen. Aber Jenny erkannte ihr Stichwort wieder.

»Bach«, antwortete sie zuversichtlich. Sie sah Mrs. Manders an und hoffte, den erstaunten Ausdruck auf ihrem Gesicht zu finden, den Cordle ihr versprochen hatte. Aber Mrs. Manders' Gesicht war undurchsichtig. »Was haben Sie denn von Bach besonders gern?« Es war geradezu, als habe Mrs. Manders bei der Generalprobe an der Tür gelauscht.

Jenny ließ eine vielsagende Pause eintreten, als ginge sie in Gedanken vergleichsweise die Schönheiten aller Bachwerke durch. Bei ihrer Kenntnis von Bach brauchte sie nicht sehr lange dazu. Sie hörte noch den alten Schulchor singen. Es war eine wunderschöne Melodie. Sie stellte alles wieder richtig in der Welt. Alle sauber gewaschenen kleinen Mädchen mit Hängezöpfen und Brille liebten Jesus. Es war verlockend. Aber sie dachte an Cordles Warnung und verzichtete nur widerwillig darauf. »Brandenburg Fünf«, sagte sie, als wäre es eine augenblickliche Entscheidung.

Einige Gäste hielten den Atem an, und Mrs. Manders zog ihre gezupften Augenbrauen hoch. »Ich für meinen Teil ziehe Nummer Vier vor.«

Jenny war erschlagen. Plötzlich kam ihr zum Bewußtsein, daß es, wenn es ein Brandenburg Fünf gab, nach dem Naturgesetz und dem Gesetz der Chronologie auch ein Nummer Vier geben müsse. Ja sogar noch die Nummern Eins, Zwei und Drei. Sie würde eine Woche hier sitzen können. Jenny zog ihrerseits die Augenbrauen hoch. Etwas anderes blieb ihr nicht übrig.

»Ich hätte gedacht«, fuhr Mrs. Manders fort, »daß Sie, als Pianistin, Kompositionen für Klavier vorziehen würden. Und schließlich«, wandte sie sich erklärend an ihre Zuhörer, »sind die Brandenburgs ja kaum für Klavier.«

Sie hatten Mrs. Manders alle unterschätzt. Ihre Kenntnis von Bach ging allem Anschein nach weiter als ›Jesus, meine Zuversicht‹. Jenny sah hilfeflehend zu Madame Sousatzka hinüber.

»Sie sind auch arrangiert alle für Klavier«, kam ihr Madame Sousatzka zu Hilfe.

»Natürlich«, gab Mrs. Manders zu, als Siegerin bereit, in kleinen Punkten nachzugeben. »Aber ich finde eben Nummer Vier sehr viel interessanter.«

Jenny war wieder an der Reihe, es half alles nichts. »Finden Sie?« sagte sie, als sei die Frau verrückt. »*Ich* jedenfalls ziehe Nummer Fünf vor«, beharrte sie und war nicht davon abzubringen.

»Warum?«

Madame Sousatzka betete inbrünstig. Ihr Herz hämmerte. Marcus und Manders hockten in gemeinsamem Gebet unter dem Flügel. Aber Jenny enttäuschte sie nicht. Sie war noch nicht ersucht worden, ihre Ansichten über Beethoven zu äußern. Sollte die Frage später noch aufkommen, würde man das Problem schon irgendwie lösen.

»Warum?« wiederholte sie, ungläubig, daß Mrs. Manders so ungebildet sein konnte, die Antwort nicht zu wissen. »Es ist großartig, es ist prophetisch, es ist rührend.«

»Rührend?« wiederholte Mrs. Manders, gleichfalls ungläubig. »Dieses Adjektiv würde ich wohl zuallerletzt auf Bach anwenden.«

»Wirklich nicht?« entgegnete Jenny mitleidig. »Ich ja.«

»Wirklich, meine Liebe? Und warum, wenn ich fragen darf?«

›Verdammt nochmal‹, dachte Jenny. Sie sah deutlich, daß es nur *eine* Möglichkeit gab, die Oberhand zu gewinnen: *sie* mußte die Fragerin sein. *Sie* mußte diejenige sein, die ›warum‹ fragte. Aber im Augenblick mußte sie sich noch mit Mrs. Manders' letzter Frage befassen. ›Warum, wirklich?‹ dachte sie. Sie versuchte verzweifelt, an etwas zu denken, was sie gerührt hatte. »Es erinnert mich an meine Kindheit«, sagte sie. Die ganze Generalprobe konnte ihr gestohlen bleiben. Sie mußte sich jetzt selber helfen.

»Warum?« Mrs. Manders war alles andere als nachgiebig.

Jetzt war es ganz leicht. Dazu brauchte sie weder Cordle, noch Sousatzka. Sie war gerade im Begriff, eine rührende Schilderung ihrer Kindheit vom Stapel zu lassen – man hatte sie provoziert, und sie würden schon sehen, was sie davon hatten; außerdem war es eine herrliche Gelegenheit das Thema zu wechseln – als eine kleine Frau auf der anderen Seite des Zimmers sich bemüßigt fühlte, ihre Meinung zum besten zu geben. Anscheinend hielt sie sie für ungeheuer wichtig und wohlfundiert, denn sie sprach ohne Pause, als sei ihre Entdeckung die Frucht einer langjährigen und mühevollen Forschung.

»Ich persönlich ziehe Mozart vor«, keuchte sie. »Ich finde Mozart so entzückend.« Sie sprach ›Mozart‹ mit weichem ›s‹ aus. Da sie ihn liebte, war sie offenbar nicht bereit zuzugeben, daß er ein Ausländer war. »Mozart hat etwas«, fügte sie tief in Gedanken hinzu, »etwas so Elegantes.« Madame Sousatzka hätte sie erwürgen mögen.

»Was ist mit Brahms?« fragte eine andere Frau beleidigt. Man hätte meinen können, sie sei Brahms' Mutter. Madame Sousatzka und Jenny seufzten erleichtert auf. Manders und Marcus kehrten zu ihrem Pedal zurück. Es war nochmal gutgegangen.

»Brahms ist schön und gut«, äußerte sich eine vornehme Witwe, »aber schließlich haben wir ja auch ein paar große Moderne, wissen Sie.«

»Wen?« Mrs. Manders war wieder auf dem Kriegspfad.

Auf diesen Moment hatte die Witwe gewartet. Diesen Moment führte sie anscheinend in jedem Salon herbei, den sie besuchte. »Webern zum Beispiel.« Stille. Aus ihrer langen Salonerfahrung wußte die Witwe, daß die Reaktion immer dieselbe war. Immer ein verblüfftes Schweigen.

»Na, na«, sagte ein alter Herr, der die Witwe nicht kannte, »das ist doch nicht Ihr Ernst?«

Die arme Witwe. Ihre Meinung war noch nie abgelehnt worden. Man hatte sie bisher immer aus Unkenntnis akzeptiert. Hoffentlich fing der alte Mann keine lange Diskussion darüber an.

»Er macht nur einen ungeheuren Lärm, sonst nichts«, fuhr der alte Herr fort. »Wir sprechen hier von den Aristokraten der Musik«, sagte er und sah sie an, als hätte sie ihre Klasse betrogen, »nicht von diesen Emporkömmlingen mit ihren modernistischen Ideen. Webern ist wie ein abstrakter Maler, ohne jedes akademische Wissen.«

»Aber hören Sie, wir müssen doch mit der Zeit gehen«, lachte die Witwe. »Abstrakte Kunst kann genauso tief sein wie ein Leonardo.«

»Nächstens werden Sie noch sagen«, lachte der alte Mann in sich hinein, »daß konkrete Musik größer sei als Beethoven, oder Schlagermusik größer als eine Oper.«

»Jede hat ihre Berechtigung«, beharrte die Witwe und zuckte nachdrücklich ihre Pferdeschultern.

»Ich glaube, wir sind jetzt so weit.« Manders kam triumphierend und schwitzend unter dem Flügel hervor. Marcus kroch nach ihm heraus und setzte sich auf den Klavierhocker, um die Pedale auszuprobieren. Er sah sich nach Madame Sousatzka um und telegraphierte ihr ein unsichtbares ›Daumen hoch‹ – Zeichen, und dann ein gleichermaßen unsichtbares ›Bravo‹ zu Jenny hin. Cordle und Onkel wären stolz auf sie gewesen.

Madame Sousatzka ging zum Flügel hinüber, offensichtlich mit der Absicht, Manders abzulösen. Sie machte sich bei Marcus zu schaffen und flüsterte ihm Ratschläge ins Ohr, so daß das Publikum keinen Augenblick im Zweifel darüber gelassen wurde, wessen Eigentum Marcus war. Sie richtete sich auf und sah die Gäste an. Neben ihr stand Manders, und beide öffneten den Mund gleichzeitig, um zu reden.

»Sie haben das Wort«, sagte Manders galant. »Vielleicht wollen Sie ihn vorstellen; wenn Sie mir nur erlauben wollen, daß ich Sie zuerst vorstelle.«

Madame Sousatzka trat zurück, und Manders ergriff das Wort. »Madame Sousatzka ist eine unserer besten Pädagoginnen. Ihre Lehrmethode, wie Sie wissen, wird von manchen als höchst unkonventionell bezeichnet. Wie dem auch sei, uns als Publikum – und mich im speziellen – interessieren die Resultate.« Vergeblich zermarterte er sich das Gehirn, um ein berühmtes Beispiel der Sousatzka – Methode zu finden. Aber da er niemanden fand, ging er schnell zu Marcus über. »Madame Sousatzka selbst bezeichnet Marcus als ihren Spitzenschüler.« Nun, wir werden sehen, wollte er sagen, teils, weil es ein natürlicher Abschluß für seine Rede wäre, und teils, weil ihm nichts anderes einfiel. Und mit Madame Sousatzka hinter sich, die nicht von der Stelle wich, fand er, daß er schon genug gesagt hatte. »Wir freuen uns darauf, ihn zu hören«, sagte er erschöpft und sank in den nächststehenden Sessel.

Es gab einen schwachen, höflichen Applaus, als Madame Sousatzka vortrat. Die Frauen im Publikum ließen sich kein einziges Detail ihrer Erscheinung entgehen. Sie waren von vornherein feindselig gegen sie eingestellt; eine natürliche Feindseligkeit des Käufers dem Verkäufer gegenüber. Sie versuchten, alles mögliche an ihr auszusetzen. Aber das war schwierig. Denn trotz ihrer ausgefallenen Aufmachung wirkte sie unglaublich attraktiv, und sie mußten zugeben, daß Madame Sousatzka eine schöne Frau war. Die Feindseligkeit steigerte sich, und sie setzten ihr lahmes Geklatsche fort, obwohl Madame Sousatzka offensichtlich etwas sagen wollte. Sie hatten nicht die Absicht, es ihr leicht zu machen. »Scht«, zischte Jenny plötzlich autoritativ.

Madame Sousatzka lächelte und sprach. »Ich habe nichts zu sagen zu Ihnen«, begann sie liebenswürdig. Die meisten Gäste lehnten sich in ihre Sessel zurück, denn sie hatten diese Art von Einleitung schon oft gehört und machten sich auf eine längere Rede gefaßt. »Das ist wahr«, fuhr sie fort, als hätte sie ihre Gedanken gelesen, »ich nicht weiß, wie man hält eine Rede. Mein ganzes Leben ich nur lehre Musik. Marcus hier wird halten die Rede für mich.« Sie strich ihm sanft über den Kopf und setzte sich neben Manders. Das Publikum war gewonnen und applaudierte ihr.

Marcus wartete das Ende des Beifalls ab. »Ich werde eine Chopin-Etüde spielen«, sagte er. Dieser Ankündigung folgte ein donnernder Applaus. Er konnte also nicht nur spielen, er verstand auch zu reden. Sie konzentrierten sich, um zuzuhören.

Marcus wiederholte in Gedanken seine Zauberformel: ›Sie hören zu, ich höre zu, Sousatzka hört zu, Jenny hört zu, und es wird spielen.‹ Und wunderbarerweise spielte es wirklich zum ersten Mal, seit er Klavier spielte. Er schien sich mehr und mehr von den Tönen loszulösen, die den Raum erfüllten. Er hörte sie, und sie gefielen ihm. Ab und zu gab er diesen oder jenen Tönen mehr Gewicht, er beflügelte sie, er beobachtete ihr Spiel und horchte auf das eigenartige Zusammenspiel von Klang und Rhythmus. Er fühlte sich leicht und losgelöst, als hätte er sich in seinen eigenen Schatten verwandelt. Und gleichzeitig hatte er Angst. Ob es ihn, seinen Körper, wohl je verließe? Ob es vielleicht eines Tages nicht mehr da wäre? Ob es wohl einmal zu spielen aufhörte? Aber es spielte scheinbar wie aus eigener Kraft, und er horchte, und er war glücklich. Und als es geendet hatte, hörte es auf, und Marcus kam zum letzten Akkord zurück, indem er seine Finger in die Tasten preßte, als nehme er angestammtes Eigentum wieder in Besitz.

Er hörte das Klatschen und wandte sich zu Madame

Sousatzka um, die auf ihn zukam. Große Tränen standen in ihren Augen. »Es hat gespielt, mein Liplink«, flüsterte sie ihm zu, »und es hat gespielt wie ein Engel.«

»Zugabe, Zugabe«, riefen die Gäste, und aus Manders' Ecke kamen laute Bravorufe.

Marcus wartete, bis alles wieder zur Ruhe gekommen war. »Variationen über ein Thema von Händel von Johannes Brahms.« Die Brahmsliebhaberin stieß einen hörbar triumphierenden Seufzer aus. Jenny schlug ihre Beine übereinander, verschränkte die Arme und drückte wie verrückt die Daumen für ihn.

Marcus begann mit dem Thema. Es floß ihm in seiner nur hie und da durch einen Triller unterbrochenen Schlichtheit aus den Fingerspitzen. Marcus horchte, als höre er es zum ersten Mal. Er lächelte. Es funktionierte noch. Nach jeder Variation ließ Jennys Daumendruck etwas nach, bis sie am Schluß nicht nur ihre Daumen losließ, sondern auch alles andere entspannte.

Unter Anführung der Brahms-Enthusiastin strömten die Zuhörer auf den Flügel zu, um Marcus begeistert die Hand zu schütteln.

»Na, Manders, alter Knabe, da hast du ja wieder mal einen phantastischen Fang gemacht«, gab ein junger Mann sein Urteil ab, der offenbar zur selben Innung gehörte.

»Doch nur in Partnerschaft«, flüsterte Manders mit einer Kopfbewegung zu Madame Sousatzka hin. Sie teilte sich mit Marcus die Glückwünsche.

Da klingelte plötzlich ein Telefon, und Marcus erinnerte sich an seine Mutter. Sicher hatte sie auch heute wieder, wie jeden Freitagabend, angerufen, um ihm Gute Nacht zu sagen. Und sie hatte ihn nicht erreicht. Was Cordle ihr wohl gesagt haben mochte? Cordle wußte ja nicht, daß sie versucht hatten, es vor ihr geheimzuhalten. Auf einmal hatte er Angst, daß sie ihm auf die Spur gekommen sei. Er wagte nicht, sich vorzustellen, wie er ihr alles erklären sollte. Er wollte hier weg, und er wäre froh gewesen, wenn er eine Weile vor dem Fernsprecher im Zwischenstock hätte sitzen können. Vor allem aber wollte er aus diesem Zimmer und von diesen vielen Leuten weg, die nicht die leiseste Ahnung von braunen Hüten und Gemüse hatten. Er fühlte einen Kloß im Hals und machte den Mund weit auf, damit die Luft ihn auflösen konnte.

»Du bist so müde«, sagte Madame Sousatzka, die es fälschlicherweise für ein Gähnen hielt.

»Ja«, antwortete Marcus, das als Ausrede benutzend. »Ich will zurück. Ich will nach Hause.«

»Nach Hause?« flüsterte Madame Sousatzka.

»Ja, nach Hause.« Marcus schrie sie beinahe an.

»Ist zu spät für Nachhausegehen«, sagte sie kalt. »In mein Haus wir werden anrufen deine Mutter.«

»Was, glauben Sie, hat Cordle ihr erzählt?« fragte er, als mache er sie verantwortlich.

»Ich weiß es nicht«, antwortete sie kleinlaut, »ich habe vergessen zu sagen ihm Bescheid. Alle wir haben es vergessen. So leicht man vergißt.« Sie wußte, daß ihre Vergeßlichkeit, eine Ausrede für diesen Abend zu finden, zu einem weiteren Rückschlag in ihrer künftigen Beziehung zu Marcus führen mußte. Sie sah deutlich, wie wichtig es war, daß sie hier wegkamen. »Marcus ist müde«, sagte sie bedauernd. »Wir müssen jetzt gehen.«

»Was ist mit Ihnen, Jenny?« riskierte Manders. »Sie könnten doch noch ein bißchen bleiben.«

»Nein«, sagte Jenny, »wir gehen alle zusammen.«

Als sie in die Vauxhall Mansions zurückkamen, stand Mrs. Crominski vor der Haustür und betätigte die stummen Klingeln.

Madame Sousatzka schloß die Tür mit ihrem Schlüssel auf, und alle trabten gemeinsam und schweigend ins Musikzimmer, als sei diese Zusammenkunft vorher verabredet worden. Madame Sousatzka und Jenny lehnten am Flügel, und Mrs. Crominski stand ihnen gegenüber. Marcus lief zwischen ihnen herum, als sei er nicht gewillt, sich mitanklagen zu lassen.

»So, also Sie sind gewesen auf einer Party«, sagte Mrs. Crominski.

»Das nennen Sie Party?«, erwiderte Jenny verächtlich. Sie hielt es für das beste, die ganze Geschichte als belanglos hin zustellen.

»Bitte?« sagte Mrs. Crominski. »Ich glaube, ich hatte noch nicht das Vergnügen.«

»Das ist Jenny«, mischte Marcus sich ein. »Ich hab' dir doch von Jenny erzählt. Sie wohnt oben.«

»Sie wohnt oben. Ist das alles, was sie tut, oben wohnen? Und doch sie geht mit zur Party, und alles, was sie tut, ist, sie wohnt oben.«

»Zufällig kenne ich Mr. Manders auch«, sagte Jenny sanft, »und ich bin mitgegangen, weil ich eingeladen war.«

»So, Sie waren eingeladen. Aber Mrs. Crominski ist nicht eingeladen. Was ist mein Jüngel, ich frage Sie? Vielleicht soll er sein eine Waise? Oder vielleicht, Madame Sousatzka, die Leute sollen denken, daß Sie sind seine Mutter?«

Marcus sah Madame Sousatzka flehend an, doch endlich etwas zu sagen. Sie ging auf Mrs. Crominski zu, und als sie auf sie zukam, fühlte Mrs. Crominski ihren Ärger dahinschwinden. Sie hoffte nur, daß Madame Sousatzka sie nicht berühren würde, denn sie kannte ihre Schwäche; und nachher auf dem Nachhauseweg saß sie dann unglücklich im Bus und wiederholte die Rede, die sie so schön vorbereitet und wieder nicht gehalten hatte. Aber Madame Sousatzka ergriff bereits ihre Hand.

»Mrs. Crominski«, sagte sie liebenswürdig, »die ganze Sache mit der Party ist absolut nicht wichtig. Ist alles nur Geschäft, welches ist gemacht vor Konzert. Das wichtigste ist Konzert. Sie werden sein dort. Sie werden sein stolz.«

»Heute abend auf der Party ich wär' auch gewesen stolz«, beharrte Mrs. Crominski. »So ein Geheimnis soll sein die Party. So ein Geheimnis, daß seine Mutter soll nicht wissen. Jetzt auf einmal ist keine Party. Jetzt auf einmal ist nicht wichtig.«

»Aber es war nicht wichtig«, sagte Marcus, auf sie zugehend. Jetzt erst fiel ihm auf, daß sie keinen Hut trug. »Du hättest dich nur gelangweilt, Mama«, sagte er. »Wir haben uns alle gelangweilt. Lauter Geschäftsleute waren da. Es gab nicht mal was zu essen. Ich habe nur für sie gespielt, und dann sind wir wieder gegangen. Stimmt's, Jenny?«

»Es stimmt. Manders macht das immer so. Vor jedem Konzert, das er arrangiert, muß der Künstler zu ihm nach Hause kommen und spielen. Es ist wie eine Probe.«

»Also es war keine Party?« fragte Mrs. Crominski kleinlaut.

»Natürlich nicht.« Marcus machte sich ihre Niederlage sofort zunutze. »Ich habe nur gespielt, sonst nichts.«

»Dann tut mir leid mein ganzes Geschrei, Madame Sousatzka«, entschuldigte sie sich. »Aber bin ich besorgt um mein Jüngel.«

»Entschuldige dich doch nicht noch, Mama. Bitte, bitte nicht«, sagte Marcus im stillen. »Du hast ja ganz recht. Du hättest auch kommen sollen. Aber sie wollten nicht, daß du kommst, Jenny, Sousatzka und ich ... Ich wollte auch nicht, daß du kommst.«

»Du, Mama«, sagte er laut, »morgen erzähle ich dir alles. Ich spiel' dir auch vor, was ich heute abend gespielt habe. Dann hast du gar nichts versäumt.« Mit einem Male fühlte er sich ihr gegenüber ganz frei. Sie hätte in der Schule in sein Klassenzimmer kommen können, sogar mit ihrem Hut, und er hätte sie glückstrahlend begrüßt. Er freute sich schon auf das Konzert, wo er zu allen Leuten sagen konnte: »Das ist meine Mutter.« Dann wäre er endlich genauso wie Peter Goldstein und die anderen.

»Morgen zu Hause tun wir so, als wären wir beim Vorspielen«, fuhr er fort. »Du kannst Madame Sousatzka sein, und ich bin ich und die anderen Leute.« Er sprudelte nur so im Vollgefühl seiner Freiheit.

»Warum warten bis morgen?« sagte Madame Sousatzka.

Ihrer Meinung nach konnte sie ruhig eine Konzession machen. »Nach dem Vorspielen heute abend ist nicht nötig eine Stunde morgen. Du kannst jetzt gehen nach Hause mit deiner Mutter.«

»Aber ich möchte gern morgen eine Stunde haben«, bat Marcus. Er war ganz verwirrt und fühlte sich gar nicht mehr frei. Außerdem war er gekränkt, daß es Madame Sousatzka so leicht zu fallen schien, ihn wegzuschicken. »Ich kann doch auch morgen nach der Stunde nach Hause gehen«, trotzte er.

Madame Sousatzka legte ihren Arm um Mrs. Crominskis Schultern und stand jetzt neben ihr. «Morgen Madame Sousatzka gibt keine Stunde«, lachte sie. Marcus warf ihr einen finsteren Blick zu, und plötzlich genoß sie seinen Ärger. »Morgen Madame Sousatzka ist nicht zu Hause«, scherzte sie.

»Also gut«, sagte er wütend. »Wenn Sie morgen keine Stunde geben, dann geben Sie auch am nächsten und an allen anderen Freitagen keine Stunde mehr. Ich komme einfach nicht mehr«, schrie er.

Madame Sousatzka brach in ein fröhliches Gelächter aus, und Mrs. Crominski stimmte mit ein.

Nur Jenny lachte nicht. »Zieh dir den Mantel an, Marcus«, sagte sie ruhig.

»Ich komme nicht mehr wieder«, drohte er in ihr Gelächter hinein. »Nächsten Freitag wird es weniger komisch sein.«

»Marcus, Marcus«, sagte Mrs. Crominski, «so schlimm bist du. Sag' zu Madame Sousatzka, daß es dir tut leid.«

Das plötzliche Bündnis zwischen seiner Mutter und Madame Sousatzka erschreckte ihn. Selbst Jenny trat auf deren Seite, indem sie ihm in den Mantel half. Er fühlte sich von allen verlassen. Er haßte seine Mutter, und er haßte Madame Sousatzka, und beinahe haßte er sogar Jenny. Er sehnte sich danach, allein zu sein und in seinem Bett zu liegen und an nichts anderes zu denken, als an seine Einsamkeit. Er war fest überzeugt, daß Madame Sousatzka heute nacht nicht zu ihm kommen würde, sondern daß er seinen Kopf auf sein Kopfkissen legen und wie Peter Goldstein und alle anderen gleich einschlafen konnte.

Aber als er nach einer schweigsamen Heimfahrt seiner Mutter eine heimliche Kußhand die Treppe hinunter zuwarf und in seinem Bett lag, hoffte er doch, daß Madame Sousatzka käme. Und als er sie vor sich sah, dankte er ihr, daß sie ihm seinen Ausbruch nicht übelgenommen hatte. Mit dem Gedanken an seine nächste Stunde schlief er ein.

XII

Madame Sousatzka hatte fast die ganze Nacht an ihrem Flügel gesessen, ohne zu spielen. Nur hin und wieder ruhten ihre Hände still auf den Tasten und drückten sie lautlos herunter. Hilflos starrte sie die Tastatur an und haßte sie. Das aufgeschlagene Vierte Klavierkonzert auf dem Notenständer verfolgte sie. Vom Zeitpunkt an, wo Manders das Konzert arrangiert hatte, standen die Noten dort, und nach jeder Stunde war ein neuer Warnvermerk in Rotstift hinzugekommen. Einige Takte, die einer schwierigen Passage vorausgingen, waren durch warnende Pfeile bezeichnet worden, und die Passage selbst war rot eingekreist. Einige der Pianissimozeichen des Druckers waren durchgestrichen, wo Madame Sousatzka mit den Zeichen des Bearbeiters nicht einverstanden gewesen war. Dasselbe war mit verschiedenen Crescendopfeilen geschehen, die Madame Sousatzka ein- oder zweimal umgestellt hatte. Die ganze Nacht hatte sie die Partitur durchgesehen und Teile daraus auf dem Holz des Flügels ausprobiert. Sie kannte Marcus' Einstellung zu jeder Passage ganz genau. Sie wußte, auf welche Stelle er sich freute und welche er gerne schon hinter sich hätte. Und gerade diese ging sie immer wieder durch, indem sie mit den Fingern auf dem Pianodeckel herumtrommelte und versuchte, sie ihm zu erleichtern und seinen Schlaf fern im Norden Londons mit neuem Selbstvertrauen zu erfüllen. Sie lächelte ihm im stillen zu, wenn eine schwierige Passage gut gelungen war, und lehnte sich in ihren Stuhl zurück, wenn das Orchester die Führung übernahm. Sie schenkte den eingebildeten Orchesterstimmen ihre ganze Aufmerksamkeit und beugte sich in Erwartung der Kadenz vornüber. Bis zum Schlußakkord, der anzeigte, daß das Orchester sich für eine Weile zur Ruhe setzte, um dem Solisten das Feld zu überlassen. Und jedesmal nach diesem majestätischen Akkord kam der entsetzliche Bruchteil einer Sekunde Schweigen. Madame Sousatzka war mindestens schon ein dutzendmal die Partitur durchgangen, und jedesmal kam ihr diese Pause länger und erschreckender vor.

Es wurde langsam hell, und durch den Spalt der noch zugezogenen Vorhänge schien schon die Sonne herein. Sie hörte das Geklapper der Milchflaschen draußen an der Haustür und zog die Vorhänge auf. Das Sonnenlicht flutete ins Zimmer, und sie wurde sich ihrer Runzeln am Hals und unter den Augen bewußt. Sie fragte sich, ob wohl der Milchmann auch ins Konzert ginge? Am Ende wußte er gar nichts davon. Schnell lief sie an ihren Schreibtisch hinüber und nahm zwei Freikarten aus der Schublade. Sie machte das Fenster auf und lehnte sich hinaus.

»Herr Milchmann«, rief sie ihm zu, »gehen Sie auch ins Konzert?«

Der Milchmann richtete sich auf und sah sie an, erstaunt, daß noch ein anderes menschliches Wesen diese Morgenstunde mit ihm teilte. »Welches?«

»Mein Marcus. Er spielt heute abend in der Festival Hall. Möchten Sie nicht auch hingehen.«

»Ah, guten Morgen, Madame Sousatzka«, sagte er. »Ich habe es angekündigt gesehen. Viel Glück für den Jungen.

Sie werden heute eine Extraflasche Milch brauchen.« Das Geschäft ging vor.

»Möchten Sie nicht gehen?« fragte sie, diesmal schon weniger enthusiastisch, und hielt ihm die Karten hin.

»Kann es mir nicht leisten«, sagte er hoffnungsvoll. »Nicht bei dieser Arbeit.«

»Ich schenke Ihnen«, sagte sie und reichte ihm die Karten noch näher hin. »Sie sind verheiratet?« Der Milchmann schüttelte den Kopf. »Eine Braut?« Madame Sousatzka lächelte ihn an. Wieder ein bedauerndes Kopfschütteln. »Sie müssen doch haben einen Freund«, sagte Madame Sousatzka verzweifelt.

»Meinen Bruder«, antwortete der Milchmann, während er die Umrisse seines Schattens auf den Stufen mit dem Fuß nachzeichnete.

»Sie dann bringen den Bruder«, forderte Madame Sousatzka ihn triumphierend auf und gab ihm die Billetts.

Der Milchmann sah sie sich an. »Fünfundzwanzig Schillinge!« Er schnappte nach Luft. »Macht zusammen fuffzig Eier.« Man sah genau, wie er sich ausrechnete, wieviel er beim Verkauf mit dem Preis heruntergehen könnte.

»Sie kommen? Ich sehe Sie und den Bruder«, sagte Madame Sousatzka lebhaft.

Der Milchmann sah sie schuldbewußt an. »Natürlich«, sagte er entschieden. Jetzt freute er sich schon langsam darauf. Er überlegte sich, was er anziehen sollte, und wie er seinen Bruder am besten verständigen könnte. »Vielen Dank, Madame Sousatzka«, sagte er, »ich muß laufen, damit ich rechtzeitig mit meiner Tour fertig werde. Ich wünsche dem Jungen viel Glück. Ihnen auch«, fügte er, unbewußt das Richtige tuend, hinzu. »Festival Hall«, murmelte er vor sich hin, als er die leeren Flaschen aufhob. »Fünfundzwanzig Eier pro Mann.«

Madame Sousatzka schloß das Fenster, und plötzlich war sie schrecklich müde. ›Es muß sechs Uhr sein‹, dachte sie. Sie hatte bis zur Probe um halb elf noch etwas Zeit für ein Schläfchen. Angezogen legte sie sich auf den Diwan und probierte auf dem Seidenkissen lautlos die Kadenz. Beim Ende des letzten Trillers schlief sie ein. Und während sie schlief, hatte sie einen scheußlichen Alptraum.

Marcus spielte noch seinen Triller, und der Dirigent hob den Taktstock, um das Orchester auf den Einsatz vorzubereiten. Er sah Marcus mit hochgezogenen Augenbrauen und erhobenem Taktstock an. ›Die Ampel ist grün‹, zischte er durch die Zähne, ›grüner wird's nicht.‹ Aber Marcus trillerte weiter. Das Publikum wurde unruhig. Und plötzlich stand der Milchmann auf und ergriff seines Bruders Hand. Beide waren im Abendanzug, und sie trugen einen Kasten Milch zwischen sich. Sie rannten die Stufen zum Podium hinunter. ›Hör auf, Marcus‹, bettelte der Milchmann. Aber Marcus trillerte weiter. ›Es will nicht aufhören‹, sagte er. ›Bitten Sie Madame Sousatzka, es aufhören zu lassen.‹ ›Es spielt wunderbar‹, sagte Madame Sousatzka, ›laß es spielen.‹ Der Triller wurde immer lauter und lauter, bis er sich wie ein quietschender Straßenbohrer anhörte. Der Dirigent stand auf Zehenspitzen, hob seinen Taktstock, so hoch er nur konnte, und ließ ihn auf seine Seite heruntersausen. Das Orchester setzte ein, nicht gewillt, noch länger auf seinen Einsatz zu warten. ›Sehen Sie, ich habe Ihnen doch geraten, eine Flasche Milch mehr zu nehmen‹, sagte der Milchmann. Marcus trillerte ununterbrochen, und das Orchester beendete inzwischen das Konzert. Die Musiker verließen das Podium, Pult an Pult, wie bei der Abschieds-Symphonie, und der Dirigent ging hinterher. Zum Schluß kam das Publikum, und dann war die Festival Hall leer bis auf Madame Sousatzka und Marcus, der am Flügel saß und unentwegt trillerte. ›Es spielt wunderbar‹, sagte sie in den leeren Saal hinein. Marcus hörte auf zu spielen und wandte sich ihr mit einem Lächeln zu ... Madame Sousatzka drehte sich auf den Rücken und schlug die Augen auf. Sie wischte sich den Schweiß von der Stirn, stand auf und klappte den Flügel zu. Sie machte die Fenster weit auf, setzte sich und sah auf die Straße hinaus, und wartete darauf, daß der Tag begann.

Mrs. Crominski lieferte Marcus um neun Uhr in den Vauxhall Mansions ab. Beide, Marcus und Madame Sousatzka, hatten sie gebeten, zur Probe zu kommen, und beide hatten gehofft, sie werde ablehnen. Das tat sie auch, aber aus ganz privaten Gründen. Sie war entsetzlich nervös. Seit einer Woche zitterte sie bei dem Gedanken an das Konzert; sie zitterte aber auch davor, daß Marcus es bemerken könnte. Sie fühlte, daß sie nicht beides, das Konzert *und* die Probe aushalten würde, und sie hatte Marcus gequält, ihr zu sagen, ob es ihm wichtig sei, daß sie zur Probe käme. »Wenn du dich fühlst besser, wenn ich bin da, ich komme natürlich.«

»Komm, wenn du kommen willst, Mama«, hatte er geantwortet.

»Ich rede nicht, ob ich will. Ist für dich, daß ich komme, wenn ich komm' – daß du dich fühlst besser.«

»*Meinet*wegen brauchst du nicht zu kommen«, sagte er, »nur wenn du selber kommen willst.«

»Natürlich, er braucht mich nicht, wenn Madame Sousatzka ist da«, sagte sie gekränkt.

»Sie brauch' ich auch nicht«, log er. »Sie kommt nur, weil sie kommen will.«

»Dann komm' ich auch«, sagte Mrs. Crominski angstbebend.

»Es ist nicht nötig, Mama. Ruh du dich nur aus, damit du das Konzert genießen kannst.«

Sie hatte nicht weiter protestiert.

Als sie jetzt Madame Sousatzkas Haus verließ, schlang sie ihre Arme um ihn. Sie war buchstäblich hysterisch vor Angst und Sorge um sein Auftreten. Sie küßte ihn wild und wußte, daß sie etwas sagen sollte, bevor sie ging, und hatte doch nicht die leiseste Ahnung, was. ›Viel Glück‹ vielleicht, oder ›Hab' keine Angst‹? Marcus entwand sich ihren Küssen. »Hab keine Angst, Mama«, lächelte er, »es wird schon alles gut gehen.«

Langsam stieg sie die Eingangsstufen hinunter. Sie hatte noch immer nichts gesagt. Sie blieb stehen und sah sich nach ihm um. Er lächelte und winkte. Sie wollte unbedingt etwas sagen, irgend etwas, und mochte es noch so lächerlich sein. »Vergiß die leisen Stellen nicht«, sagte sie unsicher.

Er schaute ihr nach und beobachtete, wie ihre Einkaufstasche gegen ihre Baumwollstrümpfe schlug. Schnell drehte er sich um und ging ins Haus zurück. Er legte die Hand über die Augen. Alles konnte er vergessen, alles, was er je gelernt hatte, nur die leisen Stellen nicht, die waren das wichtigste.

Um zehn Uhr erschien Manders, um sie abzuholen. Sonst ging er nicht zu den Proben seiner Klienten, aber er war nicht sicher, ob Madame Sousatzka den Mund halten würde, wenn ihr die Auffassung des Orchesters nicht passen sollte. Obgleich der Krieg noch gar nicht erklärt worden war, fühlte er sich bereits als Friedensstifter.

»Na, wie fühlst du dich, mein Junge?« erkundigte er sich, als sie ins Auto stiegen. Er gab seinem Fahrer das Zeichen, loszufahren. »Ein herrlicher Tag«, verkündete er. »Sollte ein volles Haus werden. Wie fühlst du dich?« fragte er noch einmal.

»Ein bißchen nervös«, entgegnete Marcus.

»Aber das ist doch nur natürlich, nicht wahr?« meinte er. »Ich habe in meiner Praxis die Erfahrung gemacht«, wandte er sich im Konversationston an Madame Sousatzka, »daß gerade die größten Künstler vor einem Konzert immer besonders nervös sind.« Madame Sousatzka zeigte kein sonderliches Interesse an seiner Erfahrung. »Ich muß sogar gestehen«, versuchte er von neuem, »wenn einer meiner Jungs *nicht* nervös ist, werde *ich* nervös.« Er lachte gekünstelt. Vor den Verkehrsampeln fuhr der Wagen langsamer. Marcus setzte sich zwischen Manders und Madame

Sousatzka zurecht und rieb sich die Knie, um den Schmerz abzuschwächen. »Immer kriegen sie ihn da«, sagte Manders verständnisvoll. »Entweder sind's die Knie, oder der Magen, oder auch beides«, warnte er lächelnd.

Madame Sousatzka fröstelte. Sie hatte ihn überall und Marcus wahrscheinlich auch. Sie legte ihren Arm um seine Schulter, und sie waren eins in ihrer Nervosität.

Manders hatte kein Gefühl dafür. Der Vorverkauf war gut gelaufen. Die Leute kamen trotz der Zusammenstellung des Programms. Es war ihm gelungen, die Fünfte von Beethoven als besonderen Köder mit aufs Programm zu setzen. Die ersten Takte kannten doch fast alle, und eine Melodie wiederzuerkennen gab den Leuten immer ein angenehmes Gefühl von Kultur. Das Orchester hatte sich etwas dagegen gesträubt, aber schließlich hatte er seinen Willen durchgesetzt. Die Karten verkauft, ein schöner Tag und Beethovens Fünfte für das Durchschnittspublikum. Marcus hatte in seinen Gedanken schon gar nichts mehr damit zu tun.

Der Fahrer hielt vor dem Bühneneingang der Festival Hall, und Manders trug ihm auf, sie um ein Uhr wieder abzuholen. Sie gingen hinein und zu den Fahrstühlen. Ein einsamer Kontrabaßspieler stand vor dem Gitter. Er sah Marcus an und erkannte ihn als denjenigen, nach dem sie sich beim Konzert zu richten hatten. Er nickte ermunternd und lächelte. Näher war Marcus noch nie mit einem Orchestermusiker in Berührung gekommen, und sein Herz schlug plötzlich in Liebe für die ganze Kontrabaßgruppe. Es tat ihm leid, daß sie nie eine Solopartie zu haben schienen. ›Ein so mächtiges Instrument und nie ein Solo‹, dachte er. Die Fahrstuhlgitter öffneten sich, und der Bassist hob seinen Baß hinein. Marcus stand neben ihm und zwischen ihnen der Baß. Der Fahrstuhlführer drückte auf den Knopf, ein Zeichen, wie es schien, daß beim Hinauffahren alles still zu sein habe. Alle vier, samt der Baßgeige, sahen die Fahrstuhlwand hinter dem Gitter abwärtsgleiten. Als sie beim Konzertsaalstockwerk ankamen, trotteten sie, einer nach dem anderen, auf den Korridor hinaus. ›Auf Wiedersehen‹, schien die Baßgeige zu brummen, als sie sich den Korridor entlangwälzte, die Einleitungstakte des Klavierkonzerts in einem tiefdröhnenden Summton vor sich hinsingend. Der Musiker drehte sich um und winkte Marcus zu, der Manders und Sousatzka ins Künstlerzimmer folgte.

Der Raum war ungelüftet, und die Nervosität des Solisten vom gestrigen Abend hing noch über der schmutzigen Glasplatte des Tisches mit dem halbleeren Wasserkrug und dem verkrumpelten Kissen auf dem Sessel. In einer Ecke stand ein schwarzes Klavier, der Deckel fest geschlossen und staubig, als sei es noch nie benutzt worden; als hätte noch kein Künstler je gewagt, in letzter Minute schnell nochmal etwas durchzuspielen. Manders zog den Mantel aus, als wollte er andeuten, daß er der Verantwortliche sei. Madame Sousatzka durchschaute sein Manöver und tat das gleiche, obwohl sie, wie alle zur Fülle neigenden Frauen, im allgemeinen ihren Mantel als Tarnung gebrauchte.

»Sie rufen dich, sobald sie so weit sind«, sagte Manders

zu Marcus. Als alter Praktiker kannte er den Rummel schon. »Der Dirigent will wahrscheinlich erst noch mit den Musikern sprechen«, wandte er sich erklärend an Madame Sousatzka. »So ist es jedenfalls meistens«, fügte er mit der Miene eines Experten hinzu.

Madame Sousatzka ging zu Marcus hinüber, der an einer Tischecke saß. »Du erinnerst dich, mein Liplink«, sagte sie und kehrte Manders den Rücken zu, »im zweiten Satz.« Sie sang eine Phrase, wobei sie mit dem Finger die Melodie in der Luft auszählte. »Vergiß nicht, mein Liplink, es ist nur das Echo. Sehr, sehr leise. Du wirst hören das Orchester. Und du wirst spielen das Echo fast ohne zu berühren. Horche auf das Echo. Ein Echo ist wundervoll. Ein Echo, es geschieht. Von Gott es kommt. Ist seine Bestätigung. Jetzt ich werde dich verlassen«, sagte sie. »Ich werde sitzen im Saal und hören zu. Aber wir hören zu beide, ja, Liplink? Wir sind zusammen.«

Madame Sousatzka zog ihren Mantel wieder an. Jetzt hatte sie das Gefühl, daß sie sich's leisten könne, Marcus mit Manders ein Weilchen allein zu lassen. Sie küßte Marcus mitten auf den Kopf und wollte auf die Tür zugehen. Dann fiel ihr jedoch noch etwas ein, und sie sagte: »Wenn etwas ist, was dir nicht gefällt mit Dirigent, Marcus, du sagst. Wenn zu schnell, du sagst, wenn zu langsam, du sagst auch, und wenn zu laut und so weiter, immer du sagst.« Sie machte die Tür auf: »Und die Kadenz natürlich du spielst nicht. Keine Notwendigkeit. Du nur spielst die letzten paar Takte mit Triller.« Und plötzlich fiel ihr der Traum wieder ein, den sie am Morgen gehabt hatte. »Zähl' die Triller ruhig aus«, flüsterte sie. »Der Dirigent wird dann passen auf, wann er kann einsetzen.« Sie ging den Korridor hinunter.

Marcus lief ihr nach. »Bleiben Sie doch da, bis sie kommen«, bat er sie. »Sonst halte ich es nicht aus, hier zu warten.«

Ein kleiner Mann in einem grünen Kittel bog in den Korridor ein.

»Sehen Sie, da kommt er schon«, flüsterte Marcus.

Der Mann gab Marcus mit der Hand ein Zeichen. »Komm, Kleiner«, sagte er, »alles wartet auf dich.«

Madame Sousatzka schob Marcus sanft zu dem grünen Mann hinüber, und sie ging in den Saal. Sie ging auf einen Sitz in der zweiten Reihe zu, auf der Seite, wo der Flügel stand, damit Marcus sie nicht anschauen konnte.

Er schlängelte sich zwischen den Celli hindurch. Einer der Musiker neigte sich über sein Instrument und klopfte Marcus auf den Rücken, als er vorbeiging. Als Marcus sich umdrehte, um ihm zuzulächeln, fiel sein Blick auf die kompakte Masse der Kontrabässe, und die starre Bereitschaft der Bassisten erschreckte ihn. Zum ersten Mal in seinem Leben wünschte er sich, nie Klavierspielen gelernt zu haben. Er hatte feuchte Hände und ein flüchtiges Angstgefühl im Magen, und er streckte die Hand aus, um sich am Dirigentenpult festzuhalten. Ohne Stütze glaubte er nicht, bis zum Flügel zu kommen.

Der Dirigent streckte seine Hand aus und half Marcus hinüber. »Besser als in der Schule, was?« sagte er.

Das Orchester lachte pflichtschuldig. Marcus fand es

gar nicht so komisch. Tatsache war, daß er in diesem Augenblick bereitwillig seine gegenwärtige Beschäftigung gegen einen lebenslänglichen Aufenthalt in der Schule eingetauscht hätte. Ohne zu wissen wie, saß er plötzlich und stellte den Klavierhocker richtig ein. Er wischte sich die Hände an beiden Seiten seines Anzugs ab und legte sie, um Mut zu fassen, auf die Tasten. Sie spiegelten sich in dem glänzenden schwarzen Holz und sahen so klein und kümmerlich aus, als wären es nicht seine Hände; er mußte sie schnell wegziehen und ihr Spiegelbild verschwinden sehen, um sich zu überzeugen, daß es tatsächlich seine Hände waren. Er schaute auf, und sein Blick begegnete dem des Dirigenten, aber nur, weil der Dirigent zufällig direkt in seiner Blickrichtung stand. Doch sein Blick war so entschieden, wie ein kaum merkliches Nicken auf einer Auktion, und der Dirigent hob den Taktstock. »Ich bin noch nicht bereit«, hätte Marcus am liebsten gerufen; aber er wußte, daß er, so wie er sich fühlte, nie bereit sein würde. Er hob seine Finger, sah einen Moment lang auf die Tasten hinunter, um sich zu sammeln, und spielte dann, die Augen starr auf die winzige Spitze des Dirigentenstabes gerichtet, den Anfangsakkord.

Das erste Solo entlockte Madame Sousatzka ein hörbares Freudengegurgel. Marcus hörte sie, und das Zittern hörte auf. Während des ersten Satzes sah Madame Sousatzka Manders auf Zehenspitzen in den Saal kommen. Er schäumte vor Wut, daß man ihn nicht verständigt hatte, und machte sich eine Notiz, dem grünen Mann nach der Probe die Meinung zu sagen. Er stieg die Stufen zur Estrade hinauf und setzte sich in die Mitte, wo man ihn sehen konnte.

Das Orchester war beim Anfang der Kadenz, und der Dirigent beugte sich vor, um kurz mit Marcus zu sprechen. Madame Sousatzka stand halb von ihrem Sitz auf. Dann aber setzte sie sich traurig wieder hin, denn es wurde ihr zum erstenmal bewußt, daß Marcus nicht mehr ihr allein gehörte. Marcus fing gerade bei den paar Takten vor dem Triller an. Sie schlug die Hände vors Gesicht und zählte. Beim Ende des Trillers sah Marcus zum Dirigenten auf, und das Orchester setzte pünktlich ein und begleitete ihn bis an das Ende des Satzes.

Die Probe des Konzerts dauerte eine Stunde, das heißt, nur etwas länger als die vorgeschriebene Zeit. Offenbar war es ein Werk, mit dem das Orchester sehr vertraut war und das sie im Durchspieltempo spielten, und ihr Vibrato hatten sie in ihren Jackettaschen gelassen. Sie waren wie langjährige, erfahrene Hebammen, für die Geburt und Entbindung aufgehört haben, ein Wunder zu sein. Als das Konzert zu Ende war, klopften sie mit einer Hand auf ihre Instrumente und suchten mit der anderen in ihren Taschen nach Zigaretten. »Hast du die Zeitung heut' morgen gelesen, Harry?« hörte Marcus einen Violinisten sagen. »Deine Aktien scheinen wieder gefallen zu sein.«

Manders kam die Stufen von der Estrade auf das Podium herunter. Madame Sousatzka stand auf, und es gelang ihr, gleichzeitig mit ihm auf dem Podium anzukommen. Beide gingen auf Marcus zu, aufgeregt und doch zögernd, als hätten sie beide durch einen Irrtum gleichermaßen in einer Lotterie das große Los gezogen. Madame Sousatzka kam zuerst bei Marcus an. Er ergriff ihre ausgestreckte Hand. »Ich muß mehr und mehr spielen«, sagte er strahlend, »es ist herrlich.«

»Du wirst, mein Liplink«, sagte sie traurig. »Aber du hast noch zu lernen so viel. Für viele Konzerte du bist noch nicht fertig. Sousatzka weiß, mein Liplink.« Sie umschloß seine Hand und fühlte plötzlich, wie seine Hand kalt wurde. Im selben Augenblick wußte sie, daß sie ihn verloren hatte.

Nummer 132 Vauxhall Mansions fing um vier Uhr nachmittags an, sich langsam auf das Konzert vorzubereiten. Madame Sousatzka hatte im Verein mit Jenny, Cordle und Onkel für Marcus und seine Mutter nach dem Konzert eine kleine Feier vorbereitet. Sie war noch unentschlossen, ob sie Manders und seine Frau dazu einladen sollte. Mit Jennys Hilfe hatte sie ein kaltes Büfett aufgestellt und mit einem feuchten weißen Tuch zugedeckt. Mit den Resten wollte sie für die Hausbewohner in der Küche vorher noch einen gemütlichen Tee geben.

Mrs. Crominski sollte eine Stunde vor dem Konzert bei ihnen sein. Aus lauter Nervosität aber zögerte sie ihr Kommen bis zum letzten Moment hinaus. Sie wäre brennend gern bei Marcus geblieben und mit ihm zur Probe gegangen und hätte ihm gerne in seinen Abendanzug geholfen. Aber sie fürchtete, vor seinen Augen zusammenzubrechen. Darum hatte sie beschlossen, fernzubleiben.

Madame Sousatzka und ihre Mieter hatten sich in der

Küche zum Tee versammelt. Alle, außer Marcus, waren in ihren Morgenröcken, um sich später anzuziehen. Onkel ließ sich von Cordle und Jenny Pennies für ein Bad geben. Das war ein großes Ereignis für sie. Ihr Negligé war einst aus Chiffon und leuchtend blau gewesen, aber es war weder vom Stoff noch von der Farbe viel übrig geblieben. Es umhüllte sie gar nicht mehr wie Chiffon, und sie saß darin wie das Wahrzeichen einer schwindenden Erinnerung. Ihr Haar hatte sie fest in Lockenwickler aufgerollt, die auf ihrer Kopfhaut saßen wie eine Kappe aus Wellpappe. Cordles Schlafrock war das, was in der Branche als ›unverwüstlich‹ bekannt ist; und tatsächlich sah er aus, als wäre er seinem Besitzer durch dick und dünn gefolgt. Er war rot und mit einer Kordel eingefaßt. Ein großer brauner Brandfleck ersetzte die Tasche. Aber Cordle steckte nichtsdestoweniger seine Hand in das Loch, nur um den Schein zu wahren. Jennys Morgenrock war neu und wirkte mehr wie ein loses Kleid. Er war kurz und vorn herunter geknöpft. Sie hatte eine Menge Morgenröcke. Marcus sah sie jedesmal in einem anderen. Das Gewand, das Madame Sousatzka umhüllte, wäre in jeder anderen Umgebung als Regenmantel bezeichnet worden, was es auch tatsächlich war. Aber hier sah dieses Kleidungsstück nicht weniger fehl am Platze aus als Onkels, das ursprünglich in einem Boudoir das Licht der Welt erblickt hatte.

Madame Sousatzka saß am oberen Ende des Tisches und Marcus neben ihr. Onkel rutschte auf die Wandbank neben Cordle, und Jenny begann mit dem Teeeinschenken. »Was ziehen Sie an, Onkel?« fragte sie.

»Das Schwarze.«

»Welches Schwarze?«

»*Mein* Schwarzes natürlich.« Onkel benahm sich wie eine Vertreterin der Haute Coûture vor einer Modeschau, im Kampf mit der Presse.

»Ich ziehe auch ein Schwarzes an«, erklärte Jenny. »Das mit den vielen Rüschen an den Ärmeln.« Jenny war viel mitteilsamer.

»Dann werden wir alle in Schwarz erscheinen«, sagte Madame Sousatzka, so heiter es ihr möglich war. »Ich nehme auch mein Schwarzes.«

Nach dieser Ankündigung sagte niemand mehr etwas, und dieses Schweigen hielt während der ganzen Mahlzeit an. Gelegentlich bat nur jemand um den Zucker oder um ein belegtes Brötchen.

»In sechs Stunden ist schon alles vorbei«, sagte Marcus plötzlich.

»Wie ging es denn auf der Probe?« fragte Cordle. Er hatte nämlich weder Marcus noch Sousatzka nach ihrer Rückkehr gesehen und fieberte danach zu wissen, wie es Marcus ergangen war.

»Es ging gut, natürlich«, antwortete Madame Sousatzka. »Aber warum erst fragen? Es *kann* doch nur gehen gut. Auch ein gutes Orchester.«

»Ja«, zwitscherte Marcus begeistert. »Sie hätten es bloß hören sollen.« Im Augenblick hatte er das Konzert völlig vergessen, als sei es schon vorbei.

»Wir werden«, sagte Onkel und rief ihn damit in die Wirklichkeit zurück.

»Ja«, sagte er gedankenverloren, »aber ich wollte noch sagen, wie es über einem thront. Ganz dicht. Und mit einem Orchester zu spielen ... Wenn es erst mal angefangen hat, ist es ein wunderbares Gefühl. Schrecklich ist nur der Gang vom Ende des Podiums bis zum Flügel. Man geht und geht, und man glaubt, man kommt überhaupt nicht vorwärts. Das ist entsetzlich.«

»Heute abend, mit Publikum, wird es besser sein«, beruhigte ihn Cordle. »Nimm noch ein Brötchen.« Er wollte Marcus beruhigen. »Schau nicht auf den Flügel, wenn du gehst. Schau auf das Orchester, oder auf deine Füße; oder schau den Dirigenten an und lächle, wenn du kannst, und der Flügel wird auf dich zukommen.«

Schon der bloße Gedanke an diesen Gang ließ Marcus zittern. Er beschloß, es zu proben. Wenn er erst Madame Sousatzkas Musikzimmertür aufmachte, schnell die Treppe hinauflief und dann vom ersten Stock die Treppe hinunter durch den Hausflur zum Flügel ging, war es ungefähr die gleiche Entfernung. »Ich werde es ein bißchen proben«, schlug er Sousatzka vor. Und er ging, öffnete die Musikzimmertür und lief zum ersten Stock hinauf. Nun versuchte er sich vorzustellen, wie er hinter dem grünen Vorhang stand, der das Podium vom rückwärtigen Teil trennte. Er zählte bis drei ... jetzt müßte der Vorhang aufgezogen sein. Er sah auf die Blumenkästen am Treppengeländer und nickte den imaginären Notenpulten der Violinen am Fuße der Treppe zu. Dann ging er auf Zehenspitzen über den mit schwarzen und weißen Fliesen ausgelegten Fußboden des Hausflurs, zwischen den

Violinpulten hindurch, und kam in der Musikzimmertür beim Dirigenten an. Er streckte seine Hand aus, um die des Dirigenten zu fassen, der sie ihm vom Flügel her entgegenstreckte. Dann setzte er sich hin. ›Na, das war doch gar nicht so schlimm‹, dachte er. Aber dann mußte er sich sagen, daß er ja schließlich nur vom ersten Stock zum Musikzimmer gegangen war und nicht mehr. In einem plötzlichen Wutausbruch hämmerte er mit seinen Ellbogen auf die Tasten ein, und in einem schweren Anfall von Nervenschwäche stützte er den Kopf in die Hände.

Madame Sousatzka kam auf das Getöse hin ins Musikzimmer gestürzt. »Was ist denn, mein Liplink?« sagte sie und ging auf ihn zu.

Marcus hob seinen Kopf nicht. »Ich wünschte, es wäre alles vorbei«, sagte er. »Ich wünschte, ich hätte nie Klavier studiert. Warum können Sie mich nicht in Ruhe lassen?« schrie er sie unversehens an, während ihm die Tränen über das Gesicht strömten.

»Du hast das Talent«, erwiderte Madame Sousatzka ganz ruhig. »Eine Begabung du hast. Gott hat dir gegeben eine Begabung, und eine Begabung ist eine Verantwortung. Du brauchst nicht zu haben Angst. Ich weiß genau, du brauchst nicht zu haben Angst. Du hörst mich?« sagte sie mit etwas erhobener Stimme. »Ich weiß, daß du spielst gut, und wenn Sousatzka weiß, sie hat recht. Sousatzka ist niemals gewesen so sicher. Nie in ihrem Leben. Sie weiß genau, daß es spielt gut«, donnerte sie ihn an. Seine Nervosität hatte sie angesteckt. »Schon fast ein Jahr du kommst hierher«, beschwor sie ihn, »und jede

Woche Sousatzka gibt dir die Seele, das Herz, sogar das Leben, zu bringen heraus die Musik. Ich sollte ihn lassen wirklich in Ruhe«, wimmerte sie, plötzlich ruhig. »Ich sollte ihn lassen bei seiner Schule, bei seinem Rechnen und bei seiner Geographie. Er sollte wachsen auf und werden ein feiner Mann, im Reklamegeschäft vielleicht. Oder er könnte werden sogar wie Mr. Manders, ein Geschäftsmann«, sie spuckte aus. »Ein Mann in der Mitte, ein Händler«, zischte sie. »Ich sollte ihn lassen in Ruhe. Ich sollte spielen selber. Ich sollte spielen selber in Festival Hall. Kein Mensch hat mir gegeben alles, das Leben, die Seele, die Musik. Sousatzka hat dir gegeben das alles, mein Liplink.« Sie verlor völlig die Fassung, und die Tränen liefen ihr über die Wangen herunter. Marcus wagte nicht, sie anzusehen. Er fühlte ihre Hand auf seinem Kopf. »Nein, ich sollte nicht spielen in Festival Hall«, sagte sie beschwichtigend. »Du wirst dort spielen für mich, und es wird spielen für dich, wie es spielen würde für mich. Heute abend wir hören gemeinsam zu, du und ich. Übe nicht mehr, mein Liplink. Sousatzka weiß, daß du bist fertig.« Sie wußte, daß sie es früher oder später ja doch zugeben mußte. Und sie wußte auch, daß dieses Zugeständnis, was Marcus anging, jetzt zu spät kam.

»Ich werde nie fertig sein«, sagte er.

Als Marcus angezogen war, saß er am Flügel im Musikzimmer, starrte auf die Tasten und wagte nicht, sie anzurühren. Er hörte ein Klopfen an der Glasscheibe der Haustür. Es konnte nur seine Mutter sein, und er war auf einmal ganz aufgeregt, daß sie da war. Dann überlegte er sich, womit sie wohl an die Glasscheibe geklopft haben könnte, und die Angst, daß es vielleicht ihre Einkaufstasche gewesen war, verdarb ihm die ganze Freude. Froh darüber, etwas zu tun zu haben, rannte er zur Haustür.

Da stand Mrs. Crominski, ganz verlegen, und versuchte, ihr Lächeln beizubehalten, das in ein hysterisches Gelächter umzuschlagen drohte. Sie fingerte an dem Metallschloß ihrer neuen Handtasche herum, das sie offenbar als Klopfinstrument benutzt hatte. Marcus betrachtete sie von allen Seiten – keine Spur von ihrer Einkaufstasche. Nachdem er einwandfrei festgestellt hatte, daß sie nicht vorhanden war, konnte er seine Mutter überhaupt erst richtig betrachten.

Sie hatte mit einer Bemerkung über ihren Hut gerechnet. Jetzt wollte sie nicht mehr, daß er etwas darüber sagte. »Schön biste«, sagte sie zu ihm. »Dein seliger Vater hätte dich sollen so sehen.« Sie schob ihren kleinen Finger unter den Schleier, um eine Träne wegzuwischen.

Marcus starrte auf ihren Hut. Er war braun. Nichts dagegen zu machen. So auch ihr Mantel. Ein neuer Mantel, aber gleichwohl braun. Und er wußte genau, wenn er auf ihre Füße hinuntersähe, wären sie bestimmt auch braun.

»Gefällt er dir?« fragte sie unsicher und zeigte nervös auf ihren Hut.

Er legte den Arm um sie und führte sie ins Haus. »Laß dich anschauen«, sagte er.

Mrs. Crominski hielt es nicht länger aus. »Was ist da zu

schau'n? Entweder gefällt, oder gefällt dir nicht.«

»Gefällt«, lachte er. Es lag am Schleier und an den Seidenstrümpfen, daß er seine Abneigung gegen die Farbe überwand. Schleier und Seidenstrümpfe gehörten zu Jennys Welt und zu Onkels und Madame Sousatzkas. Damit war auch seine Mutter ein Mitglied dieses Kreises geworden. Er fühlte sich wie befreit. »Madame Sousatzka«, rief er, »Mama ist da.«

Er führte sie ins Musikzimmer, überzeugt davon, daß ihre Mitgliedschaft eine dauernde sein werde. Aber als er sah, wie ungeschickt sie in ihrem Sessel saß und nicht wußte, wohin mit ihren Füßen in den neuen Schuhen, wie sie ihren Schleier wegpustete, weil sie diesen ganzen Aufputz nicht gewohnt war, wurde ihm klar, daß sie sich nur für ihre Rolle verkleidet hatte; und nach dem Spiel wäre sie doch wieder nur braun.

Sie machte ihre Handtasche auf und entnahm ihr ein kleines, in Seidenpapier gewickeltes Päckchen. »Marcus«, sagte sie, »das hat mir gegeben dein seliger Vater. Du solltest es haben, hat er gesagt, wenn du bist erwachsen. Du sollst es aber haben heute schon. Ich wünschte, heute abend Papa könnte sein bei dir.« Sie wickelte es aus, und zum Vorschein kam eine schmucklose goldene Uhr. Als sie sie Marcus ums Handgelenk band, zuckte er zusammen, so schmerzlich liebte er sie. Er sehnte sich nach einem Zeichen der früheren braunen Frau, der Frau, deren er sich schämte, die ihn blamierte, die alle die verworrenen Gefühle in ihm wachrief, mit denen fertigzuwerden er gelernt hatte. »Ich habe dir auch gebracht was zu essen zum Konzert«, sagte sie. »Vielleicht sollst du sein hungrig.«

Dankbar riß er das zweite Päckchen auf: drei geschabte Mohrrüben. Gemüse, Gemüse, Gemüse. Mit einem Gefühl riesiger Erleichterung sah er, daß alles wieder beim alten war.

Sie fuhren alle zusammen ins Konzert. Mrs. Crominski und Madame Sousatzka brachten ihn nach hinten ins Künstlerzimmer und ließen ihn dort mit dem halbgeleerten Wasserkrug, dem staubigen Klavier und mit seinem neuen Anzug, in dem er zitterte. Er sah hinunter auf seine Knie, die unter dem Saum seiner kurzen schwarzen Hosen hervorkamen. Sein Blick fiel auf die schwarzen Seidenschleifen auf seinen Lackschuhen, und es wurde ihm übel. Er konnte sich nur ungefähr vorstellen, wie er aussah, denn er hatte vermieden, in den Spiegel zu schauen. Manders hatte ihm diesen Anzug gekauft. Zweifellos hatte er ihn als Werbungskosten auf sein Spesenkonto gebucht. Marcus kam sich darin vor wie ausgeliehen, und er nahm sich vor, ihn nie mehr anzuziehen. Langsam ging er zum Tisch hinüber und goß sich ein Glas Wasser ein, weil er das Gefühl hatte, daß das so üblich sei. Durch das Wasser schwitzte er noch mehr. Auf dem Fensterbrett stand ein Telefon, und Marcus wunderte sich, was es im Künstlerzimmer sollte. Er nahm den Hörer ab, aber es war tot. Schlotternd setzte er sich auf den Stuhl und wartete. Draußen auf dem Korridor hörte er das Orchester die Instrumente stimmen. Er hörte einen der Musiker lachen, und er war überzeugt, sie lachten über ihn. Ein anderer blies einen schrillen Ton auf einer Klarinette, und Marcus mußte an das Fußballspiel denken, zu dem er hatte gehen dürfen, weil seine Schule gegen eine Gastmannschaft spielte. Er liebte Fußball, durfte aber wegen der Gefahr für seine Hände nicht spielen. Er könnte sich ja einen Finger verletzen, hatte seine Mutter dem Direktor gesagt. Auch Tennis und Kricket wären ein Risiko. Schwimmen könne er natürlich. ›Aber hören Sie mal‹, hatte der Direktor zu ihr gesagt, ›der Kleine braucht doch schließlich etwas Bewegung!‹ Er erinnerte sich an das Schulschwimmfest. Als der schnellste Schwimmer war er ausgewählt worden, als letzter in der Staffel anzutreten. Der letzte Schwimmer der Gegenmannschaft war bereits losgeschwommen und war dem dritten Mann von Marcus' Mannschaft im Bassin auf halber Strecke begegnet. Marcus stand, die Zehen an die Marmorkante gepreßt, mit ausgebreiteten Armen zum Startsprung bereit. Als der dritte Schwimmer die Stange berührte, sprang Marcus ins Wasser. Sein Gegner hatte schon Dreiviertel der Länge hinter sich. Von den Zuschauertribünen riefen sie seinen Namen, indem sie die beiden Silben so getrennt riefen, daß es sich anhörte wie zwei Tamtams, die ihn durch die Länge des Bassins begleiteten. Der Kopf seines Gegners mit der schwarzen Gummihaube schien von Zeit zu Zeit, ihm entgegenkommend, aufzutauchen, und plötzlich, angespornt vom tamtamähnlichen Rufen seines Namens, wußte er, daß er siegen würde. Er schien gar nicht mehr zu schwimmen. Er bewegte zwar seine Arme und Beine, aber etwas anderes hatte ihn abgelöst, und er trat erst in seinen Körper zurück, als er ein paar Sekunden vor seinem Gegner die Stange berührte. ›Es ist gut geschwommen‹, dachte Marcus bei sich. ›Vielleicht bin ich doch schon fertig.‹

Manders kam ins Zimmer, ohne anzuklopfen. »Du siehst prachtvoll aus«, strahlte er. »Er sitzt wie angegossen. Haar ist auch gut so«, sagte er und trat zurück, um ein richtiges Bild zu bekommen. »Ungekämmt genug für einen Schulknaben, aber nicht wild genug für einen zweitklassigen Künstler.« Es hörte sich wie ein auswendig gelernter Satz an und stand wahrscheinlich in Manders' zahlreichen Pressemitteilungen. »Bin nur gekommen, um dir viel Glück zu wünschen«, sagte er. »In der Pause bin ich wieder da.« Er stürmte aus dem Zimmer, sehr zufrieden mit sich, und Marcus wußte wieder, daß er doch noch nicht fertig war.

Er vermißte plötzlich die Geräusche draußen im Korridor und öffnete seine Tür. Er konnte das Publikum klatschen hören; es klang wie ein Donnerschlag. Er schloß die Augen, die ihm vor lauter Angst wehtaten, und hielt sich am Türknopf fest, um sein Zittern zu überwinden. Das gesamte Orchester war auf dem Podium versammelt. Die Musiker sahen sich verstohlen im Saal um, und als hätten sie die Hunderte von Gesichtern schon mal gesehen, wendeten sie sich gelassen wieder ihren Instrumenten zu. Während des letzten, fast geräuschlosen Stimmens betrat Manders den Saal. Er eilte die Stufen hinauf, überschlug seine Einnahmen mit einem Blick, der den Leuten deutlich zu verstehen gab, daß er für alles verantwortlich sei. Dann schlüpfte er in seinen Sitz im Mittelgang und ließ sich wie eine probeweise gelegte Falte neben Mrs. Manders zusammenknicken. Sie sah ihn an, als hätte sie ihn gar nicht erwartet. Er neigte sich vor und begrüßte die Sousatzkagesellschaft in seiner Reihe mit einem allgemeinen Zwinkern, das alles mögliche hätte bedeuten können. Sein spätes Hereinkommen und sein auffälliges Benehmen machten seine Reihe unwillkürlich zu einem Mittelpunkt der Aufmerksamkeit, und man konnte Leute, die hinter ihm saßen, ›Manders‹ und ›Sousatzka‹ flüstern hören.

Madame Sousatzka umklammerte ihr Programmheft und hielt es an sich gepreßt, als könnte es versuchen, wegzufliegen. Als der Dirigent über das Podium ging, klatschte sie mit einer Hand gegen das Programm. Jenny, die neben ihr saß, klatschte so wild, als sei das Konzert schon aus. Onkel hatte ihre Arme um sich selber geschlungen, als hielte sie sich zusammen. Cordle, der rechts von Madame Sousatzka saß, legte seine Hand mit einer beruhigenden Geste auf ihre.

Mrs. Crominski saß am Ende der Reihe, völlig unbeweglich. Ihr Mantel war noch zugeknöpft, und die Seide ihrer Handschuhe spannte sich straff über ihre geballten Fäuste. Ihre Füße waren eng gekreuzt, wie beim Seilklettern, so daß das neue Leder ihrer Schuhe manchmal quietschte, wenn sie sich aneinander rieben. Wenn sie den Versuch machte, sich zu entspannen, geriet ihr Körper in ein derartiges Zittern, daß sie sich wieder steif machte, um sich nicht genieren zu müssen. Sie hielt ihr Programm eisern fest und wagte nicht, es zu öffnen, aus Angst, es könnte ihr aus der Hand fallen.

Der Erste Geiger verneigte sich, um für den Applaus zu danken, und der Zweite Geiger, der sich wie das fünfte Rad am Wagen vorzukommen schien, blickte finster vor sich hin auf des Ersten Füße. Aber als der Erste Geiger seinen Sitz einnahm, wandte er sich an seinen Partner, und sie hatten eine kurze, aber anscheinend sehr freundschaftliche Unterhaltung. Auf einmal, ohne jeden Übergang, war alles still. Der Vorhang am Ende des Podiums wurde von unsichtbaren Händen aufgezogen, und ein kleiner Mann, dem müden Aussehen seiner Frackschöße nach zu urteilen ein Veteran des Konzertpodiums, sprang mit ein paar Sätzen die Stufen hinauf, wie eine alte Schwarzdrossel. Das Orchester sah ihm mit einigem Erstaunen entgegen, als sei er nicht derselbe Mann, der am Vormittag die Probe dirigiert hatte. Als er sich verbeugt hatte, nahmen die Musiker dessenungeachtet Aufstellung für die Nationalhymne.

Der einleitende Trommelwirbel schreckte Madame Sousatzka von ihrem Sitz auf. Sie ließ ihr Programm fallen und stand von Kopf bis Fuß zitternd da, als sei sie in ein Korsett mit eingebautem Tremolo gezwängt.

Jenny, die noch nie in der Festival Hall gewesen war, wollte ihrer Begeisterung Ausdruck geben und öffnete den Mund, um Gott laut zu beschwören, die Königin zu schützen. Sie flehte den Allmächtigen in ihrer tiefen Altstimme an und war gerade im Begriff, ihm zu sagen, was er zu tun habe, als sie merkte, daß niemand mitsang; und nicht willens, die ganze Verantwortung allein auf sich zu nehmen – schließlich war sie nicht mal eine Verwandte –, beschloß sie, den Mund zu halten.

Onkel mogelte ein bißchen. Sie summte die Melodie ganz leise vor sich hin. Während ihrer Ehe und bei den diplomatischen Empfängen mit Paul hatte sie die Hymne oft genug gehört. Langsam hob sie den Blick zur Decke und flüsterte: »Paul, sie spielen unser Lied.«

Madame Sousatzka betrachtete die Hymne als eine Galgenfrist und hoffte patriotisch, daß sie nie aufhören möge.

Cordle benutzte die Melodie, um Gott um Schutz zu bitten. Er fühlte sich schuldig, als habe er das Telefon eines anderen benutzt, und er sah sich um, ob er vielleicht ertappt worden sei. Sein Blick fiel auf Manders, der ihn vielsagend ansah. ›Immer dasselbe‹, schien der Blick zu sagen. ›Vor jedem Konzert muß ich diese verdammte Hymne über mich ergehen lassen. Ich bin schon lange dabei, wissen Sie. Es ist nur eine Formalität.‹

Als die Hymne zu Ende war, schlug der Trommler seine Trommel, als tätschele er ein Pferd nach einem Galopp. Die Leute setzten sich wieder und strichen ihre Kleider und ihre Programme glatt. Man hörte das Rascheln von Papier, als sich das Publikum zum hundersten Male überzeugte, daß es das Glück hatte, die Dritte Leonore zu hören. Der geschlossene Einsatz des Orchesters gab den Leuten Vertrauen und versprach nicht nur keine Schwierigkeiten beim Anhören der Ouvertüre, sondern voraussichtlich sogar ein Vergnügen.

Jenny saß wie angewachsen auf ihrem Platz. Sie war fasziniert; aber nicht so sehr von der Musik als von dem ganzen Drum und Dran der Veranstaltung. Ihr besonderes

Interesse erregte der Teil des Publikums, der hinter dem Podium auf der Estrade dem Dirigenten gegenübersaß. In der ersten Reihe saß eine Frau in einem roten Pullover, die ununterbrochen mit dem Kopf nickte, als wollte sie dem Dirigenten zu verstehen geben, daß sie einverstanden sei; und ein alter bärtiger Mann neben ihr, der unmittelbar hinter den Trommeln saß, starrte mit leerem Blick vor sich hin wie ein Stummer, als habe ihn der Klang der Nationalhymne paralysiert. Sie schaute zur Orgel und ihren unzähligen Pfeifen hinauf, die sich wie ein wahres Rohrlegerparadies über die ganze Wand hinzogen. Sie fing zu zählen an, aber nach dem ersten Dutzend verschwammen sie vor ihren Augen und schienen sich zu verdoppeln. Sie umfaßte das Publikum hinter dem Podium mit einem einzigen Blick. ›So viele Leute‹, dachte sie. ›Ein paar von ihnen müßte ich doch eigentlich kennen.‹ Sie mußte an die vielen Männer denken, die sie während ihres arbeitsreichen Lebens kennengelernt hatte. Hunderte von ihnen, Freds und Bills und Toms, ja sogar an einen Eustace erinnerte sie sich. Aber mit keinem von ihnen, nicht einmal mit Eustace, verband sich in ihrer Erinnerung ein Gesicht. Sie erinnerte sich nur an Bärte oder Stoppeln, an schwielige Hände und hin und wieder an eine Akne. Ihre gewohnheitsmäßige Blindheit wurde durch ihren fein ausgeprägten Tastsinn wettgemacht. Sie kam sich vor, als taste sie mit ihren Fingern das Publikum ab und begrüße jede bekannte Berührung. Aber ob man sie wohl erkannte? Sie wußte, daß sie die Gesichter ihrer Lehrer aus ihrer Kindheit wiedererkennen würde, aber würde sie auch alle ihre Schüler wiedererkennen? Sie bekam plötzlich Angst, daß in diesem Riesensaal ein Tom, Bill oder Fred sie fixieren könnte, und sie versteckte ihr Gesicht hinter ihrem Programm. Sie war zu naiv, um zu wissen, daß ihre Klienten mit der gleichen absichtlichen Blindheit zu ihr kamen, die sich aus der gleichen Notwendigkeit ergab.

Das Geräusch eines fernen Trompetentons aus dem Orchester unterbrach ihre wanderenden Gedanken, und jetzt erst begann sie zuzuhören. Es fiel ihr schwer, sich zu konzentrieren, und sie versuchte, in ihrem Programmheft zu lesen. ›Die Musik wird plötzlich durch ein fernes Trompetensignal unterbrochen‹. ›Das muß es gewesen sein‹, dachte sie und sah, daß der Programmtext mit einem kurzen Absatz endete. Dann kam nur noch ein Abschnitt, der Marcus gewidmet war. Plötzlich ertönte wieder ein Trompetenton. Diesmal schien er näher, aber er klang hart und falsch und absolut nicht dem ›Klang heroischer Ruhe‹ im optimistischen Text des Programmheftes entsprechend. Es waren noch zwei Zeilen übrig, die sie schnell überflog. ›Der Schluß des Allegros drückt Triumph und Sieg aus.‹ Den Sieg erkannte sie, als das ganze Orchester die Melodie aufnahm. Hoffnungsvoll schaute sie in ihr Programm, aber die Beschreibung war unweigerlich zu Ende. Es kam noch eine fünf Zentimeter hohe weiße Spalte, und Marcus stand schon auf der nächsten Seite.

Das Publikum begann zu applaudieren, ein formeller, höflicher, für eine Ouvertüre bemessener Applaus; und als er langsam verebbte, fingen Mrs. Crominski, Jenny, Cordle und Madame Sousatzka von neuem zu klatschen an, um den Applaus neu anzufachen und zweifellos in der Hoffnung, daß das Orchester ein da capo geben würde. Aber niemand beteiligte sich an ihrem Klatschen, und der Dirigent verließ bereits das Podium. Jenny nahm ihren Bleistift heraus und hakte die Ouvertüre auf ihrem Programm ab. Dann blätterte sie ruhig und mit Entschlossenheit die Seite um. Sie sah zu Madame Sousatzka hinüber, die ihre Arme leicht übereinandergelegt im Schoß hielt. Ihr Programm war heruntergefallen, und als der Dirigent vom Podium herunterging, drehte sie sich um und betrachtete das Publikum. Sie zog es vor, an ihren Gesichtern zu erkennen, was vorne auf dem Podium vor sich ging, als es mit eigenen Augen zu sehen. Ihr Blick fiel auf eine Abordnung dicker Sanitäterinnen in ihrer gestärkten Tracht. Sie saßen in der Nähe des Ausgangs, und ihre Gesichter bildeten eine ausdruckslose Masse. Sie waren bestimmt nicht aus Liebe zur Musik gekommen. Stur und unerschütterlich, nur von Berufs wegen da und um die Ordnung aufrechtzuerhalten, eher wie vielgeplagte Polizisten bei einer Protestdemonstration auf dem Trafalgar Square. Ihre Gesichter spiegelten nur das leere Starren der Pflicht wider, und resigniert drehte Madame Sousatzka sich wieder um und schaute zum Podium hinauf. Sie starrte auf den grünen Vorhang, der fest zugezogen war, und sie spürte die Angst, die sich dahinter verbarg.

Dort stand Marcus allein, vor sich die grüne Stoffmauer. Er fühlte die Hand des Dirigenten auf seiner Schulter. »Sind wir soweit?« fragte er. Marcus konnte sich nicht erinnern, geantwortet zu haben. Er erinnerte sich nur an eins: daß er überzeugt war, nie wieder im Leben würde er sich so verlassen fühlen. Der Saaldiener zog den Vorhang und hielt ihn, so daß sie auftreten konnten. Und in dieser Sekunde, als Marcus wie durch ein Vergrößerungsglas die vielen Menschen und im Vordergrund die Blumen sah, die sie zum Teil verdeckten, da wußte er, daß dieser Moment noch trostloser war. Der Dirigent geleitete ihn nach vorn zur ersten Stufe.

Ohne sich dessen bewußt zu werden, ließ Mrs. Crominskis Verkrampftheit etwas nach, und schon vibrierte sie wie ein Zug. Eine Frau, die vor ihr saß und durch Mrs. Crominskis Vibrieren in Mitleidenschaft gezogen wurde, drehte sich nach ihr um. »Er ist nämlich mein Sohn«, gab Mrs. Crominski als Entschuldigungsgrund für ihr Schlottern an. Sie deutete auf die kleine Gestalt auf dem Podium: »Ist mein Sohn.« Die Frau zeigte ein verständnisvolles Lächeln, als erwarte sie nun, während des ganzen Konzerts wie ein Cocktail geschüttelt zu werden.

Madame Sousatzka hatte sich in ihren Sitz zurückgelehnt und drückte sich in die Polsterung. Sie versuchte, ihren ganzen Körper in den widerspenstigen Rahmen einzubetten. ›Keine Angst, mein Liplink, dieser Teil ist der schlimmste. Wenn du erst bist beim Flügel, ist es vorüber. Dann ist nur noch Spielen.‹

Marcus stieg auf die erste Stufe. Er hörte den Beginn des Beifalls, hervorgerufen durch ein vereinzeltes lautes Klatschen, das er aus irgendeinem dunklen Grunde als Cordles Klatschen erkannte. Cordle hatte ihm geraten, nicht auf den Flügel zu schauen, dann würde der Fußboden zwischen ihm und dem Instrument sozusagen verschwinden. Er hatte Angst, woanders hinzuschauen als auf seine Füße, weil er sich nicht darauf verlassen konnte, daß sie ihn auch tatsächlich dorthin trügen, wohin er allen Erwartungen nach gehen sollte. Diese Angst machte ihn plötzlich ungeduldig; er nahm zwei Stufen auf einmal und sah, daß er beim rückwärtigen Notenpult der ersten Geigen gelandet war. Die beiden Musiker hatten sich umgedreht, um ihn zu beobachten, und hatten ihre Geigen wie Bratschen auf ihre Knie gestützt. Das war ihr großer Moment. Der Moment, der sie für die jahrelange Zurücksetzung entschädigte, für die Jahre, in denen sie den sich vorn an der Rampe Verbeugenden mit den Augen gefolgt waren und zu Gott gehofft hatten, es ihnen eines Tages gleichzutun; für die Jahre, in denen man sie automatisch verdächtigt hatte; denn wenn der Dirigent einen falschen Ton erwischte, war es immer ihr Notenpult, dem er eine hochgezogene Braue zuwandte.

Lächelnd sahen sie Marcus an, so daß er auf sie aufmerksam werden mußte, ob er wollte oder nicht. Da hoben sie wie eine disziplinierte Miniaturarmee die Hände, in denen sie die Geigenbogen hielten, und streckten die Daumen in die Höhe. Ihre Bewegungen waren gleichzeitig und symmetrisch, denn für sie war es einfach eine Routine. Jeder einzelne Solist, der mit ihrem Orchester spielte, wurde mit demselben Lächeln und derselben Bewegung begrüßt. Selbst die größten, die gar kein Glück mehr brauchten, selbst die gefeiertsten Berühmtheiten, die wie die Schweine hätten spielen können und doch Erfolg gehabt hätten, allen wurde das gleiche Zeremoniell zuteil. Auch Marcus lächelte ihnen zu, und sein Lächeln erstarrte in seinem Gesicht wie feuchter Gips. Er bewegte sich vorwärts und erreichte das vierte Notenpult. Die beiden Musiker saßen steif und regungslos mit ihren schwarzen Rücken da, und ihre Frackschöße hingen über ihre Stühle herunter, so daß sie wie zwei versteinerte Schwalben aussahen. Sein Blick fiel auf den Frack des Musikers auf der Innenseite, und er sah ein langes blondes Haar daran haften. Automatisch hob er die Hand, um es wegzunehmen. Doch als er es berührte, hatte er plötzlich das Gefühl, es würde ihm Unglück bringen, wenn er das täte. Es sollte als ein Talisman dort hängenbleiben. Erst jetzt merkte er, wie seine Hände zitterten. Er schluckte und es tat ihm unter den Armen weh. Sein ganzes Inneres war wie ein Nesselbrand, als schrien seine Nerven danach, gekratzt zu werden. Während er sich vorwärtsbewegte, sah er, daß der Fuß des einen Musikers am dritten Pult, etwas nach außen gedreht, vorstand, gerade genug, um ihm den Weg zu verstellen. Marcus war überzeugt, daß der Mann versuchte, ihm ein Bein zu stellen. Er steigerte sich in die Überzeugung hinein, daß alle gegen ihn seien, und als er beim zweiten Notenpult ankam und einen Dämpfer darauf liegen sah, steigerte er sich noch mehr in die Überzeugung hinein, daß das Orchester eine Bande von Saboteuren sei. Er konnte sich an keine Stelle im Orchestermaterial erinnern, die einen Dämpfer verlangte. Er redete sich ein, daß sie heimlich beschlossen hätten, ihn nur ganz leise zu begleiten. Sie hielten nichts von ihm. Er fröstelte. ›Ich bin eben noch nicht so weit‹, sagte er sich. ›Wo ist der Flügel? Ist der Dirigent noch hinter mir? Wie lange gehe ich schon? Wann kann ich endlich anfangen, um es hinter mir zu haben?‹

Inzwischen war er bis zum ersten Pult gekommen. Der Erste Geiger saß steif da, und Marcus sah an der Haltung seines Nackens, daß der Mann wußte, der Solist stand unmittelbar hinter ihm. Er saß genauso da wie Jenny jeden Freitag, bevor Marcus überraschend kam und ihr die Augen zuhielt. Und als er an Jenny dachte, wurde ihm warm, und seine Hände wurden ruhig. Er legte eine Hand auf den Klavierhocker und verneigte sich vor der applaudierenden Menge.

»Jetzt ist dir besser«, flüsterte Madame Sousatzka lautlos vor sich hin. »Nur eine Verbeugung, mein Liplink, und setz dich. Du bist fertig. Sousatzka sagt, du bist fertig.«

Marcus saß auf dem Klavierhocker und fummelte an den Knöpfen zu beiden Seiten herum, die Macht der Gewohnheit. Das Publikum war mäuschenstill. Marcus sah zum Dirigenten hinüber. Der nickte, und Marcus legte die Finger auf den G-Dur-Akkord. Er holte tief Atem – er wußte, daß Madame Sousatzka dasselbe tat – und als er ausatmete, löste sich der Anfangsakkord mit überraschender Sicherheit von seinen Fingern. Während der kurzen Einleitung, die folgte, und der eigentlichen Fortführung bis zum Abschluß löste sich Marcus immer mehr von seinem Spiel los. Beim ersten Einsatz des Orchesters entstand eine wachsende Bewegung im Publikum, ein Ausdruck für die Spannung, die er erzeugt hatte.

Nach und nach verringerte Madame Sousatzka ihren Druck auf den Sessel. Onkel legte ihre Hand um Sousatzkas Ellbogen. »Alles in Ordnung«, flüsterte sie. Sie warf einen kurzen Blick auf ihr Programm wie auf einen Fahrplan und stellte fest, daß sie noch drei Sätze vor sich hatte. Sie konnte also ruhig den Zug nach Paris besteigen, nachdem sie gesehen hatte, daß zu Hause alles in Ordnung war. Der ferne Hintergrund des Konzerts wurde schnell auf das Rollen der Räder, das Ausrufen der Bahnhöfe, die Hotelklingeln und die Walzer in der Gesandtschaft umgestellt.

Cordle legte seine Hand auf Madame Sousatzkas und flüsterte ihr zu: »Er ist wunderbar.« Dann setzte er sich wieder zurück und vertiefte sich in die genaue Prüfung der verschiedenen Orchesterstimmen. Die Celli gefielen ihm ganz besonders. Mehr als jedes andere Instrument schienen sie ein integrierender Bestandteil des Spielers zu sein. Das lange schwarze Griffbrett kam ihm vor wie die Verlängerung der Zunge des Spielers. Bis dato hatte die Zunge in Cordles osteopathischer Behandlungsmethode noch keine Rolle gespielt, und er faßte auf der Stelle den Entschluß, sie in seine Tafeln aufzunehmen. Er saß da und überlegte sich, welche Farbe die passendste dafür wäre. Unauffällig tastete er nach seinem Notizbuch und einem Bündel kleiner Buntstifte, die er immer bei sich trug, und benutzte das Konzert dazu, mit seinen Farben zu experimentieren.

Manders, am Ende der Reihe, machte Pläne für Marcus' Zukunft. Er warf einen Blick auf Cordles Notizbuch und auf die Seite mit den undefinierbaren bunten Farbklecksen. Offiziell hatte er Cordle noch nicht kennengelernt, aber da der ein Mitglied von Sousatzkas Gefolge war, nahm er bereitwillig an, daß er ein Sonderling sei. Dann schaute er zu Madame Sousatzka hinüber und sah, daß sie zur Decke hinaufstarrte. Er blickte nach oben, um festzustellen, was ihre Aufmerksamkeit erregt hatte, und ein paar Köpfe hinter ihm taten das gleiche. Aber da er nichts entdecken konnte, führte er Sousatzkas zurückgelehnten Kopf auf eine tiefe Versunkenheit zurück, womit er auch recht hatte.

Von allen Mitgliedern ihrer Gesellschaft war Sousatzka die einzige, die wirklich zuhörte; wenn auch nicht Marcus. Nachdem sie seinen Start gesehen hatte, war sie überzeugt, daß er glänzend spielen würde. Während Marcus spielte, hörte sie ihre alte Pachmann-Platte in ihrem Musikzimmer. Sie kannte jede Nuance dieser Aufnahme, und wenn Marcus' Interpretation nicht damit übereinstimmte, störte es ihr Vergnügen. In der Mitte des ersten Satzes hatte die Platte einen feinen Sprung, der sich über mehrere Umdrehungen erstreckte. Das rhythmische Knacksen der Nadel an dieser Stelle war für sie zu einem Teil der Melodie geworden, den sie in Marcus' ausdrucksvoller, lautgetreuer Wiedergabe vermißte. Jetzt klang die Platte wieder rein und drehte sich in ihrem normalen Tempo bis zu dem Akkord, der die Kadenz einleitete. Die atemlose Stille, die sie den ganzen Morgen vor der Probe empfunden hatte, war auf der Pachmann-Platte viel kürzer, und er hatte mit der Kadenz angefangen, als noch atemlose Stille im Saal herrschte. Das Publikum setzte sich erwartungsvoll zurecht. Der abschließende Akkord war wie das Ende eines *paso doble*, wenn alle Toreros aus dem Ring verschwinden, um dem Matador allein die Arena zu überlassen. Als Marcus anfing, war ihm Pachmann schon weit voraus, und Madame Sousatzka hatte Schwierigkeiten, sich auf die Plattenaufnahme zu konzentrieren. Marcus' Kadenz war nur ein schwaches Echo von der Pachmanns, und allmählich wurde das Echo zu schwach, um es zu hören. Jetzt lauschte sie nur noch der Platte und schlug den Takt auf ihrem schwarzen Samtknie. Sie bewunderte Pachmanns eigenartige Betonung und freute sich schon auf den triumphierenden Schlußtriller. Beim letzten Ton des Trillers setzte brausend das Orchester ein, um den Sieg davonzutragen. Die Platte war zu Ende, und die Nadel schrammte über die ungerillte Fläche. Madame Sousatzka konnte sich nicht gleich wieder in die Festival Hall zurückversetzen, und sie hörte mit Entsetzen, daß Marcus immer noch trillerte. Sie fing zu zählen an; zuerst ganz schnell, um die Zeit wieder einzuholen, die sie durch ihr Erschrecken verloren hatte. Aber das Orchester hatte richtig eingesetzt, und die Leute um sie herum seufzten befriedigt; sei es, weil es ihnen gefallen hatte, oder in Erwartung einer kurzen Unterbrechung. Als die Unterbrechung kam, hörte Sousatzka wieder das Kratzen der Nadel. Sie nahm sie auf und drehte die Platte um. Das Orchester ließ ihr nicht genügend Zeit. Marcus hatte mit dem zweiten Satz begonnen, bevor Pachmann anfangen konnte, und sie beschloß, die Platte wegzulassen und nur noch Marcus zuzuhören.

Sie warf einen Blick auf Jennys aufgeschlagenes Programm. Jenny hatte drei kleine Quadrate an den Rand gezeichnet, um die Sätze des Klavierkonzerts zu bezeichnen, und Sousatzka stellte mit einem Lächeln fest, daß das erste Quadrat bereits ausgefüllt war.

Die dunklen traurigen Töne des Andante lockten Onkel an die mondbeschienenen Flüsse Europas zurück, wo sie und Paul ihr Glück gefunden hatten. Cordle sah bei dieser Melodie ein tiefes Rotviolett vor sich, und behutsam füllte er mit seinem Buntstift eine frischgezeichnete Zunge aus. Madame Sousatzka fand die Melodie deprimierend. Sie schien ihre endgültige Einsamkeit vorzuahnen. Sie wußte, daß die Lebendigkeit des letzten Satzes stark genug war, um dieses Gefühl wieder zu verdrängen, darum konnte sie es sich leisten, die Traurigkeit eine Weile zu genießen, welche die Musik in ihr ausgelöst hatte. Klavier und Orchester hatten einen Disput, in welchem die Klavierstimme die Angriffe mit jugendlichem Eifer und impulsiv vorwegnahm, das Orchester nur sanfte Einwendungen machte. Zuweilen ging das Klavier zur offenen Kampfansage über, und das Orchester nahm den Fehdehandschuh auf und war nur besorgt um den gemeinsamen Sieg. Und dann gingen sie wieder in eine Diskussion über und versuchten, sich gegenseitig nachsichtig zu überzeugen, wobei das Orchester seine Überzeugung nur durch ein *pizzicato* zum Ausdruck brachte. Aber das Klavier gewann immer die Oberhand, und in diesem ungleichen Kampf sah Madame Sousatzka sich Marcus gegenüber in der Opposition. Sie wußte, daß sie ihn zum Schluß verlieren würde; und wenn nicht an Manders, dann an sonst irgend jemanden. Es war ihr ein Rätsel, wie sie ihn je würde ersetzen können. Er hatte sie aufgefressen, wie der Pachtvertrag für ihr Haus, den zu erneuern sie sich nicht leisten konnte. Sie fühlte, daß sie sterben und Marcus an ihrem Bett stehen würde, stark und überlebend. In der kurzen Kadenz, die ihre Vision unterbrach, war sein Spiel stürmisch und fieberhaft, und dann plötzlich wieder ruhig. Das Orchester hatte ganz zahm eingesetzt und ging, einem Märtyrer gleich, in eine Molltonart über. Madame Sousatzka hatte das Gefühl, ihren Geist aufgegeben zu haben. Und die Pianostimme, die den Schluß des Satzes bildete, kam über sie wie die Letzte Ölung.

Vor dem letzten Satz gab es keine Pause, und Jenny mußte sich mit dem Rest des Programmtextes beeilen. ›Achten Sie auf den raffinierten Kanon zwischen den Klarinetten und dem Klavier‹, hieß es dort. Sie wäre diesem Rat gern gefolgt, aber das Wort ›Kanon‹[5] verwirrte sie. Sie hatte zu ihrer Zeit viele Domherren kennengelernt, aber raffiniert war keiner von ihnen gewesen, und sie wußte nicht recht, was sie hier zu suchen hatten, besonders im Zusammenhang mit einer Klarinette, einem Instrument, das sie sowieso nicht kannte. Und schnell, noch bevor das Rondo begann, füllte sie ihr zweites kleines Quadrat aus.

Die Fröhlichkeit des letzten Satzes steckte das ganze Publikum an. Einige Leute überlegten sich, wo man nach dem Konzert essen gehen könnte, andere dachten an einen Besuch im Künstlerzimmer, an Autogramme und Händeschütteln, um nachher auf Parties darüber zu reden. Andere fragten sich, ob es wohl draußen regne, und wie schwer es sein werde, ein Taxi zu bekommen.

Die Sousatzka-Reihe war plötzlich wie elektrisiert. Manders strahlte. Er sah an der Reaktion des Publikums, daß Marcus ein Erfolg war. Sogar Onkel war von ihren Gesandtschaften zurückgekehrt, und Cordle hatte seine Zungen weggesteckt. Jenny wartete gespannt, aber skeptisch auf den Domherrn.

Madame Sousatzka setzte sich schnell wieder richtig hin und ließ sich von der allgemeinen Fröhlichkeit des Publikums anstecken. Marcus tanzte förmlich auf seinem Sitz, und das erhöhte Pedal sprang von den Sohlen seiner Schuhe wie ein federnder Punchingball. Sousatzka betrachtete seinen Körper und die leichte Krümmung seines Rückens, die besonders auffällig war, wenn er sich zu den Baßtasten hinüberneigte. Sousatzka mußte zugeben, daß er noch nie so gut gespielt hatte, außer vielleicht in Mrs. Manders' Salon, und daß er bald in ein Stadium kommen mußte, wo er darauf bestehen würde, ein Publikum zu haben.

Aber dieser Gedanke störte sie nicht zu sehr, weil die Musik so unwiderstehlich fröhlicher Natur war. »Es spielt wunderbar, mein Liplink«, flüsterte sie.

›Es ist fast zu Ende.‹ Dieser Gedanke schoß Marcus mit einem gewissen Bedauern durch den Kopf, und bei dem lauten Schlußton erinnerte er sich plötzlich der Worte seiner Mutter vor der Probe. Er hatte vergessen, ganz besonders an die leisen Stellen zu denken. Waren sie leise genug gewesen? Warum mußte er sie belügen? Morgen gingen sie zusammen wieder in ihre braune Welt, und dann wollte er auch alles wieder gutmachen. ›Ich wünschte, ich könnte das Ganze noch einmal spielen‹, dachte er.

›Sicher es tut dir leid‹, dachte Madame Sousatzka, ›daß es ist fast zu Ende.‹

›Ich will morgen ein Konzert geben und übermorgen. Viele Konzerte. So viele Konzerte.‹

›Du wirst geben viele Konzerte, Marcus. Das ist ja nur gewesen der Anfang.‹

›Madame Sousatzka, hören Sie bloß die Celli. Ich wünschte, ich könnte Cello spielen.‹

›Hörst du, wie dich versteht das Cello, Marcus? Das Klavier und das Cello sind enge Freunde.‹

›Der Dirigent gefällt mir, Sousatzka. Er versteht Beethoven. Glauben Sie, er wird mich fragen, ob ich wieder mit ihnen spielen würde, Sousatzka?‹

›Der Dirigent liebt dich, mein Liplink. Er wird dich bitten darum.‹

Auch der Dirigent gab sich denselben Gedanken hin, die ihn jedesmal vor Ende des Schlußsatzes beschäftigten: ›Wer weiß, ob sie mich wieder fragen werden. Ich hoffe, der Junge mag mich. Muß ihm nachher kräftig die Hand schütteln. Vielleicht sogar einen Kuß geben. Hängt ganz davon ab, wie groß sein Applaus ist. Darf auch nicht übertreiben. Der Junge macht seinen Weg. An den muß man sich halten.‹

›Ich möchte alles von Beethoven spielen, Sousatzka, alles von Tschaikowsky und Brahms und Mozart.‹

›Du wirst geben noch mehr Konzerte, Marcus, Tschaikowsky, Brahms, alles, nur nicht Mozart. Für Mozart du bist noch nicht reif. Nur Sousatzka kann dich machen reif für Mozart.‹

Die Leute begannen, ihre Programmhefte zuzuklappen. Aus dem aufregenden *fortissimo* des gesamten Orchesters konnte man schließen, daß das Konzert gleich zu Ende sein mußte. Fast wie ein Filmpublikum, für das die Großaufnahme eines cinemaskopischen Sonnenuntergangs das Zeichen ist, nach seinen Mänteln zu greifen.

Der Applaus setzte schon beinahe ein, ehe das Orchester geendet hatte. Und als es aufgehört hatte zu spielen, saß Marcus ganz still, den Kopf gesenkt und lauschte dem ungewohnten Geräusch des Beifalls und versuchte, sich klarzumachen, daß er ihm galt. Bevor Jenny anfangen konnte zu klatschen, mußte sie noch einiges erledigen. Sie füllte das dritte kleine Quadrat aus und strich das ganze Werk endgültig ab. Dann klappte sie das Programm zu, stellte ihre Tasche auf den Boden, schob die Ärmel ein bißchen nach oben und trug jetzt ihren Teil zum Erfolg des Abends bei. Cordle war aufgestanden und schrie verschiedene Male bravo. Der Mann hinter ihm war auch gezwungen aufzustehen, weil Cordle ihm die Aussicht auf Marcus verstellte, desgleichen der Mann hinter ihm und so fort in einer einzelnen schrägen Linie bis zu den hintersten Reihen. Onkel umarmte Madame Sousatzka und gratulierte ihr zu ihrem Erfolg.

Marcus stand ganz verwirrt da und verbeugte sich in kurzen Abständen vor dem Publikum. Der Dirigent ergriff seine Hand und verbeugte sich mit ihm zusammen. Der Applaus schwoll an, und der Dirigent küßte ihn. Er war zu der Überzeugung gekommen, daß es sich lohnte. Marcus ging langsam ab, aber der Beifall hörte nicht auf. Als er wieder hinter dem grünen Vorhang stand, klopfte ihn der kleine grüne Mann auf die Schulter. »Du mußt nochmal raus«, sagte er, »sie verlangen nach dir.« Er zog den Vorhang zurück, und Marcus lief die Stufen wieder hinauf; Als er bei dem Musiker vom vierten Pult vorbeikam, bemerkte er, daß das lange blonde Haar noch immer hinten an seinem Frack haftete. Es schien während der Vorstellung Junge bekommen zu haben, denn zwei oder drei kürzere Haare lagen, eingebettet in frisch gefallene Schuppen, daneben. Marcus hielt einen Moment lang inne und nahm das Mutterhaar weg. Jetzt brauchte er diesen Talisman nicht mehr.

Es war ein donnernder Applaus. Madame Sousatzka sah sich nach der Gruppe Sanitäterinnen um. Sie saßen ungerührt da, und ihre Hände lagen gefaltet in ihrem Schoß. Streng neutral. Nachdem sie das gesehen hatte, fing Madame Sousatzka ostentativ zu klatschen an. »Liplink!« kreischte sie, und Marcus hörte sie durch das Klatschen hindurch. Um zu zeigen, daß er sie gehört habe, lächelte er und verbeugte sich wieder. Dann drehte er sich um und verbeugte sich vor den Leuten hinter dem Podium und zum Orchester hin. Der Dirigent forderte die Musiker auf, sich zu erheben, und Marcus schüttelte dem Ersten Geiger die Hand. Jeder schien mit jedem ungeheuer zufrieden zu sein. Die Kritiker im Publikum machten sich geschwind ein paar Notizen. »Der Junge wird es noch weit bringen«, schrieb einer. Er war anscheinend nur probeweise bei seiner Zeitung angestellt und wollte sich nicht festlegen. Ein anderer nahm sein Klischeebuch heraus und strich an: ›wohlverdienter Beifall‹. Ein Kritiker, wahrscheinlich Vertreter einer Fachschrift, schrieb auf sein Programmheft, ›ein Miniatur-Richter‹. Ein anderer Kritiker mit literarischen Ambitionen schrieb, ›Ein Samtanzug mit Genie gefüllt‹. Die Formulierung gefiel ihm gut, und er beschloß, sich noch eine Photographie dazu zu besorgen. Er schaute nach der letzten Nummer im Programm, und als er feststellte, daß es Beethovens Fünfte war, dachte er sich, daß da nicht mehr viel passieren konnte. Er konnte also ruhig nach Hause gehen und mit Hilfe seines Programmtextes seine Kritik schreiben.

Der Beifall wurde etwas schwächer, aber eine Menge einzelner Leute im Saal belebte ihn wieder. Marcus kam noch einmal heraus. Es war das vierte Mal. Ein sehr englisch aussehender Herr im Publikum rief: »Olé!«, und hätte er zufällig ein Hufeisen in seiner Tasche gehabt, hätte er es bestimmt in die Luft geworfen.

Während des ganzen Beifalls hatte Mrs. Crominski unbeweglich mit gefalteten Händen dagesessen. Und als der Beifall langsam nachließ und die Leute während der Pause den Saal verließen, entfaltete sie ihre Hände und klatschte verhalten und fast unhörbar. Sie wollte allein sein mit ihrem Beifall. Sie bemerkte, daß der Platz von Manders leer war, und Madame Sousatzka eilte gerade den Gang entlang dem Ausgang zu. Angesichts der Hast dieser beiden lächelte sie. Obwohl sie der Gedanke, Marcus zu sehen, aufregte, fühlte sie dennoch nicht die dringende Notwendigkeit, als erste bei ihm zu sein. Sie glaubte fest, daß Sie den schönsten Empfang von allen bekommen würde. Doch bei diesem Gedanken kamen ihr wieder Zweifel. Würde er sich tatsächlich so freuen, sie zu sehen? Ihr Hut hatte ihm doch gefallen? Aber die anderen, Madame Sousatzka und Mr. Manders. Sie waren von Anfang an immer mit dabei. Sie waren im Salon und bei der Probe gewesen, und jetzt waren sie schon wieder bei ihm. »Aber ich bin ja schließlich seine Mutter, oder nicht?« sagte sie laut. Sie stand schnell auf, wütend auf sich selber, daß sie so lange gewartet hatte.

Als Madame Sousatzka ins Künstlerzimmer kam, saß Marcus auf dem Tisch. Er saß mit dem Rücken zu ihr, und Manders beugte sich zu ihm hinunter und flüsterte etwas. Als sie Madame Sousatzka sahen, bekam Marcus einen roten Kopf. Er lief zu ihr hin und küßte sie. »Es war wunderbar, mein Liplink«, sagte sie. »Es macht dir Spaß?«

Er keuchte vor Begeisterung. »Oh, Sousatzka, es war phantastisch, und Mr. Manders sagt, ich kann noch viel, viel mehr spielen. Ich kann dreißig Konzerte im Jahr geben, sagt er.«

Mrs. Crominski klopfte an, und es war die gebieterische Stimme von Mr. Manders, die sie aufforderte, hereinzukommen. Sie ärgerte sich über sich selber, daß sie geklopft und einem anderen das Recht gegeben hatte, sie hereinzubitten. Sie kam ungeniert ins Zimmer.

Sogar Mrs. Crominski war überrascht, in welcher Weise

Marcus sie begrüßte. Er sprang förmlich auf sie zu und küßte sie zärtlich. »Mama«, sagte er, »Mama, hat's dir gefallen? Wie war es denn da draußen? Warst du sehr nervös? Geht's dir jetzt besser?« Immer wieder umarmte er sie. Er warf einen Blick über seine Schulter und sah, wie Madame Sousatzka ihn und seine Mutter beobachtete. Sofort zog er sich von seiner Mutter zurück und hielt sie auf Armeslänge von sich. Er bemerkte, daß seine Umarmung ihren Hut verschoben hatte. Ihr Schleier konzentrierte sich jetzt mehr auf das eine Ohr, und der Hut sah brauner aus denn je.

»Ich glaube nicht, daß ich schon hatte das Vergnügen«, sagte Mrs. Crominski, Manders zunickend. Für sie waren alles und alle ein Vergnügen, bis sie sich vom Gegenteil überzeugt hatte.

»Das ist meine Mutter«, sagte Marcus tonlos. Er erinnerte sich, mit welchem Stolz er sie hatte vorstellen wollen, und war betrübt über seine Unfähigkeit, ihn zu zeigen.

»Mrs. Crominski«, begrüßte Manders sie überschwenglich, Madame Sousatzka den Rücken kehrend. »Es ist mir ein ganz besonderes Vergnügen. Erstaunlich, daß wir uns nicht schon früher kennengelernt haben. Ich hatte Sie mit Bestimmtheit in unserem Salon erwartet, wo Marcus so zauberhaft gespielt hat. Es war eine herrliche Party«, betonte er noch besonders, »und Sie wären sehr stolz auf ihn gewesen. Meine Frau war ganz enttäuscht, daß Sie nicht kommen konnten.« Er wandte sich zu Madame Sousatzka um und nickte ihr zu, in der Annahme, daß sie die Unterhaltung genau verfolgt habe.

Auch Mrs. Crominski streifte Madame Sousatzka mit einem Blick. »Hab' ich gedacht, ich war nicht eingeladen«, sagte sie triumphierend.

»Ach Unsinn«, entgegnete Manders. »Wir sind in diesen Dingen nicht so formell. Wir schicken keine Einladungen aus. Und außerdem sind Sie doch die Mutter des Jungen. Was Sie ernten«, sagte er schneidig, »das dürfen Sie auch säen. Und von unserer Saat hier werden Sie noch viel säen.« Er glaubte mit dieser witzigen Metapher gefallen zu können, deshalb war er auch bereit, sie zu Tode zu reiten. Er legte den Arm fest um Marcus' Schulter. »Eine große Ernte«, fuhr er beharrlich fort, »aber spielen muß er. Spielen, spielen und nochmals spielen.«

»Sie meinen, er soll geben noch mehr Konzerte?« fragte Mrs. Crominski.

»Noch viel mehr. Mindestens dreißig.«

Madame Sousatzka stand auf. Sie nahm Marcus bei der Hand und zog ihn zu sich herüber. »Du kannst nicht spielen soviel«, sagte sie. »Wenigstens du kannst nicht spielen so gut, wenn du spielst zuviel. Dreißig Konzerte das Jahr – da ist nur Zeit für Hetzerei und für Proben. Keine Zeit für Unterricht. Und du mußt immer haben deine Stunden. Du spielst gut, mein Liplink, aber ich weiß, du wirst spielen noch besser. Sousatzka weiß. Im Augenblick vielleicht lasse ich dich spielen zwei Konzerte das Jahr.«

Mrs. Crominski war sprachlos. »*Ich* lasse, *ich* lasse, hat man gehört sowas?« ereiferte sie sich.

»Jede Woche ich gebe dem Jungen Musik«, betonte Madame Sousatzka beharrlich. »Du lernst etwas mit

Sousatzka, Marcus, ja?« Sie drückte ihn fest an sich. »Sousatzka gibt dir das Leben, nein?« sagte sie beschwörend zu ihm, daß er es bestätigen solle. Er aber schwieg. Er konnte sich nicht vorstellen, ohne Madame Sousatzka zu leben, aber Konzerte wollte er auch geben. Warum konnte er nicht beides haben und seine Mutter und Jenny und Cordle und Onkel und Manders? »Wenn ich nicht zur Schule gehe«, sagte er, »und nichts weiter tue als üben und Stunden haben, bleibt mir noch genügend Zeit für Konzerte.«

»Jetzt hat er sogar schon verlassen die Schule«, ereiferte sich Mrs. Crominski von neuem.

»Madame Sousatzka«, unterbrach Manders sie, »ich möchte die Pause nicht dazu benutzen, um diese Angelegenheit zu diskutieren. Aber eines kann ich Ihnen jetzt schon sagen: Wenn Sie Marcus nicht erlauben, Konzerte zu geben, viele Konzerte zu geben, kann ich ihn nicht managen.«

»Was heißt hier, erlauben? Wer hat hier zu erlauben?« mischte Mrs. Crominski sich im Vollgefühl ihrer Rechte ein. »Für Madame Sousatzka Marcus war nicht mal fertig für dieses Konzert.«

»Ich weiß, ich weiß«, pflichtete Manders ihr eifrig bei. »Aber wenn die Frucht reif ist, muß sie geerntet werden.« Der gute Manders war wieder bei der Landwirtschaft gelandet. »Nicht fertig«, er lachte laut auf. »Sie haben ja den Applaus gehört. Die Leute wollen ihn wieder hören. Die wissen genau, was ihnen gefällt. Das weiß das Publikum immer.«

»Das Publikum weiß genau soviel, wie Sie wissen«, schrie Sousatzka ihn an. »Nämlich nichts!«

Marcus saß zwischen ihnen und zitterte.

»Sie geben doch zu, daß er gut gespielt hat?« Manders dachte nicht daran, sich einschüchtern zu lassen.

»Natürlich hat er gespielt gut. Mein Marcus kann nicht spielen schlecht. Aber diese Menschen da draußen, sie klatschen immer. Sogar wenn er spielt wie ... äh ... wie anderer Junge aus ihrem Stall, vorige Woche. Ich sage nicht den Namen ... Sie wissen, wer es ist. Glauben Sie mir, Manders, dieser Junge hat Geld. Das ist alles. Kein Talent hat er. Er bezahlt, Sie sollen machen das Konzert, und er bezahlt das Orchester, zu spielen mit ihm. Er ist Prostituierter. Sie kennen dieses Wort, Manders?« sagte sie drohend zu ihm.

Manders verlor die Geduld. »Sie sind ja nur eifersüchtig, sonst gar nichts. Eifersüchtig sind Sie. Sie haben Angst, ihn gehen zu lassen.«

»Ich möchte spielen«, sagte Marcus bescheiden.

Durch die Tür hörten sie den berühmten triumphierenden Anfang von Beethovens Fünfter.

Nach dem Konzert bildete sich draußen vor der Tür des Künstlerzimmers eine Schlange. Die Tür wurde geöffnet, und Manders ließ wie ein Platzanweiser im Kino die Leute in Gruppen hinein. Mrs. Crominski und Sousatzka standen hinter Marcus, als die ersten Leute ihm gratulierten. Zu dieser ersten Gruppe gehörten auch Jenny, Cordle und Onkel. Alle drei gingen gemeinsam auf Marcus zu, küßten ihn und Sousatzka, und alle flüsterten aufgeregt miteinander, ohne Rücksicht auf diejenigen, die hinter ihnen warteten. Als sie fertig waren, traten sie beiseite und setzten sich auf das lange Sofa an der Längsseite des Zimmers, um zu dokumentieren, daß sie enge Freunde des Künstlers seien. Wohlwollend sahen sie zu, wie Männer und Frauen herankamen und ihm gratulierten. Ein kleiner Mann ging schüchtern auf Marcus zu und flüsterte etwas in sein Haar. Dann trat er zurück und holte einen Berg von einer Frau herbei. Er führte sie am ausgestreckten Arm wie ein Ausstellungsobjekt und sah sie voller Stolz und Genugtuung an, als habe er sie selber geschaffen. Sie sah Marcus an und lächelte. Und dann schoß sie vornüber und küßte ihn auf beide Wangen, wobei sie laut schnaufte und einen endlosen, rein russischen Wortschwall über ihn ausgoß. Marcus nickte hin und wieder und lächelte. Die Stimme ergoß sich in eine Serie gleichmäßig verteilter Wasserfälle, und es war gar nicht abzusehen, wann diese Frau je wieder mit Reden aufhören würde. Plötzlich streckte ihr kleiner Eigentümer seine Hand aus und führte sie mitten im Satz weg, als ob sie eine Spieldose wäre, die er überdreht hatte, und die nun immer wieder dasselbe leierte. Ihnen folgte beiläufig ein Mann, der vortrat, Marcus' Hand ergriff, sie fallen ließ und verschwand, ohne ein Wort zu sagen. Da tauchte Manders wieder auf, diesmal mit seiner Frau, und sie stellten sich neben Marcus auf. Junge Mädchen und junge Männer brachten ihre Programmhefte, um sich Autogramme geben zu lassen, und Marcus begab sich zum Tisch, um seinen Namen zu schreiben. Seine Mutter folgte ihm. Manders, seine Frau und Madame Sousatzka blieben als kleine Gruppe zurück.

»Eine fabelhafte Beteiligung«, sagte Mrs. Manders, als eröffne sie einen Wohltätigkeitsbasar.

»Er war ein großer Erfolg, und er hat es verdient«, sagte Manders. »Wenn es nach mir ginge, würde er es weit bringen.«

»Warum sollte es nicht nach dir gehen?« fragte ihn seine Frau mit gespielter Unschuld. Sie fieberte danach, einen Streit vom Zaun zu brechen, ohne selber daran beteiligt zu sein. Sie empfand genügend Verachtung für ihren Mann, um ihn mit Vergnügen in die Enge getrieben zu sehen, traute jedoch Madame Sousatzka nicht zu, das zu bewerkstelligen. »Schließlich bist du doch sein Manager, oder nicht?« provozierte sie. »Seine Zukunft liegt in deinen Händen«

»So einfach ist es wieder nicht, meine Liebe. Ich scheine auf gewisse Widerstände zu stoßen.«

»Aber doch sicherlich nicht von Madame Sousatzkas Seite?« sagte Mrs. Manders, sich an sie wendend. »Sie werden doch dem Jungen bestimmt nicht im Wege stehen?«

»In seinem Wege ich werde nicht stehen. In seinem Wege als ein Pianist ich werde nicht stehen. Darum er muß lernen und üben und Stunden haben. Das Konzert ist nicht alles«, sagte sie.

»Aber ein paar Konzerte, ein oder zwei im Jahr, können doch dem Spiel des Jungen unmöglich schaden«, meinte Mrs. Manders.

Madame Sousatzka lächelte. »O nein, nicht ein oder

zwei Konzerte. Aber dreißig? Nein. Er ist doch nicht eine Maschine, mein Marcus.«

»Wer hat denn was von dreißig gesagt?« Mrs. Manders wandte sich automatisch an ihren Mann.

»Ich habe es gesagt«, antwortete er aufsässig. »Wenn das Publikum sich an ihn erinnern soll, muß er auftreten. Immer wieder. Er darf nicht in Vergessenheit geraten.« Manders wurde langsam ärgerlich. Er fühlte sich in der Minderheit. »Vergessen Sie doch eines nicht«, wisperte er, »daß er vielleicht überhaupt nicht entdeckt worden wäre. Es ist doch nur *mir* zu verdanken, daß er heute abend hier ist.« Diesen Gedanken hatte Manders zwar den ganzen Tag gehabt, aber auch die Absicht, ihn nie zu äußern. Und kaum hatte er ihn ausgesprochen, bedauerte er es auch schon. Nichts hätte Madame Sousatzka mehr in Wut versetzen können als das.

»Nur *Ihnen*?« zischelte Madame Sousatzka. Sie hatte beschlossen, ihren Trumpf auszuspielen, und zwar langsam und mit Genuß. »Nur *Ihnen*?« wiederholte sie, »oder Jenny?«

Manders fiel der Unterkiefer herunter. Madame Sousatzka zog die Pause in die Länge. ›Laß ihm Zeit, es zu verdauen‹, dachte sie sich. Mrs. Manders trat einen Schritt zurück, um sie beide zu betrachten. »Jenny?« flüsterte sie. »Was hat denn das mit Jenny zu tun?«

»Fragen Sie ihn doch«, sagte Sousatzka. »Er kennt doch so genau seine Klienten. Auch Jenny steht in seinen Büchern, Mrs. Manders. In den privaten. In Tagebuch«, fügte sie hinzu, falls sie sich nicht klar genug ausgedrückt haben sollte. »Marcus alles verdankt Ihnen?« flüsterte sie Manders zu. »*Sie* haben ihm beigebracht Musik? *Sie* haben ihm gegeben Seele, ja, Mr. Manders?« Sie war jetzt dem Weinen nahe, weil sie merkte, daß alles für sie verloren war. »*Sie* haben ihm gegeben alles, ja? Die Karriere, das Leben, die Begabung. Das alles er hat nur zu verdanken Ihnen, natürlich.«

»So habe ich es doch gar nicht gemeint, Madame Sousatzka«, entgegnete er ebenso leise. Mrs. Manders ließ ihn nicht aus den Augen. »Jenny?« fragte sie noch einmal.

»Jawohl, Jenny«, antwortete Madame Sousatzka statt seiner. »Sie genau so spielt Klavier wie Ihr Mann. Sie genau soviel versteht von Musik, wie versteht Ihr Mann. Sie lebt in meinem Hause, aber sie ist nicht Schülerin von mit. Sie selber hat ihre Schüler. Einer davon ist Ihr Mann. Sogar er ist ihr Lieblingsschüler. Und sie bringt ihnen nicht bei das Rechnen, Mrs. Manders.« Sie hatte alle Mühe, sich verständlich zu machen. Als sie Mrs. Manders ansah, konnte sie die stille Qual auf deren Gesicht kaum ertragen. Sie selbst konnte ihre Tränen nicht länger zurückhalten, und einige davon flossen auch für Mrs. Manders. Sie ging auf die Tür zu. Einen Augenblick blieb sie hinter Marcus stehen und hörte, was die Frau aus dem Publikum sagte, die endlich an die Reihe gekommen war und auch etwas davon haben wollte.

»Ich war zu Tränen, zu Tränen, zu Tränen gerührt«, sagte sie. »Du bist ja Pianist bis in die Fingerspitzen, in die Fingerspitzen, in die Fingerspitzen.« Sie schien ihre eigene Echomaschine bei sich zu haben.

Nur mit großer Mühe gelang es Madame Sousatzka irgendwie, die Tür zu erreichen. Der Korridor draußen war jetzt menschenleer, bis auf einen Geiger, der seine Violine mit einem gelben Staubtuch abwischte. Sie ging den Korridor hinunter und stand plötzlich im leeren Konzertsaal. Sie kletterte die Stufen zum Podium hinauf, überquerte es langsam und setzte sich an den Flügel. Sie starrte in den leeren Saal und dann auf den Platz, wo sie vorher gesessen hatte. Sie schauderte, daß er leer war. Die Leere aller Plätze deprimierte sie. Der große Saal glich einer Wüste, und nur ihr zuliebe lagen hier und da ein paar Programme, Eintrittskarten und Bonbonpapiere auf dem Fußboden herum. Die Logen zu beiden Seiten sahen wie leere Schubladen aus, die von Dieben durchsucht und offengelassen worden waren. Sie hatte sich oft selbst an diesem Flügel sitzen sehen, besonders in letzter Zeit, wenn sie vor sich hinträumte. Sie hatte sich nie spielen gesehen, sondern immer nur, nachdem der letzte Akkord eines Konzerts verklungen war. Dann saß sie einen Augenblick still und horchte auf den Applaus. Dann kam das Verbeugen, das Händeschütteln und das Klatschen, das nie aufhören wollte. Es war immer derselbe Traum, das einzige, was sich änderte, war das Kleid, das sie trug. Nie sah sie das Publikum und nicht einmal das Orchester. Sie sah nur sich am Flügel und hörte den Schlußakkord und das Klatschen.

Sie schloß die Augen. Sie war nicht ganz sicher, ob sie im Konzertsaal oder bei sich zu Hause war und vor sich hinträumte. Das Gefühl der Einsamkeit, das sie hatte, befand sich sowohl in ihrem Traum als auch in ihrem gegenwärtigen Leben. Sie horchte und wartete, auf das Klatschen. Als sie die Augen öffnete und die Stille hörte, wußte sie, daß ihr häufigster und befriedigendster Wachtraum zerstört war. Sie hatte ihn der Realität gegenübergestellt, und er hatte versagt. Nun fragte sie sich verzweifelt, womit sie ihre Zeit zu Hause ausfüllen könnte. In dem Moment fiel ihr Manders und die Qual auf Mrs. Manders' Gesicht ein, als sie ihr die Sache mit Jenny verriet. ›Dafür wird er mich strafen‹, dachte sie. ›Er wird mir Marcus für immer wegnehmen.‹ Hinter ihr bewegte sich etwas, und sie hatte Angst, es könne Manders sein. Sie drehte sich um und sah den kleinen grünen Mann, der die Notenpulte einsammelte. Er erinnerte sich ihrer von der Probe her.

»Sie müssen sehr stolz auf Ihren Sohn sein, gnädige Frau«, sagte er lächelnd.

»Das bin ich«, antwortete sie. »Keine Mutter könnte sein stolzer.«

»Muß aber auch Sorgen machen«, sagte der grüne Mann. »Soviel Talent. Immerhin, ich würde auch nicht ›Nein‹ sagen zu so einem Sohn. Ich nehme an, wir werden Sie jetzt sehr oft hier sehen, nach dem Erfolg heute abend«, fügte er hinzu.

Madame Sousatzka hatte plötzlich eine Aversion gegen diesen Mann. »Ich muß gehen«, sagte sie kurz, »sonst sie schließen mich noch hier ein.«

Als sie vor dem Künstlerzimmer stand, hörte sie drinnen Stimmengeflüster. Sie riß die Tür auf und bemerkte sofort, daß Jenny nicht mehr im Zimmer war. Alle Besucher waren verschwunden, und Marcus zog gerade seinen Mantel an. Manders stand neben dem Klavier. Sein Gesicht war gerötet, und er schwitzte. Mrs. Manders lehnte ruhig am Tisch. Anscheinend wartete sie, bis sie zu Hause wären. Onkel und Cordle standen, gegenseitig Schutz suchend, wie zusammengeschweißt da. Als Madame Sousatzka hereinkam, gingen beide auf sie zu.

»Ich bin zu einem Entschluß gekommen«, sagte Manders und sah Sousatzka an. »Der Junge soll selber wählen. Ich kann ihn nicht übernehmen, solange er bei Ihnen Unterricht hat. Entweder geben Sie ihn ganz auf und überlassen es mir, ihn zu fördern, so, wie er meiner Ansicht nach gefördert werden sollte, oder ich will nichts mehr mit ihm zu tun haben. Und ich zweifle sehr daran«, fügte er noch hinzu, »daß ihn irgendein anderer Agent in der Stadt übernehmen würde.«

Mrs. Crominski hatte die Enthüllungen über Jenny nicht gehört und wunderte sich, wieso Manders zu einem so entschiedenen Entschluß gekommen war. »Ich denke, ich kann vermitteln«, mischte sie sich ein. »Ist nicht nötig, warum Sousatzka soll nicht unterrichten mein Jüngel. Er wird auch haben Konzerte. Man muß sein gerecht: wenn nicht wäre Madame Sousatzka, Marcus wäre heute nicht hier.«

»Ich habe gesagt, was ich zu sagen hatte.« Manders war unerbittlich. »Geschäft ist Geschäft. Das ist ein halsabschneiderischer Beruf. Direktionen und andere Agenten machen mir Mühe genug, ich kann mich nicht auch noch um Lehrerinnen kümmern. Nein. Mein Entschluß steht fest. Entweder Sie nehmen ihn von Madame Sousatzka weg, oder er muß sich einen anderen Agenten suchen.«

Madame Sousatzka sah Marcus an, aber er versuchte ihrem Blick auszuweichen. Plötzlich wurde ihr klar, was geschehen würde. Sie wußte, daß Marcus in diesem Augenblick von seinem Erfolg berauscht war, und daß er nach mehr hungerte, und sie verzieh ihm schon im voraus für die Wahl, die er treffen würde, wie sie wußte. »Du bist noch ein kleiner Junge«, sagte sie versöhnlich zu ihm.

»Ich bin kein kleiner Junge mehr«, brüllte Marcus sie plötzlich an. Er war froh darüber, daß Madame Sousatzka ihm einen Grund zum Schimpfen gegeben hatte. »Sie haben mich immer wie einen kleinen Jungen behandelt. Sie wollen mich einfach nicht gehen lassen.«

Die Tränen rollten Madame Sousatzka über das Gesicht. »In diesem Augenblick ich habe bereits gesagt Adieu«, sagte sie.

Marcus starrte sie an, und als sie sich umdrehte, um auf Onkel und Cordle gestützt das Zimmer zu verlassen, machte er eine Bewegung, um ihr nachzulaufen. »Madame Sousatzka!« rief er, »Onkel, Cordle!«

Aber Mrs. Crominski legte ihm die Hand auf die Schulter. »Es ist zu deinem Besten, Marcus, du wirst sehen.« Er schüttelte ihre Hand ab und sah sie und Manders haßerfüllt an. Manders lächelte gezwungen. »Ich bringe dich in meinem Wagen nach Hause«, sagte er.

Madame Sousatzka saß in ihrem Arbeitszimmer. Sie waren gerade nach Hause gekommen, und Cordle und

Onkel hatten sich in ihre eigenen Räume zurückgezogen. Mit Ekel dachte sie an die vertrockneten Brötchen in der Küche und fragte sich gequält, ob Marcus wohl zu der kleinen Feier, die sie für ihn arrangiert hatte, zurückkommen würde. Vor dem Haus fuhr ein Auto vor. ›Ja, ja, wer sollte denn sonst um diese Zeit hierherkommen?‹ Sie hörte, wie der Wagenschlag geöffnet wurde, und dann ein Geflüster von vielen Stimmen. Ja, sie waren alle gekommen, Manders und seine Frau und Marcus und seine Mutter. Jetzt lachten sie, und sie versuchte, das Lachen mit den einzelnen Personen in Verbindung zu bringen. »Das sind die Vauxhall Mansions«, hörte sie eine Frauenstimme. Sie versuchte mit aller Gewalt, sich einzureden, daß es Mrs. Manders sei. Natürlich, sie hatte ja das Haus nie zuvor gesehen, und jetzt war sie froh, daß sie die richtige Adresse gefunden hatten. »Unseres ist das nächste rechts«, fuhr die Frau fort. »Tut mir leid, Sammy.« Die Autotür wurde wieder zugeschlagen, und das Auto brauste davon. Madame Sousatzka wartete, bis sein Dröhnen den Platz hinter sich ließ.

Dann schluchzte sie zum erstenmal laut auf. Sie drückte sich in ihrem Sessel zusammen, und die Hände vors Gesicht geschlagen, gab sie sich der wilden, tränenreichen Qual hin, die sich in ihren Körper zu pumpen und Knochen und Muskeln in ihrem heißen, unstillbaren Durst zu verschmelzen schien.

Am Morgen wachte sie ganz verquollen auf und mußte die traurige, aber nicht zu leugnende Feststellung machen, daß sie noch lebte.

XIII

Wochen vergingen, ohne daß Sousatzka etwas von Marcus hörte. In der Hoffnung, daß er vielleicht irgendwo spielte, kaufte sie alle Zeitungen, die musikalische Veranstaltungen ankündigten. Auch von Jenny konnte sie nichts erfahren. Manders hatte sich seit dem Konzert nicht mehr bei ihr gemeldet. Oft genug hatte Sousatzka vorgehabt, eine neue Séance mit dem Glas vorzuschlagen, um herauszubekommen, was Marcus machte, und wie es ihm ging. Aber sie wußte, daß das Glas nur als Ratgeber da war, es als Detektiv zu benutzen, hieße, seinem Zweck zuwiderzuhandeln.

Jede Nacht saß sie am Flügel und ging die Musikstücke durch, die Marcus gespielt hatte. Sie erinnerte sich an die Passagen, die ihm geläufig gewesen und schwergefallen waren. Sie verhielt sich wie eine verlassene Geliebte, die alte Liebesbriefe liest. Und jeden Tag nahm sie sich vor, sich nicht mehr so gehenzulassen. Sie hatte andere Schüler, aber an keinem hing sie so wie an Marcus. Sie unterrichtete lustlos.

Ihre Lethargie hatte auch Cordle angesteckt, und er verbrachte seine Zeit damit, alte, von ihm verworfene Theorien von neuem zu überprüfen und sich zu fragen, inwieweit seine Ablehnung gerechtfertigt sei. Er suchte eine alte Zeitung heraus, die vor langer Zeit mal eine Notiz über seine osteopathischen Methoden gebracht hatte, und las den kleinen Absatz immer und immer wieder.

Oben hörte er Jenny ihrem Geschäft nachgehen; aber Freitag abends knipste sie ihr Licht sehr früh aus. Im

Souterrain stapelten sich Onkels ungelöste Kreuzworträtsel, und die Tür zu Marcus' Zimmer stand offen und ließ sein noch immer ungemachtes Bett sehen. Und mehr denn je hingen alle im Haus ihren Träumen nach.

Ungefähr drei Monate nach dem Konzert gab Madame Sousatzka gerade Paula eine Stunde, einer neuen Schülerin; einer talentierten Achtjährigen mit einer überehrgeizigen Mutter. Madame Sousatzka hatte alle Hände voll zu tun, um die Frau während des Unterrichts aus dem Zimmer fernzuhalten. Sie wartete stets draußen vor der Musikzimmertür. Sie atmete laut gegen die Türfüllung und hielt bestimmt eine Stoppuhr in der Hand.

Madame Sousatzka verbrachte diese Stunde wie alle anderen Stunden: immer versuchte sie sich vorzustellen, der Schüler sei Marcus, und sie bemühte sich, alle Liebe, die sie ihm gegeben hatte, auf ihre anderen Schüler zu übertragen. Der Schmerz über sein Wegbleiben nagte noch immer an ihr, und oft hätte sie aufspringen und schreien mögen: ›Es ist so ungerecht!‹ Auch der Brief, den sie am Morgen vom Grundeigentümer des Hauses bekommen hatte, machte ihr angst. Die Gesellschaft teilte ihr mit, daß nächste Woche eine Kommission kommen werde, die das Haus anschauen und sich ein Bild über die nötigen Reparaturen machen sollte. Der ablaufende Mietkontrakt ängstigte sie schon seit langem; aber solange sie wußte, daß alle Nachbarn dieselbe Sorge hatten, konnte sie das Problem hinausschieben, bis es aktuell wurde. Sie wußte, es war unlösbar. Sie hatte ja nicht einmal genug Geld, um die kleinste Reparatur im Hause machen zu lassen, und die

Frist lief ab. Sie hatten ihr das Vorkaufsrecht auf das Grundstück angeboten, das aber zu einem unglaublichen Preis. Die Vorstellung, daß das Haus verkauft werden würde, schmerzte sie wie eine Wunde, und sie versuchte verzweifelt, nicht daran zu denken. Sie nahm sich vor, mit Cordle darüber zu sprechen. Welchen Sinn das haben sollte, wußte sie selber nicht.

Paula spielte gerade eine Tonleiter, als Madame Sousatzka hörte, wie die Haustür plötzlich aufflog und jemand durch den Hausflur ging und die Treppe hinaufrannte. Cordle war zu Hause, Jenny war zu Hause und Onkel auch, und außer ihnen wußte niemand, wie man die Haustür ohne Schlüssel öffnen konnte. Sie sprang auf. Als sie die Tür ihres Arbeitszimmers aufriß, hätte sie beinahe Paulas Mutter über den Haufen gerannt.

»Wer war das?« fragte sie atemlos.

»Ein Mann.«

Madame Sousatzka wollte zur Treppe, aber die Frau verstellte ihr den Weg. »Madame Sousatzka«, sagte sie, »Sie sind mitten in einer Unterrichtsstunde. Sie können später noch hinaufgehen. Wahrscheinlich war es Besuch für einen ihrer Mieter.«

Madame Sousatzka kehrte in ihr Musikzimmer zurück. Sie war plötzlich überzeugt, daß der Besucher vom Vermieter geschickt worden war. Wer würde sonst wagen, so in ein Haus einzubrechen, als wäre er der Besitzer? In diesem Falle wollte sie die Person, die hereingekommen war, lieber nicht treffen; sie zog sich in die Geborgenheit ihres Musikzimmers zurück und versuchte, sich auf den

Unterricht zu konzentrieren. Aber der Brief hatte doch von nächster Woche gesprochen. Kein offiziell Befugter wäre so unbefugt ins Haus gekommen. Es konnte also kein Sachverständiger von der Kommission sein. Paula mühte sich mit ihren Tonleitern ab, und obwohl Madame Sousatzka das Gestümper hörte, konnte sie sich nicht genügend konzentrieren, um einzugreifen. Plötzlich hörte sie Jenny oben im Haus schreien, gleich darauf ertönte das schwere Gepolter von jemandem, der die Treppe hinunterflog. Madame Sousatzka sprang auf und teilte der erstaunten Paula mit, daß die Stunde zu Ende sei. Hastig schob sie die Noten in die Notenmappe des Kindes und schob es mehr oder weniger vor sich her aus dem Zimmer.

Die Mutter wartete. Sie sah auf ihre Uhr. »Paula hat noch keine ganze Stunde gehabt, Madame Sousatzka«, sagte sie.

Weil sie nun unbedingt wissen wollte, was los war, beschloß Madame Sousatzka, keine Zeit mehr mit dieser Frau zu verlieren. »Wie oft rechnen Sie nach die Stunden nach der Stunde? Darüber Sie haben sich beklagt noch nie. Die ganze Zeit Sie stehen da mit Ihre Uhr, und Sie zählen die Minuten. Schließlich ich breche nicht Rekorde, Sie!« rief sie ihr auf dem Wege die Treppe hinauf zu. »Für die fünf Minuten ich geben Ihnen zurück Ihr Geld.« Sie lief zum Zwischenstock hinauf. Dort kniete Cordle im weißen Kittel auf dem Fußboden und massierte einen schweren Körper. »Ist er tot?« fragte Sousatzka. Nach dem Namen des Mannes zu fragen, hatte Zeit bis später.

»Nein, er ist nur unglücklich gefallen.«

Der Mann auf dem Boden machte einen Versuch, sich zu erheben. Es gelang ihm sich aufzurichten, indem er sich auf das Treppengeländer stützte. Als er sich umdrehte, sah er sich Madame Sousatzka gegenüber, die ihn anstarrte.

»Manders!« sagte sie, nach Luft schnappend. »Felix Manders, der große Manager«, lachte sie laut auf; »Manders, der Dieb!« Sie winkte mit ihrem Arm über das Treppengeländer. »Kommen Sie mal rauf, Onkel«, rief sie ihr ermunternd zu, als sie Onkel unten an der Treppe stehen sah. Onkel hatte sich zu diesem Ausflug aus ihrem Souterrain aufgeschwungen, um zu sehen, was passiert sei. »Meine Damen und Herren, seh'n Sie mal an, wen wir haben hier.« Sie nickte Cordle zu. »Den großen Felix Manders. Ha, es wird stehen in der Zeitung. Felix Manders, der Musikvermittler«, sie spuckte aus, »der Händler, im Hause von Madame Sousatzka, der berühmten Musikpädagogin, runtergeschmissen die Treppen. Setzen Sie sich doch ein bißchen, Manders«, hänselte sie ihn. »Sie sich fühlen nicht so gut. War zu groß der Schock. Ich werde anrufen Ihre Frau. Sie soll kommen und Sie holen ab.«

Manders rieb sich die Schulter. »Ich bitte Sie, Madame Sousatzka«, brachte er nur mühsam heraus, während er sich auf die letzte Stufe setzte. »Ah«, lachte Sousatzka, »Felix Manders bittet. Kommen Sie rauf, Onkel«, rief sie. »Setzen Sie sich in die erste Reihe. Das ist *mein* Konzert, *meine* Direktion! Und hier«, sie deutete auf Manders, »ist mein neuester Klient.«

Onkel kam langsam die Treppe herauf und blieb neben

Sousatzka stehen. Cordle hockte auf seinen Hacken und massierte Manders' Schulter mit einem Gesichtsausdruck, der zu sagen schien: ›Es tut weh, aber das läßt sich nicht ändern.‹ Sie hörten, wie Jenny ihre Tür aufmachte und leichtfüßig die Treppe herunterrannte. Manders versuchte, seinen Kopf wegzudrehen und hielt sich in Erwartung einer neuen Abreibung schützend den Arm vors Gesicht.

Jenny lehnte sich über das Geländer. »Hier!« rief sie, »du hast dein Geschäft liegenlassen.« Und sie warf ihm seine offene Aktenmappe an den Kopf. Der Inhalt flog heraus und flatterte um ihn herum – Broschüren, Prospekte und Kontrakte. Eine zusammengefaltete Broschüre landete auf seinem Knie, und Madame Sousatzka las, *Direktion: Felix Manders G.m.b.H.* Sie hob die Broschüre auf, um die andere Seite zu sehen. Eine große Photographie eines traurigen Marcus sah sie an. Onkel nahm Madame Sousatzka am Arm, um sie zu stützen. Aber Sousatzka schüttelte sie ab. Der Schmerz über Marcus' Wegbleiben kehrte zurück und verlieh ihr Kraft. Sie bückte sich, hob Manders buchstäblich vom Boden auf und stellte ihn vor der Treppe, die in den Flur hinunterführte, auf die Füße; in der einen Hand zerknüllte sie das Bild von Marcus, und mit der anderen stieß sie Manders die Treppe hinunter. Er kollerte über den zerschlissenen Läufer und landete mit einem Schmerzenslaut auf der Kokosmatte unten im Hausflur.

»Meine ganze schöne Arbeit umsonst«, warf ihr Cordle vor. Aber dabei lächelte er.

Onkel kicherte beim Anblick von Manders, der sich stöhnend unten im Hausflur zusammenraffte; und Jenny lehnte sich oben über das Geländer und brach in lautes Gelächter aus. Sousatzka stimmte mit ein, und Manders schlich zur Haustür hinaus, ohne sich um seine Aktenmappe zu kümmern. Sie sahen seinen Schatten mühsam die Hausstufen hinunterhinken.

»Den sehen wir nicht wieder«, sagte Sousatzka.

Jennys Gelächter ging in ein Schluchzen über, und sie hörten sie in ihr Zimmer zurückgehen. Onkel holte tief Luft und machte sich auf den Rückweg. Madame Sousatzka wartete, bis sie verschwunden war. Dann entfaltete sie das Papier in ihrer Hand und breitete Marcus' Photographie vor sich aus. Die Kniffe hatten ein Lächeln in sein Gesicht gezaubert. Sie glättete sie an der Wand so sanft sie konnte, bis Marcus wieder traurig aussah. Ihr Kopf sank vornüber, und sie seufzte tief auf.

Cordle legte den Arm um ihre Schulter. »Kommen Sie und setzen Sie sich ein Weilchen zu mir«, sagte er. Sie ließ sich von Cordle in sein Zimmer führen. Er setzte sie auf die niedrige Couch und knipste das Licht über ihrem Kopf aus. Er stand vor ihr, seine Hände lagen auf ihren Schultern und massierten ihr sanft den Nacken. »Legen Sie sich doch hin und entspannen Sie«, sagte er. »Warten Sie, ich helfe Ihnen.« Er hob ihre Füße auf die Couch, und sie legte sich auf den Bauch. Ihr Kopf ruhte auf einem kleinen Kissen am Kopfende. Cordle arbeitete sich vorwärts und massierte rings um ihre Schulterblätter, und während er massierte, sah er ihre Tränen auf das Kissen fallen, als presse er sie durch seine Behandlung aus ihr heraus. »Sie müssen Marcus vergessen«, sagte er beruhigend. »Es gibt noch andere Dinge. Andere Schüler. Es gibt noch so viel für uns zu tun. Neue Methoden ausprobieren und anwenden, Arbeit, Menschen und Liebe. Marcus müssen Sie einfach vergessen.« Bei jedem Vorschlag bohrte er ihr seine Daumen in den Rücken. Neben ihrer Wirbelsäule ließ er seine Hände ruhen. »Sie sollten heiraten, Sousatzka«, sagte er ganz offen zu ihr, »Sie fühlen sich einsam. Sie brauchen Gesellschaft. Sie brauchen Hilfe. Sie brauchen Liebe. Sie haben so viel Liebe zu geben.«

Madame Sousatzka fuhr herum und setzte sich auf. Cordle nahm seine Hände von ihrem Rücken und trat zurück. Sie sah ihn einen Moment lang forschend an, dann lächelte sie. Es war das erste wirklich echte Lächeln, das Cordle seit dem Konzert auf ihrem Gesicht sah. «Wen ich sollte wohl heiraten, Cordle?« erwiderte sie.

Cordle schwieg. Obwohl diese Situation sich ganz natürlich ergeben hatte, war er doch erstaunt über die Wendung, die sie nahm. Er sah sich selbst als Monsieur Sousatzka, und ein freudiger Schreck durchzuckte ihn. »Außer Achtung und Bewunderung kann ich Ihnen nichts bieten, meine Liebe. Auch ich bin einsam und suche einen Ausweg. Suche in einem Dschungel von Knochen und Muskeln und Farben nach etwas Verständnis. Es hat Augenblicke gegeben, da wußte ich, Sie verstehen mich, und ich ging mit neuer Zuversicht an meine Arbeit zurück.« Cordle merkte plötzlich, daß das ja seine Traumrede war. Seine Suada, wenn man es so nennen darf, überraschte ihn; aber kaum war er sich dessen bewußt geworden, fing er zu stottern an und zu stammeln, und die

Worte blieben ihm im Hals stecken. »Madame Sousatzka«, stieß er hervor, »das ist natürlich der springende Punkt: als Marcus wegging, haben wir ihn alle beide verloren. Vielleicht finden wir ihn wieder, wenn wir uns zusammentun. Sousatzka«, flüsterte er, »glauben Sie, Sie könnten mich heiraten?«

Madame Sousatzka stand auf und ging auf ihn zu. »Sie sind ein guter Mensch, Cordle«, sagte sie und berührte ihn an der Schulter. »Ich muß sein mit mir allein ein Weilchen. Ich habe zu entscheiden soviel. Ich werde Ihnen sagen Bescheid.« Sie ließ ihn zitternd in seinem Stuhl zurück und ging hinunter in ihr Arbeitszimmer.

Als Cordle ihr den Heiratsantrag machte, hatte sie sich gefragt, ob sie glücklich darüber sei. Das konnte sie aber erst im Nachhinein feststellen. Sie setzte sich an den Flügel und begann zu spielen. Cordle macht seine Tür auf und horchte. Sie spielte eine Mozart-Sonate, und nach der Hingabe, mit der sie spielte, glaubte er, zu gewissen Hoffnungen Anlaß zu haben.

Nach diesem Zwischenfall sah er Sousatzka ein paar Tage nicht, aber er bemerkte, daß sie mehr Klavier spielte als je zuvor. Manchmal war die Musik schwermütig, und oft unterbrach sie, um eine Tonleiter oder eine Etüde zu üben. Inzwischen arbeitete er an seinen Tafeln und Tabellen und gelegentlich an Schülern von Sousatzka. Jennys Kunden gingen die Treppe hinauf, und Onkel nahm ihre Kreuzworträtsel wieder auf. Das Haus lebte auf, obgleich es nur noch kurze Zeit zu leben hatte; aber es lebte in einem fieberhaften Tempo, wie eine Strickerin, die schnell und wütend strickt, weil sie sieht, daß ihre Wolle zu Ende geht.

Am vierten Tag nach dem Heiratsantrag kolorierte Cordle gerade eine seiner Tafeln, als er hörte, daß Sousatzka plötzlich in der Mitte einer Etüde zu spielen aufhörte. Vergebens wartete er darauf, daß sie wieder anfinge. Seit seinem Heiratsantrag ließ er immer seine Tür offen, und er hörte sie die Treppe heraufkommen. Er versuchte mit dem Kolorieren fortzufahren und sich scheinbar auf seine Arbeit zu konzentrieren, wie ein junger Liebhaber, der gleichgültig erscheinen will. Er hörte, wie sie ins Zimmer trat und die Tür hinter sich schloß, und er wandte sich um, um sie zu begrüßen.

»Ich habe nachgedacht, Cordle«, begann Sousatzka; und Cordle wußte instinktiv, was kommen würde, aber er wollte das Urteil hinausschieben.

»Bitte, setzen Sie sich doch«, forderte er sie auf. »Sie haben in den letzten Tagen viel gespielt. Ich habe meine Tür offengelassen, denn ich höre Ihnen so gerne zu. Sie spielen manchmal wie ein Engel. Sie inspirieren mich«, stieß er hervor. Er wollte es ihr schwer machen, ihn abzuweisen. »Ich selbst habe in diesen Tagen viel gearbeitet.« Atemlos hielt er inne. Er konnte es nicht länger hinausschieben und sah sie nur stumm an.

»Sie haben mich gemacht sehr glücklich, Cordle«, sagte sie, »als Sie mich haben gebeten zu heiraten. Das tut sehr gut für eine Frau, die ist gewiesen zurück. Das ist Stimulus. Das ist Stärkung. Und ich arbeite. Sie hören mich. Jeden Tag ich arbeite. Aber wissen Sie, Cordle, ich bin nicht eine zum heiraten. Wir sind gute Freunde. Immer wir sind gute Freunde. Sie helfen mir. Ich bin dankbar, Cordle. Sie müssen nicht sein enttäuscht. Ich werde heiraten nie, keinen. Sie sind mein großer Freund, Cordle. Geben Sie mir die Hand. Für immer werden wir sein Freunde.«

Cordle streckte ihr seine Hand entgegen und lächelte sie an. Er wunderte sich selber, daß ihm dieser Korb nicht das Herz brach. Aber nachdem die Idee, zu heiraten, sich erst einmal bei ihm festgesetzt hatte, war sein Appetit geweckt. Und während er noch ihre Hand hielt, faßte er den Entschluß, hinunterzulaufen und Onkel aufzusuchen. Er lächelte Sousatzka an, und dabei waren seine verräterischen Gedanken bereits unten im Souterrain.

Auch Madame Sousatzkas Gedanken waren ganz woanders, während sie lächelte. Nicht etwa, daß sie keine Freundschaft für Cordle empfunden hätte, im Gegenteil. Sein unerwarteter Heiratsantrag hatte sie aus ihrer Verzweiflung gerissen. Was sie interessierte, waren die Gründe, warum sie ihn abgewiesen hatte. Es ging gar nicht darum, daß sie nicht heiraten wollte. Sie hatte ihn angelogen. Der Grund war der, daß sie ihn, wie nur allzuoft auch sich selber, für einen Versager hielt, der in seiner Arbeit eine ›Methode‹ entwickelt hatte, um seinen Mißerfolg zu verbergen. Die Cordlesche und die Sousatzkasche Methode waren beide nur lahme Ausreden für ihren Mißerfolg. Und obgleich sie genau wußte, daß ihre ›Methode‹ sehr fragwürdig war, hatte sie immerhin Marcus hervorgebracht, und dieser Gedanke rettete sie vor der Verzweiflung. Sie lächelte Cordle noch immer an, als sie sich voneinander verabschiedeten. Beide empfanden ein gewisses Gefühl der Erleichterung aus einer Erfahrung, nur das Beste erwischt zu haben, ohne ihre zweifelhaften Vorteile ausprobieren zu müssen.

XIV

An dem Tage, als die Sachverständigen erwartet wurden, erhielt Madame Sousatzka die Liste kommender musikalischer Ereignisse. Sie öffnete sie langsam und erwartungsvoll, fürchtete aber gleichzeitig, Marcus' Namen darin zu finden. Die Zeitschrift klaffte in der Mitte auseinander, wo ein großes Photo von Manders zu sehen war; die Heftklammern saßen gerade in der Mitte von Manders' Nase. *Impresarios* hieß der Titel und *Erster Artikel einer Serie: Felix Manders.* Ungefähr in der Mitte der ersten Spalte las Madame Sousatzka dick gedruckt Marcus' Namen. Sie klappte das Heft schnell wieder zu, denn sie wagte nicht zu lesen, was sie zu finden hoffte und fürchtete. Sie schaute aus dem Fenster und dachte: ›Wenn doch die Sachverständigen schon da wären.‹ Dann hätte sie eine Ausrede gehabt, die Lektüre hinauszuschieben. Aber außer einigen Schildern ZU VERKAUFEN, die wie weiße Fahnen an verschiedenen Häusern hingen, war der Platz menschenleer. Sie klappte eine kleine Ecke in der Mitte auf und warf einen Blick hinein. Sie erwischte gerade die Endbuchstaben von Marcus' Namen und schaute schnell wieder weg. Aber sie wußte, daß sie den Artikel lesen mußte. Schon daß sein Name in der Zeitschrift vorkam, war eine Bestätigung für das, was sie halb befürchtete: Daß Marcus Konzerte gab. Sie klappte die Zeitschrift völlig auf, stellte sie auf den Flügel und las sie traurig und gewissenhaft. Es wurde für Marcus eine Serie von sechs Klavierabenden mit Werken von Mozart angekündigt, von denen die letzten drei im Rundfunk übertragen werden würden. Sie las weiter. Den Namen des Komponisten verdrängte sie aus ihrem Bewußtsein. Später im Jahr, hieß es, werde er auf eine Tournee durch die europäischen Hauptstädte gehen und eine Serie von Plattenaufnahmen machen. Manders, so schloß der Bericht, setze die ›größten Hoffnungen‹ in ihn.

Sie las den Artikel immer wieder. Die Nachricht, daß Marcus Mozart spielte, quälte sie weniger als die Tatsache, daß er wegfuhr. Für den Bruchteil einer Sekunde war sie glücklich bei dem Gedanken, daß er ja dann kommen müßte, um sich zu verabschieden. Zumindest würde sie ihn wiedersehen. Aber es bestand auch ebensogut die Möglichkeit, daß er nicht kam. Sie nahm die Zeitschrift und ging mit geschlossenen Augen durchs Zimmer, auf der Suche nach einem Versteck, damit sie sie niemals wiederfände. Sie stopfte das Blatt in ein Regal, fühlte aber genau das große Musiklexikon, hinter dem sie es verbarg. Sie hielt die Augen geschlossen und bewegte sich auf das Fenster zu. Sie spürte die Sonne auf ihren Wangen und hoffte, daß sie nicht mehr scheinen würde, wenn die Sachverständigenkommission käme.

Aber die kam mittags, als die Sonne am höchsten stand. Obwohl Madame Sousatzka um Regen gefleht hatte wie eine der Dürre überdrüssige Bäuerin, war es an diesem Tag besonders heiß. Im Regen wären die Schäden außen am Haus weniger sichtbar gewesen. Das Wasser, das aus den Rohren tropfte, hätte man auf natürliche Ursachen zurückführen können, während man in der brennenden

Sonne das eintönige Tröpfeln der einzelnen Tropfen nicht nur sah, sondern auch hörte. Und als Madame Sousatzka die beiden Sachverständigen kommen sah, hörte sie das Tropfen der Regenrinne wie ein Signal. Die beiden blieben stehen und nickten einander vielsagend zu.

Als sie bei der unteren Stufe der Haustreppe ankamen, schauten sie unwillkürlich zum Himmel hoch. Dann machten sie kehrt und überquerten die Straße, um bessere Sicht zu haben. Sie stellten sich am Eisengitter in der Mitte des Platzes gegenüber von Madame Sousatzkas Haus auf, sahen hinauf und deuteten auf das Dach; und Madame Sousatzka sah, wie sie einander wieder zunickten. Sie erinnerte sich, daß sie die schadhafte Dachrinne schon seit vier Jahren hatte reparieren lassen wollen. Die Rinne, deren halb abgebrochenes Stück über Jennys Fenster herunterbaumelte, war nur von der gegenüberliegenden Straßenseite aus sichtbar. Naiverweise hatte sie sich eingebildet, sie käme darum herum. Sie schaute sich die glatte, gerade Linie der Dachrinne am gegenüberliegenden Haus an und war beleidigt. Die Leute waren nicht solidarisch. Gerade Dachrinnen und heile Röhren gehörten zur Uniform von Privathäusern, und wer sie in den Vauxhall Mansions trug, lebte eine Lüge. Sie beobachtete die Männer, wie sie sich die Hälse ausrenkten, von Zeit zu Zeit auf etwas zeigten und entsetzte Blicke tauschten. Man könnte meinen, sie sähen einen Galgen. Ununterbrochen nach oben schauend, kamen sie langsam über die Straße zurück.

Madame Sousatzka hoffte einen Moment lang, daß ein Auto um die Ecke rasen und sie überfahren werde. Aber sie kamen heil und noch immer nickend am Fuß der Treppe an. Beim Hinaufsteigen klopften sie jede Stufe vor sich mit ihren Schirmen ab, als rechneten sie mit einer Landmine, und als sie oben vor der Haustür standen, sah sie, wie einer von ihnen auf die verstummten Klingelknöpfe drückte.

Sie ließ sich Zeit, um angeblich das Klingeln zu hören, und ging dann zur Tür. Sie fühlte sich plötzlich schrecklich allein, allein mit einer ungeheuren Verantwortung. Jenny und Cordle waren in ihren schäbigen möblierten Zimmern, und Onkel war im Souterrain, und sie war allein und ohne Marcus. Und Marcus würde auf Tournee gehen. Als sie durch den Hausflur ging, sah sie die großen Risse oberhalb der Scheuerleisten und den eingesunkenen Teil entlang dem mit Fliesen ausgelegten Fußboden. Ihre Mieter waren ihr plötzlich zuwider. Sie wäre gern zu den Sachverständigen übergelaufen, so daß Cordle oder Jenny oder Onkel hätten die Tür öffnen müssen, und sie ihnen ihre Nachlässigkeit vorwerfen würde. Im Stillen hoffte sie, daß sie wenigstens ihre Zimmer für den Besuch aufgeräumt hatten. Von Onkel wagte sie nicht allzuviel zu erwarten. Gott weiß, wo die ihren Zeitungsstapel verstaut hatte.

»Guten Tag, Madam«, sagten beide Männer wie aus einem Munde. »Die Klingeln gehn wohl nicht?«

»Natürlich gehn sie.« Madame Sousatzka verteidigte ihre Klingeln und hoffte nur, daß sie sie nicht testeten.

»Wir kommen von Cameron & Hodge«, sagten die Männer einstimmig, als setze die Teilhaberschaft von zweien auch ein Auftreten zu zweien voraus. »Haben Sie uns erwartet?« kam diesmal ein Solo.

»Na selbstverständlich. Aber natürlich«, sagte Madame Sousatzka, als hätte sie nicht das geringste zu verbergen. »Natürlich ich habe Sie erwartet. Ich habe von Ihnen einen Brief.« Sie traten allmählich näher, ihre Schirme vor sich her tragend, als klopften sie die dünne Luft nach Hausschwamm ab.

»Vielleicht wir sollen gleich anfangen im Souterrain?« meinte Madame Sousatzka liebenswürdig. Sie wollte wenigstens Onkel schon hinter sich haben.

»Ich glaube, wir fangen lieber oben an, denke ich«, sagte der Solist fröhlich. »Dann haben wir die Kletterei hinter uns.«

Der andere nickte seinem munteren Gefährten zu und, von Madame Sousatzka geführt, trotteten sie langsam die Treppe hinauf.

»Herrlicher Tag« sagte der Fröhliche gesprächig. »Häuser wie dieses werden heute gar nicht mehr gebaut«, fuhr er fort, als sei gediegenes Bauen eine Folgeerscheinung schönen Wetters. Er stocherte mit seinem Schirm in der Mauer. »Solide Sache das«, bellte er. Madame Sousatzka drehte sich um und lächelte ihnen zu.

Als sie an Cordles Zimmer vorbeikamen, hörte Sousatzka keinen Laut. Sie war überzeugt, Cordle habe sich versteckt. Schließlich kamen sie oben an. In Jennys Zimmer hörte sie Geräusche. Schnell lief sie auf Jennys Tür zu. Sie klopfte an, um sie zu warnen, und machte die Tür auf, ohne Jennys Antwort abzuwarten. Jenny hatte einen Kunden.

»Aber es ist doch noch so früh«, stammelte sie. »Sie

wollten doch mit Onkel anfangen, haben Sie gesagt.«

»Zieh'n Sie sich an«, zischelte Sousatzka und machte schnell die Tür hinter sich zu.

Die Männer standen hinter ihr, und jeder hatte eine Augenbraue hochgezogen. Ihr Korpsgeist war vorbildlich. »Es dauert keine Minute«, sagte sie, »sie räumt nur ihren Tisch ab.«

»Wir sind doch nicht gekommen, um das Geschirr zu inspizieren, nicht wahr, Frank?« sagte der Fröhliche spaßhaft zu seinem Begleiter.

Die Fröhlichkeit der Männer ging Madame Sousatzka langsam auf die Nerven. »Haben Sie viel zu tun?« fragte sie ohne jeden Zusammenhang.

»Bis über den Kopf«, antwortete der fröhliche George für beide. »Ununterbrochen mit Grundbesitz zu tun. Ob Sie es glauben oder nicht, Madam, aber wir haben dreihundertfünfzig Häuser, die innerhalb von zwei Jahren fällig werden. Und alle nur in diesem Bezirk.«

Madame Sousatzka kam das vor wie ein Erdbeben. »Macht Ihnen Ihre Arbeit Spaß?« fragte sie, um Zeit zu gewinnen.

»Ich will Ihnen was sagen«, antwortete George, »die Arbeit als solche ist schon recht, ich meine das Inspizieren und so. Aber wenn es sich um solche Arbeit wie hier handelt, dann wird es irgendwie traurig. Leute, die seit Generationen in einem Haus gelebt haben, müssen ausziehen, nur weil der Pachtvertrag abläuft und sie nicht in der Lage sind, es zu kaufen. Aber Cameron & Hodge sind dazu gezwungen, nehme ich an. Angenehm, in dieser

Firma zu arbeiten. Aber ich bin ja mit der Gesellschaft nicht verheiratet, und ich finde es einfach unmoralisch.« Sein Gefährte nickte finster mit dem Kopf.

»Wenn ich zum Beispiel an neulich denke«, fuhr er fort, »Da war eine alte Dame – sie muß an die Neunzig gewesen sein, glaubst du nicht auch, Frank?«

»Na mindestens«, sagte Frank, der auch etwas beitragen wollte.

»Sie war in dem Haus geboren, Madam, und sie mußte raus. Es ist gesetzlich. Das ist der schlimmste Teil unserer Arbeit. Aber ich bin ja nicht mit Cameron & Hodge verheiratet«, sagte er und trennte sich nochmals von dieser Firma. »Darum kann ich es sagen. Es ist unmoralisch.«

›Jenny müßte jetzt schon angezogen sein‹, dachte Sousatzka und klopfte an die Tür.

»Herein«, sagte Jennys fröhliche Stimme.

Madame Sousatzka ließ die beiden Männer vor sich eintreten und ging hinterher. Jennys Zimmer sah wie immer aufgeräumt und sauber aus. Sie saß vor ihrem Gaskamin und feilte sich die Nägel. Ihr Kunde setzte die Bücherregale zusammen, die Jenny schnell auseinandergenommen hatte.

»Machen Sie sich's gemütlich«, forderte Jenny sie auf, wie sie es bei jedem Kunden getan hätte. »Lassen Sie sich durch Mr. Holmes nicht stören. Er bringt nur meine Bücherregale in Ordnung.« Mr. Holmes drehte sich nicht um, sonst hätte sein Gesicht wahrscheinlich seine völlige Ahnungslosigkeit in der Tischlerei verraten. In seine Arbeit vertieft, hämmerte er aus voller Seele weiter.

Die beiden Männer stocherten mit ihren Regenschirmen an den Scheuerleisten herum. Sie tasteten mit ihren Händen die Wände ab, klopften mit den Schirmkrücken dagegen, wie zwei Blinde, die eine Straße überqueren wollen. Die zweite Runde bestand darin, daß George, der vorn stand, sich auf Hände und Knie niederließ. Frank folgte ihm wie ein Schatten. Dann steckte George seinen Finger in ein großes Loch unterhalb der Scheuerleiste und sagte: »Ah!« und fuhr mit seinem Finger den Riß entlang, an der Wand hinauf, so weit er reichen konnte, und stand dabei langsam vom Boden auf. Dem restlichen Riß ging er mit der Spitze seines Schirms nach. »Es wird das Dach sein«, sagte er zu Frank. »Schreib das mal auf.« George war anscheinend beauftragt, die Ursache der Schäden festzustellen.

Frank öffnete seine Aktenmappe und zog eine lange Papierrolle heraus. Sie war wie eine jüdische Gebetsrolle von beiden Seiten bis zur Mitte hin aufgerollt. Er legte sie auf den Boden und stemmte sich in der Mitte mit dem Knie darauf. Dann entrollte er den Teil auf seiner linken Seite und prüfte die verschiedenen Spalten, um die zutreffende Überschrift zu finden. Endlich hatte er das Gesuchte am Schluß der Endspalte gefunden. Er nahm einen Füllfederhalter heraus, hakte das betreffende Quadrat rot ab, schaute zu Madame Sousatzka hinauf und lächelte. Erster Punkt für George und Frank. Dann ließ er die Rolle zur Mitte hin zuschnellen und verstaute sie sorgfältig wieder in der Mappe.

George war inzwischen beim Fensterrahmen angelangt

und hatte seinen eigenen Rahmen gefunden. Fensterrahmen waren genauso glückliche Jagdgründe wie Souterrains. »Trockenfäule«, säuselte er, »*und*«, fügte er hinzu, »Holzwurm.« Er hätte nicht entzückter sein können, wenn das ganze Haus unter seiner Berührung zusammengefallen wäre. »Kreuz das auch an, Frank«, sagte er. »Höchst interessant.« Wieder lächelte Frank Madame Sousatzka an und nahm die Rolle aus der Mappe.

Nach einer halbstündigen Untersuchung hatten sie in Jennys Zimmer alle nur denkbaren Holz-, Mauer- und Rohrschäden festgestellt. Franks Merkrolle, die er vielleicht hundertmal herausgenommen und wieder eingesteckt hatte, war mit roten Häkchen bedeckt wie mit einem Ausschlag.

»Wir wollen Sie nicht länger stören, Miss«, wandte George sich an Jenny. »Ich glaube, das wäre alles, was wir brauchen. Haben wohl eine Menge Mäuse hier oben, wie?«

»Ich habe noch keine gesehen.«

»Komisch«, sagte George, »und so viele Löcher!«

Jenny war entrüstet: »Ich lebe jetzt zehn Jahre hier, und ich habe noch nie eine Maus gesehen.«

»Schon gut, meine Dame, regen Sie sich bloß nicht auf. Vielleicht haben Sie mal eine gehört.«

»Sie wollen doch sicher noch den Rest des Hauses besichtigen«, sagte Jenny und machte die Tür für sie auf.

George sah sie entzückt an, als entspräche sie genau den Bedingungen seiner ›Feuchtigkeitsklausel‹. »Mach gleich noch einen Vermerk wegen dieser Löcher hier, Frank«, sagte er.

Plötzlich hörten sie ein Krachen von der anderen Seite des Zimmers her. Mr. Holmes, den auf seinen eigenen Wunsch hin keiner beachtet hatte, fühlte sich bemüßigt, Jenny beizustehen. Er hatte die Bücherregale fallen lassen, die er noch am Kaminsims festmachen wollte, schwang drohend seinen Hammer und sagte gebieterisch: »Wenn Miss Boxhall sagt, daß es hier keine Mäuse gibt, sehe ich absolut keinen Grund auf der Welt, ihr nicht zu glauben.« Frank und George sahen ihn mit offenen Mündern an. Es war seine Ausdrucksweise, die sie beunruhigte; sie wollte so gar nicht zu dem Hammer in seiner Hand passen.

»Wozu sollten denn die Löcher sonst da sein?« fragte George, der sich als erster von dem Schreck erholt hatte.

»Ventilation«, sagte Mr. Holmes und schwang drohend seinen Hammer.

»Mach einen Vermerk darüber, Frank. Fünfundzwanzig Luftlöcher.«

»Ich glaube, wir jetzt gehen nach unten«, schlug Madame Sousatzka vor. Die ganze Untersuchung kam ihr plötzlich lächerlich vor. Wenn sie schon so viel an Jennys Zimmer auszusetzen hatten – das sie noch für das beste im Hause hielt –, was würden sie dann erst noch alles finden, bis sie im Souterrain anlangten? Sie folgte ihnen die halbe Treppe bis zum nächsten Treppenabsatz hinunter.

»Zeig mal den Plan her«, sagte George, und Frank nahm den Bauplan aus seiner Mappe und breitete ihn an der Wand aus.

»Jetzt woll'n wir mal sehen«, sagte George und deutete auf ein Viereck, »wir sind jetzt an dieser Stelle, stimmt's?«

Madame Sousatzka beugte sich vor, um ihm zuzustimmen.

»Das stimmt«, sagte sie triumphierend, »wir sind hier.« Es war das erste Mal, daß sie einen Bauplan sah, und sie hatte keine Ahnung davon. Aber sie sah nicht ein, warum sie den Sachverständigen nicht zustimmen sollte.

»Also gut«, sagte George. Im Vorgefühl eines neuen Erfolges lief ihm schon das Wasser im Munde zusammen. »Also, wenn wir hier sind – und hier auf dem Plan steht es deutlich – wenn wir hier sind, Madam«, wiederholte er, »was ist dann aus dieser Toilette hier geworden? Die können Sie doch wohl nicht leugnen, nicht wahr?« sagte er, noch bevor Madame Sousatzka eine Erklärung abgeben konnte. »Hier steht es Schwarz auf Weiß: eine Toilette. Wo ist denn die hingekommen?« Er tat gerade so, als habe Madame Sousatzka die Toilette gestohlen und unter ihrem Kopfkissen versteckt. Cordle hatte vor Jahren etwas mehr Platz gebraucht, um seine Tabellen und Tafeln unterzubringen, und sie erinnerte sich, daß er die Toilette und das Waschbecken samt der Wand hatte herausreißen lassen. »Die ist weg«, sagte Madame Sousatzka einfach.

»Sie geben also zu, daß sie da war?« fragte George. Frank hatte seine Vermerkrolle bereits herausgenommen, ohne auf Georges Aufforderung zu warten.

»O ja«, erwiderte Madame Sousatzka, »ich erinnere mich genau. Aber sehen Sie, sehr einfach – wir wollten sie nicht. Und Mr. Cordle – er wohnt in diesem Zimmer«, sie deutete hinunter, eine halbe Treppe tiefer, »er wollte mehr Platz. So wir reißen runter die Mauer, und wir nehmen weg die Toilette. Ein sehr guter Mann, der das hat gemacht. Sehr teuer. Aber Mr. Cordle ist Knochenmann«, lächelte sie. »Er braucht den Platz.«

»Die Toilette muß wieder her«, sagte George mit großer Entschiedenheit. »1860, als dieses Haus gebaut wurde, war eine Toilette an dieser Stelle, wo wir jetzt stehen.« Madame Sousatzka separierte sich von den beiden. »Sie muß wieder her. Die Leute haben kein Recht, Sachen wegzunehmen. Es ist erstaunlich, was Leute mit Pachtverträgen sich so einreden. Die glauben tatsächlich, sie kommen mit allem durch.« George hatte sich offenbar wieder mit Cameron & Hodge verheiratet. Mittlerweile kritzelte Frank fieberhaft in seinem Notizbuch und hakte alles auf seinem Merkblatt an, wie ein übereifriger Schulmeister die Arbeit eines Genies korrigiert.

George ging feindselig die Treppe hinunter. Er war unerbittlich. Mr. Holmes' Redeweise war der Auftakt gewesen. George pflegte immer im Verlaufe einer Untersuchung die Partei zu wechseln, so daß er in dem Augenblick, wo er seinen Auftrag erfüllt hatte, bereit war, vor dem Schrein von Cameron & Hodge zu beten, sich an Hausräumungen zu weiden, sich mit den Gerichtsvollziehern zu verbrüdern und die Wiederherstellung von hundert sinnlosen Toiletten, Wetterdächern und Eingängen anzuordnen, genau nach Vorschrift: ›Alles muß in dem Zustand verlassen werden, in dem man es vorgefunden hat.‹ Er schlug mit der Faust gegen Cordles Tür. »Toiletten rausreißen«, murmelte er. »Das hat mir noch gefehlt!«

Keine Antwort. George wandte sich fragend zu Madame Sousatzka um, aber sie sah ihn gar nicht. Sie war weit weg. Ihre Gedanken waren in ihrem Ankleideraum, der von ihrem Arbeitszimmer abging, und den sie vor Jahren in ein Badezimmer hatte umbauen lassen. Marcus liebte dieses Badezimmer wegen der Dusche. Bei dem Gedanken an Marcus wurde das Ablaufen des Pachtvertrages unwichtig. Plötzlich haßte sie diese Männer. Es interessierte sie nicht, was sie über ihr Haus sagten. Auch das Haus interessierte sie nicht mehr. Das einzige, was sie interessierte, waren Jenny und Cordle und Onkel und die Konzerte, die sie Marcus ermöglicht hatte, und die schwärende Wunde in ihrem Herzen.

»Es ist nicht nötig, daß Sie bummern gegen die Tür wie ein Flegel«, sagte Madame Sousatzka ganz ruhig. »Vielleicht ist ausgegangen Mr. Cordle. Sie werden sehen das Zimmer. Ich werde Sie führen. Sie sind nicht hergekommen, zu spionieren aus die Leute, vergessen Sie nicht. Sie haben nur zu geben Rapport über das Haus. Ich bin keine Verbrecherin. Wenn das Haus ist schlecht, ist nur, weil ich nicht habe Geld. Und das ist kein Verbrechen.« Sie ging auf die beiden Männer zu, um Cordles Tür zu öffnen, und George trat still beiseite. Er warf Frank einen Blick zu, der unbeteiligt die Achseln zuckte.

In Cordles Zimmer war niemand; doch Madame Sousatzka war nach wie vor überzeugt, daß er sich irgendwo versteckt hatte. Sie machte seinen Kleiderschrank auf, und sein einziger Anzug, dessen Bügel sich an der Tür festgeklemmt hatte, schnellte ihr ins Gesicht. Sie packte den baumelnden Ärmel, als sei Cordle darin. Auch von seinem weißen Kittel war keine Spur. Cordle mußte irgendwo im

Haus sein, denn in seinem weißen Kittel ging er nie auf die Straße. Allmählich sorgte sie sich um ihn. Mit diesen Männern und dieser Untersuchung brauchte sie ihn. »Cordle«, wisperte sie in den Schrank hinein, als ob Cordle ein Lieblingskätzchen sei, das nur auf einen ganz bestimmten Kosenamen reagiert.

»Bemühen Sie sich nicht, Madam«, sagte George, jetzt wieder freundlich. »Wir brauchen Mr. Cordle nicht. Muß nur ein paar von diesen Tafeln und Tabellen von der Wand nehmen, wenn Sie gestatten.«

»Ich werde sie nehmen herunter«, entgegnete Madame Sousatzka. Sie wollte nicht, daß fremde Hände Cordles Werk berührten.

»Wie Sie wollen«, sagte George und trat beiseite. Er beobachtete Madame Sousatzka, während sie vorsichtig die Tafeln von der Wand nahm.

»Ist er Arzt oder so?« Auch Frank bemühte sich, freundlich zu sein.

»Ja«, antwortete Madame Sousatzka. Sie dachte gar nicht daran, weiter auf die Frage einzugehen, und rollte die Tafeln zusammen. Als die Wände leer waren, stellte sie sich in eine Ecke und drückte die Tafeln an sich. Sie beobachtete die Männer bei der Inspektion des Zimmers. George maß, stocherte und kratzte, und Frank kritzelte und hakte ab. Die Männer schwiegen. George äußerte keine Begeisterung mehr über seine Entdeckungen. Im Gegenteil. Das Ganze schien ihn jetzt eher zu langweilen.

»Das wär's«, sagte er nach einer Weile. »Kommen Sie, ich helfe Ihnen, die Tabellen wieder aufzuhängen.«

Madame Sousatzka fühlte seinen Stimmungsumschwung und erlaubte ihm, ihr zu helfen. Als sie fertig waren, machte sie ihnen die Tür auf und ließ sie vorangehen. Sie sah sich in dem verlassenen Zimmer um, in dem Cordles Gegenwart noch spürbar war. »Danke, Cordle«, flüsterte sie. »Wir gehen jetzt.«

Als sie zum Zwischenstock kamen, läutete das Telefon. Wenn in einem vereinsamten Haus das Telefon läutet, nimmt man den Hörer nicht gleich ab. Wie Madame Sousatzka läßt man es ein Weilchen läuten. Sie fragte sich, wer das wohl sein könne. Ein halbes Dutzend uninteressanter Leute fiel ihr ein, und sie hoffte, daß es niemand von diesen wäre. Mit allen Fasern horchte sie auf das Klingelgeräusch und genoß die eindeutige Gewißheit, daß jemand nach ihr verlangte. Sie näherte sich dem Apparat, sie streckte die Hand aus und stellte die Geduld der anrufenden Person auf die Probe, indem sie deren rhythmische Ausdauer auskostete. Einmal hatte sie das Abwarten übertrieben, und das Läuten hatte aufgehört, ehe ihre Hand den Hörer berührte. Sie hätte sich ohrfeigen können, daß sie den Anruf verpaßt hatte, und hinterher brachte sie Wochen erfolglosen Nachfragens zu, um herauszubekommen, wer angerufen haben könnte. Seit dieser Zeit hatte sie sich angewöhnt, den Hörer sofort abzunehmen, um wenigstens ihre Präsenz anzudeuten, aber dann wartete sie ein paar Minuten, bis sie ›Hallo‹ rief, um ihre freudige Erregung zu verlängern. Jetzt jedoch, mit George und Frank hinter ihr, konnte sie ihr Privatspielchen nicht spielen. Als sie den Hörer abhob, hoffte sie fast auf eine falsche

Verbindung, denn es wäre zu schade, unter derartigen Umständen ein Telefongespräch zu vergeuden. »Hallo«, sagte sie schleppend, wie eine gelangweilte Telefonistin.

»Madame Sousatzka?« antwortete ein Stimmchen am anderen Ende.

Madame Sousatzka hielt sich am Münzeinwurf fest. »Marcus!« keuchte sie. Frank und George sahen sie an und sahen ihr leichtes Schwanken. Ihr Gesicht war gelblichgrün. George trat vor, um sie zu stützen.

»Ist was passiert, Madam?«

»Gehn Sie weg!« schrie Madame Sousatzka, »ich will allein sein.« Beide Männer machten kehrt. Sie gingen die Treppe hinunter und drehten sich von Zeit zu Zeit um. »Nein, mein Liplink«, hörten sie Madame Sousatzka sagen. »Nein, nicht du, mein Liplink, ich habe gesprochen zu jemand anders. Ist in Ordnung mit dir, Marcus?« Die Farbe war in ihr Gesicht zurückgekehrt, das Gelb von ihren Tränen weggespült. »Ja, natürlich«, sagte sie. »Heute abend ... Acht Uhr ... Ich warte auf dich. Ist alles gut jetzt«, sagte sie, fast wie zu sich selbst. »Ich warte auf dich, Marcus. Ist gut.« Sie hörte, wie Marcus abhängte, und starrte auf den Hörer in ihrer Hand. »Ist alles gut«, sagte sie lachend vor sich hin. »Ist alles gut, Jenny«, rief sie in das oberste Stockwerk hinauf. »Ist alles gut, Cordle«, rief sie und lief auf seine Tür zu, um ihm die gute Nachricht mitzuteilen. Als sie die Treppe wieder hinunter- und am Telefon vorbeikam, packte sie den noch hängenden Hörer und knallte ihn auf die Gabel, wie um jede andere Verbindung auszuschalten. Die braucht sie nicht mehr.

Jetzt war ja alles in Ordnung. Sie rannte an den Männern im Hausflur vorbei und beugte sich über das Treppengeländer zum Souterrain. »Ist alles gut, Onkel!« schrie sie, »ist alles gut.«

Es fiel ihr gar nicht weiter auf, daß keiner ihrer Mieter reagiert hatte. Es war auch gar nicht wichtig. Sie kam auf Frank und George zu, die sich diesen Wechsel in ihrem Benehmen überhaupt nicht erklären konnten. Sie sah die beiden mit einem Ausdruck großer Liebe an. »Ist alles in Ordnung jetzt«, sagte sie sanft. »Ist alles in Ordnung mit Madame Sousatzka. Kommen Sie, ich zeige Ihnen mein Zimmer; ist mein Flügel, mein Leben«, sagte sie, während sie die Tür aufmachte. »Sie gehen nach Ihrer Arbeit, ich gehe nach meiner. Ich habe zu tun so viel. Ich muß geben eine Unterrichtsstunde. Eine wichtige Stunde. Ein großer Pianist. Ich muß machen alles bereit.«

Sie begann zu singen, als sie den großen nierenförmigen Deckel des Flügels hochhob, als müsse er nach dem mangelhaften Gebrauch gelüftet werden. Darauf nahm sie den Samtstreifen weg, der die Tasten zudeckte, und beschäftigte sich dann mit den Noten, indem sie aus den verschiedenen Stapeln gewisse Stücke auswählte. Sie schlug ein Album mit Etüden auf, stellte es auf den Notenständer und bog die Ecken auf, um das Umblättern zu erleichtern. Vor lauter Aufregung geriet sie ins Kichern. Mit beiden Händen spielte sie eine chromatische Tonleiter über die ganze Tastatur, so daß jede einzelne Taste zu ihrem Recht kam. Danach spielte sie eine Folge von Arpeggien und Akkorden, prüfte die Töne einzelner Tasten und wärmte den Flügel an, wie man ein Automobil an einem frostigen Wintermorgen laufen läßt.

Frank und George hatten den Zweck ihres Kommens vergessen und starrten sie verblüfft an. Sie beobachteten sie, wie sie am Flügel saß und den Klavierhocker höher und höher schraubte.

»O, ich vergesse so bald«, sagte sie. »Bitte, Mister«, sie ging auf Frank zu, den Kleineren von beiden, »würden Sie bitte auf dem Hocker sitzen und drehen, bis die richtige Höhe ist? Sie sind wie mein Marcus. Ich meine, nur in der Größe Sie sind wie er.« Frank ließ sich zum Hocker führen, setzte sich und versuchte, den Sitz seiner Größe anzupassen. »Ist bequem?« fragte Madame Sousatzka ihn, als er zu schrauben aufgehört hatte.

»So geht's« sagte er. »Ich für mein Teil habe lieber eine Bank mit Lehne.«

»Nicht für Klavier«, lachte Madame Sousatzka. »Geht so für Spielen? Sie können reichen zu Flügel?« Frank streckte seine Arme aus und legte seine ungepflegten Hände mit den langen Nägeln auf die Tasten. Madame Sousatzka betrachtete sie angewidert. Sie schaute auf die Tasten, auf denen seine Finger lagen, und hatte das dringende Bedürfnis, sie gründlich abzuwischen. Frank war für sie wie ein Landstreicher, der aus Jux seinen Mittagsschlaf in einem jungfräulichen Brautbett hält.

»Vielen Dank«, brachte sie gerade noch heraus, »jetzt ist alles bereit.«

»Spielen Sie uns was vor, Madam«, bat George, »wir machen inzwischen hier weiter.«

Madame Sousatzka klappte den Deckel des Flügels zu: »Nicht jetzt. Alles ist bereit. Darf nicht stören.«

»Schade«, meinte George enttäuscht. »Höre selber gerne 'n bißchen Musik.«

»Wird es noch dauern lange? Die Hausangelegenheit, mein' ich?« Madame Sousatzka wurde ungeduldig. Es war schon drei Uhr, und sie wollte die Wartezeit für sich allein genießen.

»Ungefähr eine Stunde, denke ich«, sagte George. »Los Frank, beeil dich. Ich brauche nochmal den Plan.«

Frank nahm ihn aus der Aktenmappe und breitete ihn über einen Sessel aus.

»Na, mal sehen – wo sind wir denn jetzt?« sagte George.

»Wir sind hier«, sagte Frank vergnügt und zeigte mit seinem Bleistift auf den Plan. Seine Tätigkeit als Assistent hatte ihm Selbstvertrauen gegeben. »Parterre, Vorderzimmer.«

»Dann müßte diese Tür ins Ankleidezimmer führen«, sagte George, die Hand am Türgriff.

»Sehr richtig«, sagte Frank, der plötzlich einen höheren Dienstgrad angenommen hatte, »goldrichtig.« Er ging hin und öffnete vertrauensvoll die Tür. Aber nur, um sich einem altmodischen verrosteten Badeofen und dem oberen Ende einer schmutzigweißen Badewanne gegenüber zu sehen. Hastig schloß er die Tür wieder hinter sich, in der Meinung, daß er auf dem Plan auf eine falsche Stelle gezeigt hatte. Doch George war ein gründlicher Mensch. Er wollte sich von allem überzeugen.

»Hallo, hallo, hallo«, sagte er. Dieser dreifache Gruß

galt dem Badeofen, als er die Tür öffnete. »Was haben wir denn hier? Ein Badezimmer. Wie reizend.« Er hatte sich wieder für Cameron & Hodge entschieden. »Keine *Spur* von Badezimmer auf *meinem* Plan hier. Das ist doch 132 Vauxhall Mansions, nicht wahr?« fragte er spöttisch.

»Allerdings, das ist ein Badezimmer«, antwortete Madame Sousatzka. Sie konnte an nichts anderes denken als an Marcus' versprochenen Besuch. »Ja, ich wollte ein Badezimmer haben, und darum habe ich ein Badezimmer gebaut. Sehr guter Mann. Sehr teuer. Aber ich verstehe. Ich nehme es weg, ja?« George ärgerte sich, daß sie ihm so schnell den Wind aus den Segeln nahm. »Ich nehme es weg«, fuhr Madame Sousatzka fort. »Ich nehme weg das Badezimmer im Parterre, und ich ersetze wieder die Toilette von Mr. Cordle. Ich bessere aus alle Röhren. Ich mache alles trocken. Ich bessere aus das Dach. Ich töte die Würmer im Holz. Ich alles tue. Sie mir schicken Katalog – ich alles tue.« Sie wollte diese Männer endlich los sein.

»Das wird Sie aber eine Stange Geld kosten, Madam.« George ließ nicht locker. Dieses Überraschungsbadezimmer gab einen wunderbaren Anlaß für eine Auseinandersetzung. Er wollte sie beschimpfen. Er wollte ihr beibringen, daß sie kein Recht habe, mit dem Gesetz herumzuspielen. Sogar wenn sie sich schuldig bekannte, dachte er gar nicht daran, sie ohne scharfen Verweis laufen zu lassen.

»Jeden Penny ich werde bezahlen«, sagte Madame Sousatzka mit Enthusiasmus. Und es bestand gar kein Zweifel: hätte sie das Geld zur Verfügung gehabt, hätte sie es George auf der Stelle ausgehändigt.

»Ja, aber das ist nicht so einfach«, sagte George. »Solche Sachen macht man nicht, haben Sie verstanden? Cameron & Hodge« – fast hätte er sich an dieser Stelle bekreuzigt – »schätzen derartige Dinge gar nicht. Stimmt's, Frank?«

»Das stimmt«, sagte Frank traurig, und es gelang ihm, Madame Sousatzka verlegen zuzulächeln, um ihr zu verstehen zu geben, auf wessen Seite er stand.

»Alles muß weg«, schimpfte George, als wolle jemand ihn niederbrüllen. Madame Sousatzka schwieg. George machte noch einen Versuch.« Der Ofen, diese Badewanne, das Waschbecken, alles muß weg, verstanden? Hier auf meinem Plan ist kein Wasseranschluß angegeben.«

»Alles, was Sie wollen«, sagte Madame Sousatzka.

»Das wird Sie eine schöne Stange Geld kosten«, brabbelte George. »Man verstößt nicht ungestraft gegen das Gesetz.«

»Ich habe bereits gesagt, daß ich bin bereit, zu zahlen für alles.« Madame Sousatzka bekam langsam genug. »Was wollen Sie von mir, Mister?« sagte sie ruhig. »Wollen Sie noch mein Blut vielleicht?«

George sah sie an, als hielte er das für gar keine so schlechte Idee. »Die Hauptsache, wir verstehen uns«, sagte er. »Frank, nimm das Buch raus und schreib alles auf. Alles, was ich dir diktiere.« George hatte den Umschwung in Franks Parteinahme gespürt. Frank hielt Buch und Feder bereit, und George beugte sich zu ihm hinunter und diktierte ihm flüsternd ins Ohr. Er hatte alles versucht, um Madame Sousatzka zu demütigen. Jetzt wollte er noch versuchen, ihr Angst einzujagen.

Aber Madame Sousatzka beachtete die beiden gar nicht. Sie war damit beschäftigt, die Noten auf dem Flügel neu zu ordnen, den Abstand des Klavierhockers zu prüfen und von Herzen zu wünschen, daß die Männer endlich verschwänden. Sie hörte Georges Geflüster lauter und ärgerlicher werden, und sie stellte das Metronom ein, um es zu übertönen. George diktierte lauter. Er konkurrierte mit dem rhythmischen Ticken und Klingeln des Metronoms. Doch Madame Sousatzka stellte es einfach schneller ein, und das Klingeln, das jetzt bei jedem zweiten Ticken ertönte, brachte George völlig aus dem Konzept.

»Wir machen das im Büro fertig«, schrie er Frank an. »Komm jetzt ins Souterrain runter.«

Madame Sousatzka stellte das Metronom ab und bot ihnen freundlich ihre Unterstützung an. »Ich werde vorangehen«, sagte sie »Die Treppe ist ein bißchen wacklig. Und, Frank, wenn Sie das in Ihr Buch eintragen wollen – Trockenfäule ist auch drin, sehr trocken sogar. Auch schlechte Kanalisation. Schreiben Sie das alles auf für Mr. Cameron und Mr. Hodge. Ist sehr wichtig.« Frank nahm automatisch sein Notizbuch heraus. Er war einer von denen, die von aller Welt Befehle entgegennahm.

»*Ich* werde dir sagen, was du aufzuschreiben hast, Frank. Das ist *meine* Angelegenheit. Sie können sicher sein, Madam«, sagte er hinter ihrem Rücken, als er ihr die Stufen hinunter folgte, »daß mir nichts entgehen wird. Ich werde dieses Souterrain mit einem Staubkamm durchgehen.«

»Wer ist da?« rief Onkel, als sie die Treppe herunterkamen.

»*Wir* sind hier«, schrie Madame Sousatzka zurück. »Wir kommen, um anzusehen die Trockenfäule.« Mittlerweile war es ihr schon ganz egal, ob Onkel sich die Mühe gemacht hatte, das Zimmer aufzuräumen oder nicht. Ja, im Grunde hoffte sie sogar, daß sie es in seinem gewohnten Zustand gelassen habe. Sie hörte ein Scharren in Onkels Zimmer. Anscheinend räumte sie doch schnell noch auf. Ohne zu klopfen, trat Madame Sousatzka ein. »Lassen Sie das ruhig sein, Onkel«, begann sie. Und dann sah sie Cordle.

Er hatte neben Onkels Schaukelstuhl gekniet und war gerade dabei, aufzustehen. Als er Madame Sousatzka sah, wurde er puterrot, denn er fand, er hätte ruhig erst etwas Gras über die Geschichte mit ihr wachsen lassen sollen. Onkel kicherte verlegen. Verzweifelt versuchte Madame Sousatzka, ihnen ein verständnisvolles Lächeln zu schenken. Für einen Augenblick hatte sie Marcus' Telefonanruf vergessen, und ein plötzliches Gefühl der Eifersucht durchzuckte sie. Sie selber hatte Cordle nicht gewollt, aber daß ihn eine andere haben sollte, war ihr auch nicht recht. Doch vor allen Dingen wollte sie kein Mitleid von ihnen. Marcus fiel ihr wieder ein, und sie wollte ihr Glück wie einen letzten Trumpf ausspielen. »Marcus kommt zurück«, sagte sie gelassen.

Onkel und Cordle, die froh waren, das Thema wechseln zu können, kamen auf sie zu und ergriffen ihre Hände. Frank und George versuchten dieses Zusammentreffen zu umschiffen, indem sie sich duckten und um den Kreis herum, den die vier in der Tür gebildet hatten, ins Zimmer vorzudringen trachteten, um mit ihrer Arbeit fortzufahren.

»Hat er angerufen?« fragte Onkel atemlos.

»Ja, vor zehn Minuten. Er möchte mich sehen. Er möchte haben eine Stunde. Er kommt um acht Uhr. Ich werde warten auf ihn in meinem Zimmer. Er ist gekommen zurück, Onkel«, flüsterte sie. Dann berührte sie Cordle leicht bei der Schulter und sagte: »Marcus ist gekommen zurück zu Madame Sousatzka.«

»Ich werde meine Liege vorbereiten und frisch beziehen«, sagte Cordle glücklich. »Wir gehen alle wieder an unsere Arbeit. Suchen Sie das Damebrett wieder raus, Onkel, und machen Sie sein Bett. O, Onkel«, lachte er, »wir werden wieder alle glücklich sein.«

»Wir wieder anfangen zu leben«, sagte Madame Sousatzka feierlich, »alle zusammen.«

»Wenn Sie vielleicht einen Moment Zeit für mich hätten, Madam«, sagte George sarkastisch. Er stand da und betrachtete den Bauplan so eingehend wie ein Tourist, der sich in einer Grotte verirrt hat. »Hätten Sie vielleicht die Güte, mir mitzuteilen – nur um Zeit zu sparen –, wo Sie in diesem Stockwerk die Toilette, das Bad und den Duschraum installiert haben?«

»Hier ist nichts installiert«, sagte Madame Sousatzka stolz. »Hier ist genau, wie Mr. Cameron und Mr. Hodge haben es verlassen.« Sie sprach mit ehrfurchtsvoller, gedämpfter Stimme, als sei das Souterrain eine berühmte historische Ruine. »Hier gibt's kein Wasser. Mr. Camerons und Mr. Hodges Bedürfnisanstalt ist draußen im Garten. Von hier ist ein langer Weg.« Sie würde es George heimzahlen. »Hier im Souterrain ist unberührt. Aus der Zeit! O, ich habe gemacht Fehler«, gestand sie. »Ich modernisiere Ruine ein bißchen. Ich habe gelegt Gas. Entschuldigung. Ich nehme wieder heraus. Dann echt aus der Zeit.«

Sie hielt inne, um George eine Chance zu geben. Er tat das einzige, was ihm zu tun übrig blieb, er beachtete sie gar nicht. Er wandte sich an Frank und begann, in hochtechnischen Ausdrücken mit ihm zu reden. Frank sah ganz betreten drein; aber George tat ihm leid, und er gab sich den Anschein, als verstehe er alles, was George sagte. Schließlich waren sie eine Arbeitsgemeinschaft, und sie mußten zusammenhalten. Er schrieb sogar ein paar sinnlose Bemerkungen in sein Notizbuch. Dann machte George sich mit Zollstock und Lotleine an die Arbeit, und Frank nahm derweil die riesige aufgerollte Tabelle heraus und hakte wie ein Verrückter mit seinem Rotstift sämtliche Hausdefekte ab. Dabei fiel ihm der Fragebogen ein, den er hatte ausfüllen müssen, als er sich um diese Stellung bewarb. ›Leiden Sie an einer der folgenden Krankheiten?‹ hieß es dort. ›Wenn zutreffend, bitte ein Häkchen machen.‹ Hätte er damals alles angehakt wie hier, wäre er das Opfer von Epilepsie, Tuberkulose, Geschlechtskrankheiten, Diphterie, Malaria und noch verschiedenen anderen unwahrscheinlichen Krankheiten geworden. Er fragte sich einen Moment lang, wie viele Bewerber sich wohl zu ihren Krankheiten bekannten, oder ob sie sie verschwiegen wie die Armut. Von Schuldbewußtsein übermannt, hielt er einen Augenblick mit dem Anhaken inne. Es war nicht seine Aufgabe, die Defekte eines Hauses festzustellen. Das

Haus bemühte sich, am Leben zu bleiben, und für Frank war es zu einem Lebewesen geworden. Das Haus verkörperte Madame Sousatzka und die anderen komischen Leute um sie herum: die Blondine oben im Dachgeschoß, die beiden Alten im Souterrain, und Madame Sousatzka selber, die ihm vorhin in ihrem Arbeitszimmer seine erste Chance gegeben hatte. Er schraubte seine Füllfeder zu und steckte sie in die Tasche. Auch ohne jedes weitere Häkchen wäre das Haus schon zweimal zum Abbruch verurteilt worden, und wie oft konnte man ein Haus schon abreißen? Er rollte seine Tabelle zusammen und beobachtete George, der am Boden kniete und die Dielen und Scheuerleisten abklopfte wie ein wildgewordener Boxer, dessen Opfer sich schon längst ergeben hatte.

Madame Sousatzka stand noch immer mit Onkel und Cordle in der Tür. Sie wiederholte bereits zum zehntenmal ihr Telefongespräch mit Marcus, und Cordle stellte ihr immer wieder dieselben Fragen: »Hat er nach mir gefragt? Oder nach Onkel oder Jenny?«

»Nein, nach keinem«, berichtete Madame Sousatzka. »Aber heute abend Sie werden ihn alle sehen. Marcus kommt nach Hause.«

»Ich gehe in mein Zimmer und warte auf ihn«, sagte Cordle. »Kommen Sie mit, Onkel?«

Onkel sah unsicher zu Madame Sousatzka hinüber, als müsse sie erst um Erlaubnis fragen.

Madame Sousatzka lächelte: »Warten Sie nur mit Cordle, Onkel. Ich warte, bis die Männer sind aus dem Haus, und dann ich warte im Musikzimmer auf Marcus.«

Onkel zehrte von ihrer lange aufgespeicherten Energie. Sie zeigte keine Spur von Entsetzen bei dem Gedanken an den bevorstehenden Aufstieg. Madame Sousatzka sah ihnen nach, als sie zusammen die Treppe hinaufstiegen, und sie wußte, daß beider Bedürfnis nach Marcus geringer geworden, ihr Bedürfnis aber um dieses Quantum gewachsen war.

Die beiden Männer waren dabei, zusammenzupacken. »Wir kommen nochmal wieder«, drohte George, für den Fall, daß sie etwa dächte, sie sei sie ein für allemal los. «Unmöglich, das Ganze in einem Tag zu bewältigen. Wir kommen morgen wieder«, fügte er hinzu, »und wahrscheinlich werden wir danach noch öfter kommen müssen. Wahrscheinlich sogar mit Mr. Cameron«, schloß er mit respektvoll gedämpfter Stimme.

»Ja, natürlich«, sagte Madame Sousatzka, »recht oft. Ich habe gern, wenn Sie kommen. Speziell Mr. Cameron.« Sie war gewillt, sie für den Rest ihres Lebens jeden Tag zu ihrer Trockenfäule einzuladen, wenn sie jetzt nur weggingen und ihr ihre Wartezeit nicht raubten. Sie wollte sich hinsetzen und ihre Zeiteinteilung berechnen. Sie wollte nicht nur darüber nachdenken, sondern sie wollte sich mit Papier und Bleistift hinsetzen und es aufschreiben. Das gehörte mit zur Freude des Wartens.

Frank ließ das Schloß seiner Aktenmappe zuschnappen. George ließ sich Zeit mit dem Einsammeln seiner Papiere und Werkzeuge. Madame Sousatzka ging schon langsam die Treppe hinauf in der Hoffnung, daß sie ihr folgten. Sie schaute auf ihre Uhr. Vier Stunden blieben ihr noch zum

Warten. Sie versuchte, nicht allzuviel daran zu denken. Sie wollte erst warten, wenn sie vollkommen allein war. Sie hörte die Männer hinter sich die Treppe heraufkommen, und plötzlich hätte sie sie am liebsten aufgehalten; die Vorfreude des Auf – Marcus – Wartens hatte sie bereits erschöpft, und sie wollte sie noch hinauszögern, als sei das Warten selbst das eigentliche Ziel ihrer Wünsche.

»Bitte«, sagte sie zu Frank, der als erster neben ihr war, »darf ich Ihnen beiden anbieten eine Tasse Tee?«

»Eine Tasse Tee.« George war auf der Hut. »Das ist nicht üblich, wissen Sie das? Jedenfalls nicht bei uns.« Er gab Madame Sousatzka das Gefühl, als habe sie einen Polizisten bestechen wollen.

»Ich wollte nämlich sowieso machen Tee«, sagte sie ablenkend. Frank lächelte. Er hätte gern eine Tasse Tee getrunken. »Aber natürlich, wenn Sie glauben, daß es hat einen anderen Grund, dann Sie sollen ihn haben lieber nicht.«

»Außerdem müssen wir noch woanders hin«, sagte George. »Es ist sowieso schon sehr spät. Also, Madam, ich sage nicht adieu«, sagte er formell, »denn wir werden uns ja bald wiedersehen.« Er machte die Haustür auf und ließ Frank vorangehen.

Madame Sousatzka sah sie über die Eingangsstufen hinunter verschwinden. Dann schloß sie die schwere Tür und stand im menschenleeren Hausflur. Ganz ohne Frage – jetzt war sie allein. Sie konnte es nicht länger hinauszögern, und in dieser Sekunde mußte sie mit dem Warten beginnen.

XV

Sie saß an ihrem Schreibtisch im Musikzimmer und hatte ein weißes Blatt Papier vor sich. Es war kurz nach vier. Sie teilte den Bogen in zwei Spalten, indem sie in der Mitte herunter einen Strich zog. Sie wußte aus Erfahrung, wie lang die Stunden des Wartens sind, und sie mußten eingeteilt werden. Und so schrieb sie in die erste Spalte 4.15 bis 4.30, und in die gegenüberliegende schrieb sie: Tee kochen. Die nächste Viertelstunde wurde Teetrinken gewidmet, und die folgende Viertelstunde war für das Wegräumen des Teegeschirrs überreichlich bemessen. Bis fünf Uhr wäre sie also beschäftigt. Sie kaute an ihrem Bleistift und überlegte, in welche Beschäftigung sie sich stürzen könnte, um die restlichen drei Stunden auszufüllen. Dabei wußte sie, daß sie warten würde, was immer sie auch täte, und daß nichts sie davon ablenken oder wichtiger sein dürfe. Sie hatte das Gefühl, Marcus zu beleidigen, wenn sie versuchte, sich zu beschäftigen, bis er käme. Und kurz entschlossen strich sie die ganze Tee-Einteilung wieder durch und schrieb einfach in riesigen Buchstaben hin, VON JETZT AN BIS ZUM SCHLUSS – WARTEN.

Und damit begann für Madame Sousatzka das Warten. Ihre Hände lagen in ihrem Schoß, ihre Uhr bewegte sich wie ein müdes Pendel auf ihrem Busen hin und her, und sie starrte, wie Onkel es oft tat, auf die Wand, auf eine ausgebesserte Stelle der Tapete und auf die unendlich vielen kleinen geflickten Stellen innerhalb jedes großen Fleckens. Nach einer Weile hob sie die Hand, um nach ihrer Uhr zu greifen. Aber schnell ließ sie sie wieder sinken, als habe sie einen Betrug versucht, sich aber eines Besseren besonnen. Sie lenkte ihren Blick auf eine andere Wand, die aber ähnlich aussah wie die erste, was sie nicht weiter erstaunte. Ihre Hand glitt wieder nach oben und betastete das Uhrglas, wie Blindenschrift. Und als sie es berührte, war die Versuchung zu groß für sie, und schnell sah sie verstohlen auf die Uhr. Halb fünf. Sie hielt sie ans Ohr, in der Hoffnung, daß sie vielleicht stehengeblieben sei, und obwohl sie das vertraute Ticken hörte, schüttelte sie die Uhr wie wild hin und her.

Rastlos stand sie auf und ging zu den Bücherregalen mit den gebundenen Notenalben. Sie neigte den Kopf auf die Seite und las die Titel auf den Albumrücken. Die Noten waren in keiner bestimmten Ordnung, aber sie kannte sich in ihrer Unordnung ganz genau aus. Mozart stand neben Bach, weil sie das Gefühl hatte, die beiden seien glücklich miteinander. Plötzlich kam sie auf die Idee, die Regale neu zu ordnen, und zwar nach Möglichkeit in alphabetischer Reihenfolge. Sie fuhr mit dem Finger an den Notenbüchern entlang, auf der Suche nach einem Komponisten, der befriedigenderweise mit A anfing. Unten im letzten Fach fand sie Musik von Arne, die sie nie gespielt hatte. Sie zog das Album heraus und gab ihm den ersten Platz am Anfang des obersten Fachs. Den restlichen Teil und das ganze Fach darunter nahmen die Komponisten mit B ein, und sie fand genug Noten, um ihrem neuen System gerecht zu werden, bis sie zu dem Buchstaben E kam. Sie ging alle übrigen Alben durch und fand nichts Passendes.

Das neue System fing gerade an, ihr zu gefallen, und sie wollte es nicht unterbrechen. Obgleich sie seine Musik überhaupt nicht leiden konnte, hätte sie jetzt gern irgendeine Komposition von Elgar gehabt, nur um die Reihe fortzusetzen. Ein Stapel César Franck lag da und wollte aufgenommen werden. Sie spielte mit dem Gedanken, eine Lücke zu lassen, die sie später ausfüllen würde, auch wenn sie extra etwas von Elgar kaufen müßte, aber der Gedanke, ihr Vorhaben jetzt nicht zu Ende führen zu können, ärgerte sie.

Einen Moment lang war sie sich bewußt, daß die Zeit verging, daß sie vielleicht bei ihrer Tätigkeit sogar schnell verging. Sie wollte aber Marcus um keine Sekunde der Wartezeit betrügen, die ihm gebührte, darum gab sie ihr Vorhaben leichten Herzens auf. Es war sowieso alles Elgars Schuld. Sie stellte das frühere Durcheinander wieder her und kehrte zu ihrem Sessel zurück, um zu warten.

Sie lehnte sich nach vorn, so daß ihre Uhr in ihr Blickfeld schwang. Auf diese Weise war es ein Zufall, daß sie sah, wie spät es war. Fünf Uhr. Die letzte halbe Stunde war schnell vergangen, und das verlockte sie zu weiterer Betätigung. Sie stand auf, strich ihr Kleid glatt, als erwarte sie Besuch, und setzte sich an ihren Schreibtisch. Hier nahm sie ein Blatt Papier und zeichnete mit dem Bleistift einen großen unregelmäßigen Kreis. Aus diesem Kreis machte sie eine Uhr und markierte die einzelnen Minutenstriche vom Mittelpunkt aus. Dann fing sie an zu zählen. Sie zählte auf Deutsch; das kam ihr zuverlässiger vor. Als sie bei Sechzig ankam, schattierte sie die erste Minute und begann, die zweite auszuzählen. Aber sie war nicht sicher, ob ihr Zählrhythmus stimmte, und deshalb stellte sie das Metronom ein. Auf diese Weise schattierte sie vier weitere Minuten mit ihrem Bleistift. Aber dann langweilte sie das Ganze. Sie konnte auch ebensogut warten und nichts tun und brauchte nur aufzupassen, daß das Metronom den eingestellten Takt tickte. Sie knüllte den Bogen zusammen und warf ihn weg. Dann stellte sie das Metronom ab, und die Erleichterung über die plötzliche Ruhe im Zimmer half ihr über die nächsten fünf Minuten hinweg.

Sie öffnete die Tür des Notenschranks, an deren Innenseite ein großer Spiegel angebracht war. So unauffällig sie nur konnte, sah sie auf ihre Uhr, die auf ihrem Busen leicht hin und her pendelte. Sie machte sich ganz steif, um die Uhr still zu halten. Dann starrte sie in den Spiegel, und es dauerte ein Weilchen, bis sie die Zeit im Spiegel entziffern konnte. Als sie dann glücklich festgestellt hatte, daß es Viertel vor sechs war, schaute sie sich unschuldsvoll im Zimmer um, wie ein Schulmädchen nach einer gelungenen Schwindelei. Sie trat näher an den Spiegel heran und studierte ihr Gesicht. Sie rümpfte die Nase und streckte die Zunge heraus. Dann ging sie ganz dicht an den Spiegel heran und leckte die kalte Oberfläche ab. Ihr Atem hinterließ darauf einen unregelmäßigen blinden Fleck, dem sie mit dem Finger eine neue Form gab. Das Gesichterschneiden fing an, ihr Spaß zu machen; sie blies ihre Wangen auf, zog die unteren Augenlider mit zwei Fingern herunter und versuchte, den höchsten Grad von Häßlichkeit zu erreichen. Sie ging zu ihrer Tasche und nahm einen Kamm heraus. Dann kämmte sie das ganze Haar nach vorn über ihr Gesicht, teilte es über ihrer Nase und machte sich einen Schnurrbart, und aus dem, was übrig blieb, einen Bart. »O, es tut mir so leid«, sagte sie zu ihrem Spiegelbild. Dabei spitzte sie die Lippen und schloß die Augen. Dann blähte sie verächtlich die Nasenflügel und zog die Mundwinkel herunter. Zu diesem Gesicht sagte sie: »Mr. Manders, Sie sind ein Niemand.« Dann warf sie ihr Haar zurück und sagte mit halbgeöffneten Lippen und sehnsüchtig zum Spiegel hin ausgestreckten Händen: »Marcus, mein Liplink.« Danach breitete sie die Arme weit aus und machte eine tiefe Verbeugung: »Guten Tag, Mr. Cameron und Mr. Hodge.«

Sie fing an zu lachen und spürte die ersten Anzeichen eines Glücksgefühls. Aber im gleichen Augenblick, als sie es merkte, machte sie sich auch klar, daß sie noch Stunden zu warten hatte. Ungeniert schaute sie auf ihre Uhr. Zehn Minuten vor sechs. Sie mußte in ihren Sessel zurückkehren und weiterwarten. Hier fragte sie sich zum ersten Mal, wie sie Marcus eigentlich empfangen sollte. Der Gedanke ärgerte sie, weil er sie zwang, jetzt alle Möglichkeiten zu erwägen.

Beunruhigt stand sie auf und lief auf ihre Zimmertür zu. »Marcus, mein Liplink«, rief sie, schlang die Arme um sich selber und rieb ihre Nase in seinen imaginären Haaren. »Nein«, sagte sie vor sich hin und schüttelte den Kopf, »ich werde böse mit ihm sein.« Sie sah ihn ins Zimmer kommen und preßte die Lippen leicht aufeinander. Sie verfolgte ihn mit den Augen, während er auf den Flügel zuging und sich hinsetzte. »Ist nicht so einfach, das Zurückkommen«, sagte sie. »Du hast mir mein Herz zerbrochen.« Bei der Erinnerung an ihr zerbrochenes Herz mußte sie lachen und konnte die Szene nicht zu Ende spielen. »Marcus, mein Liplink«, sagte sie und lief zum Flügel hinüber.

Draußen war es noch hell, und der Zeitungsjunge, der regelmäßig um sechs Uhr dreißig den Anwohnern des Platzes die Zeitung brachte, war noch nicht gekommen. Das Warten hatte sie wieder überfallen. Sie öffnete ihre Zimmertür und blieb im Hausflur stehen. Hier horchte sie auf die anderen, und in der Stille hörte sie, wie sie warteten. In dem Gefühl, nicht allein zu sein, ging sie beruhigt ins Musikzimmer zurück und blieb lange, ohne zu denken, in ihrem Sessel sitzen.

Während sie dort saß, wurde es langsam dunkel. Sie wußte, daß die Zeit verging, aber sie war nicht mehr unruhig, weil ja die anderen auch warteten. Es war wie das nächtliche Warten an einer Bushalteestelle, wo die schon dort Wartenden als Beweis dienen, daß der letzte Bus noch nicht weg ist. Sie sah auf ihre Uhr – es war Viertel vor acht. Der unmittelbar bevorstehende Besuch von Marcus zerstörte ihre ganze Ruhe wieder, und sie mußte sich von neuem mit irgend etwas beschäftigen. Sie hob ihre Hände und spreizte die Finger. Jeder Finger sollte auf den Namen eines ihrer Schüler getauft werden. Der kleine Finger war Rosemary, weil ihre Technik schwach war. Sie zog den Ring von ihrem vierten Finger und taufte ihn Basil, weil Basil ihrer Meinung nach die größten Möglichkeiten hatte. Den Mittelfinger nannte sie Victor. Warum, wußte sie selber nicht, aber das Spiel langweilte sie auch bereits, und sie wollte schnellstens damit fertig werden. Paula war der Zeigefinger, weil er zeigte und Madame Sousatzka an Paulas Mutter erinnerte, die immer vor der Tür saß und die Minuten zählte. Sie ballte eine Faust, und ihre vier Finger streichelten zärtlich den Daumen, den sie umschlossen. »Marcus«, flüsterte sie. Sie umschloß den Daumen mit ihrer anderen Hand und hielt die Hände vor sich, als wäre sie im Gebet unterbrochen worden. Sie schloß die Augen und ließ sich zum erstenmal nach dem Telefongespräch von ihrem Glück überwältigen.

Draußen war es dunkel geworden, und durch ihre geschlossenen Lider sah Madame Sousatzka plötzlich das Licht der Straßenlaterne vor dem Haus aufleuchten. Augenblicklich schlug sie die Augen auf und, ohne lange zu überlegen, griff sie angstvoll nach ihrer Uhr. Zehn nach neun. Der Schreck breitete sich langsam aus, er sprang sie bei der weichen Stelle zwischen den Schulterblättern an und direkt durch ihr Herz, wie ein Panther. »Er ist nicht gekommen«, schrie sie auf. »Nein, er kommt nicht«, korrigierte sie sich, als wäre das weniger endgültig. Sie weigerte sich, die Hoffnung aufzugeben, und lief aus dem Zimmer. Vielleicht hatte er geklopft, und sie hatte es überhört. Aber die Leere blieb, als sei sie, zusammen mit dem Geräusch des Wartens der anderen, für immer in diese Mauern eingeschlossen. Ihre Beine zitterten, als säßen ihre Ohren, wie bei einem Grashüpfer, in ihren Knien; aber alles, was sie aufnahmen, war das schreiende Getöse der Stille.

Es muß ihm etwas zugestoßen sein, versuchte sie sich

einzureden. Er hat doch gesagt, daß er kommt. Wenn er nicht hätte kommen wollen, hätte er doch gar nicht erst angerufen. Sie überlegte, ob sie die Polizei anrufen sollte, aber sie hatte Angst, aus dem Zimmer zu gehen, um auch nicht eine Sekunde seiner Abwesenheit zu versäumen, die sich jetzt als fühlbare Leere im Musikzimmer ausbreitete. Sie schleppte sich zu einem anderen Sessel und schaute auf ihre Uhr. Halb zehn. ›Wie schnell doch die Zeit vergeht, wenn man auf nichts zu warten braucht‹, dachte sie. Ihr Warten war sein Kommen gewesen, und nun war er weg. Sie schloß die Augen; und erst als sie die heißen Tränen auf ihren Wangen fühlte, merkte sie, daß sie weinte. Der Schmerz über sein früheres Weggehen brach wieder frisch hervor, und alle Wunden, welche die Zeit schon geheilt hatte, öffneten sich ein weiteres Mal. Marcus hatte ihr keine Zeit gelassen – Zeit ... Sie wollte schlafen und vergessen, aber sie wurde von der Hoffnung gequält, daß er vielleicht doch noch kommen könnte. Sie spielte mit dem Gedanken, den Flügel zuzuklappen und alle Noten wegzuräumen, damit er ohne einen bestimmten Zweck kommen könne. Aber sie war zu müde und zu wund, um sich zu bewegen. Sie überlegte, ob sie nicht zu Bett gehen sollte. Vielleicht würde er kommen, wenn sie nicht schaute, wenn er wüßte, daß sie nicht auf ihn wartete. Sie ließ sich im Sessel zurücksinken und schloß die Augen wieder. Ihre Uhr glitt seitwärts auf ihre Schulter, ihr Mund öffnete sich leicht, und ihre halb geschlossenen Hände sanken einzeln in ihren Schoß.

Im Dachgeschoß saß Jenny und lackierte ihre Nägel,

während das Teegebäck vor dem Gaskamin eintrocknete und der Dampf aus dem schon halb leergekochten Wasserkessel zischend entwich. Im Stockwerk darunter hockte Cordle dicht neben Onkel auf der Couch. Sein frischer weißer Kittel war jetzt aufgeknöpft, und beide saßen da und starrten auf die Tafel an der Tür, wie zwei greise, Wache haltende Spatzen. Madame Sousatzka rührte sich im Dunkeln, und im Halbschlaf griff sie nach der Uhr an ihrem Hals. Als sie sie nicht fand, wachte sie plötzlich auf und nahm sie von der Schulter. Die Zeiger standen genau auf zwölf, und sie wußte, daß es das Ende war und Zeit, wieder von vorn anzufangen. Sie sah hinaus auf die menschenleere, um den Platz herumführende Straße mit den sterbenden Häusern. Ohne große Schwierigkeit konnte sie erkennen, daß noch bei einem anderen Haus das Schild ZU VERKAUFEN aus dem Boden hervorsproß; eins an einem kurzen Stock, wie die Hand eines verlegenen Schülers, der, seiner Antwort nicht ganz sicher, es für gescheiter hält, in einem Meer von ausgestreckten Armen auch seine Hand zu heben. Als sie sich abwandte, um die Vorhänge zuzuziehen, fiel ihr Blick auf das Haus am äußersten Ende des Platzes. Wie aus einer Zauberbohne war ein neues Schild im Garten aufgetaucht. VERKAUFT, stand dort in großen triumphierenden Buchstaben. Mit anderen Worten, jedes Haus war zum Abbruch verurteilt, und Madame Sousatzka erkannte, daß der Platz jeder Hoffnung beraubt worden war. Lange Zeit starrte sie auf dieses Wort, zerschmettert von dieser Hinterhältigkeit, die ihr das kalte Virus der Verzweiflung einimpfte.

Sie ging hinüber zum Flügel, schloß den Deckel und räumte die Noten sorgfältig weg. Dann trat sie noch einmal ans Fenster, und das Schild starrte lange Zeit zu ihr zurück.

Während der Nacht wunderte Madame Sousatzka sich ab und zu, warum sie noch immer am Fenster stand. Sie war wie versteinert und spürte keine Müdigkeit. Von Zeit zu Zeit trat sie von einem Fuß auf den anderen, aber sie bewegte ihre Füße, als gehörten sie nicht zu ihr. Sie hatte das Gefühl, ihr Körper sei in drei Teile geteilt. Sie fühlte ihr Herz schlagen und horchte mit unbeteiligter Neugier. Ihr Kopf schien vor Kopfschmerzen und Tränen hoch aufgereckt zu sein, und als ein verirrter Nachtvogel sich auf der Straßenlaterne gegenüber niederließ, glaubte sie, auf ihn hinunterzuschauen. Sie breitete die Arme aus und ließ sich von den flüchtigen Stunden aus ihrer Traurigkeit und Wundheit austrocknen. Wie eine unbewegliche Vogelscheuche sah sie, daß die Dächer der gegenüberliegenden Häuser sich langsam vor der zunehmenden Helle des Himmels abzuzeichnen begannen. Sie sah noch immer das VERKAUFT – Schild im Garten des Hauses an der Ecke. Sie nahm seine einzelnen Buchstaben wahr, konnte aber darin keinen Zusammenhang mit dem Ganzen sehen, als hätte die Nacht sie gegen die Niederlage des Platzes unempfindlich gemacht. Es wurde ihr plötzlich und voller Trauer bewußt, daß sie immer noch hoffte.

Der Briefträger brachte nur einen einzigen Brief, der in seiner Isoliertheit und Wichtigkeit bei der Tür im Hausflur lag, als sei er durch einen Boten geschickt worden. Madame Sousatzka öffnete ihn, ohne lange zu überlegen. Als sie sah, daß der Brief von Manders war, ging sie damit in ihr Zimmer. Sie zog die Vorhänge zu, so daß es fast finster im Zimmer war.

›*Meine liebe Madame Sousatzka*‹, stand da,

›Marcus wollte Sie gestern besuchen, um Sie von unserer Entscheidung in Kenntnis zu setzen. Aber er hatte Angst, Sie könnten ihm vielleicht böse sein, und darum hat er mich gebeten, an Sie zu schreiben. Ich habe für die kommenden Monate viele Konzerte für ihn fest gebucht und setze große Hoffnungen in seine Karriere. Aber inzwischen muß er, wie Sie selber sagten, mit dem Unterricht fortfahren. Nach langen Überlegungen habe ich beschlossen, ihn zu Miss Mabel Larks, L. R. A. M. (Hons.), A. R.C. M. (Dipl.) zu schicken, um seine Studien zu fördern. Miss Larks ist mir ganz besonders empfohlen worden. Marcus möchte gern ein paar Zeilen hinzufügen.

Ihr sehr ergebener
Felix Manders

Madame Sousatzka drehte das Blatt um, ohne Manders' Mitteilung Zeit zu lassen, in ihr Bewußtsein einzudringen.

›Liebe Madame Sousatzka‹, schrieb Marcus,

›bitte seien Sie mir nicht böse. Ich weiß, Sie werden es verstehen. Ich hoffe, es wird für Miss Larks genauso gut spielen, wie es für Sie gespielt hat.

Herzlichen Gruß von Marcus.

P. S. Bestellen Sie Cordle, daß mein Rücken sich bessert.‹

Madame Sousatzka saß lange mit dem Brief in der Hand da. ›Cordle, sein Rücken bessert sich. Er geht zu einer Buchstabendame, die macht seinen Rücken besser. Und wissen Sie, Cordle‹, sie lachte traurig auf, ›was er spielt mit seinem besseren Rücken und seiner Buchstabenlehrerin? Mozart er spielt.‹ Sie starrte das P.S. an, das durch ihre Tränen vergrößert worden war. Und all ihre traurigen Erlebnisse – der qualvolle Tod ihrer Eltern, Boris, Marcus und jetzt auch noch Miss Larks, die ihren Platz eingenommen hatte und seinen Rücken wieder gerade machte – verdichteten sich in ihrem Gehirn zu einem dicken Knäuel. Die Erkenntnis, daß es keine Grenze für die menschliche Leidensfähigkeit gibt, empörte sie zutiefst. Von Rechts wegen hätte sie längst an gebrochenem Herzen gestorben sein müssen.

Sie wunderte sich ebensowenig darüber, daß sie unwillkürlich lächeln mußte, wie sie sich über die Morgendämmerung gewundert hätte. Sie zog die Vorhänge wieder zurück, um das Tageslicht hereinzulassen, und öffnete den

Flügel, soweit es ging. Dann begann sie, eine Tonleiter zu spielen. »Nicht mit den Fingern, Sousatzka«, sagte sie vor sich hin. »Mit Bauch, Brust, Schultern und Armen. Nichts du bringst heraus durch die Finger, Sousatzka, gar nichts. Sie wissen nicht, wie sie's sollen machen, und wer soll es ihnen sagen, diesen zehn elenden kleinen Würmern. Nochmal, Sousatzka. Eine Tonleiter hat nicht Anfang und nicht Ende.

Hörst du, Sousatzka, wie schön es spielt?«

Anmerkungen:

1. Lizentiat der Königlichen Musikakademie
2. Inhaber des Diploms der Königlichen Hochschule für Musik
3. Master of Arts (Magister der philosophischen Fakultät, Oxford)
4. Pianist
5. Kanon: im englischen auch Domherr

Madame Sousatzka - das Buch zum Film?

»Madame Sousatzka« ist ein typisches Bernice Rubens-Buch, das sieht die Rubens-erfahrene Leserin sofort. Der Schauplatz, das jüdische Milieu irgendwo auf den britischen Inseln, in dem die unterschiedlichen Einwanderergruppen sich untereinander befehden, kennen wir auch aus anderen Büchern. In den Augen ihrer nichtjüdischen Umgebung unterscheiden diese Gruppen sich durch nichts, doch die früher gekommenen halten sich für etwas besseres, wenn auch nur selten jemand diese Fehde so energisch austrägt wie Mrs. Crominski, die kein schlimmeres Schimpfwort kennt als »Flüchtling«, und es oft und gern auf ihre (scheinbar) erfolgreichere Gegenspielerin Madame Sousatzka anwendet. Es gibt spiritistische Sitzungen, jede Menge exzentrischer Charaktere und eine Prostituierte (Jenny), wie sie in sehr vielen Rubens-Romanen eine wichtige Nebenrolle spielt (denken wir nur an Mrs. Pugh aus »Es geschah in einer Seitenstraße«).

Der Film zum Buch »Madame Sousatzka« von John Schlesinger, mit Shirley Maclaine in der Hauptrolle, hat die typische Rubens-Atmosphäre mitsamt den dazugehörigen Requisiten kaltblütig über Bord geworfen. Aus Jenny wird eine erfolglose und dermaßen tugendhafte Popsängerin, daß sie sich nicht einmal um der Karriere willen mit einem Musikmanager einläßt. Der Konzertveranstalter Felix Manders heißt hier - Joyce läßt grüßen - Ronny Bloom und ist nicht mit einer betrogenen Gattin belastet. Mr. Cordle hat eigentlich gar keine erkennbare Funktion mehr, aus Onkel Gräfin wird eine Lady Emily, der das

Haus gehört, in dem sie, Cordle, Jenny und Madame Sousatzka in bescheidenem Luxus leben, und Mrs. Crominski heißt Sen, stammt aus Indien, (weswegen Marcus Manek heißt), ist jung und schön und hat einen fetten Liebhaber, den Manek verabscheut. Der treulose Geliebte Boris heißt Edward und würde sich nur zu gern mit ihr versöhnen, aber das will die stolze Madame nun doch nicht. Statt im miefigen London der 50er Jahre spielt der Film im Swinging London der 80er, dessen lebensfrohe Atmosphäre dem Gedeihen von exzentrischen Eigenheiten dermaßen abträglich zu sein scheint, daß es keine spiritistischen Sitzungen und keine Cordle-schen Anträge gibt. Da Jenny sich außerdem zum Ausbund an Sittsamkeit gewandelt hat, besteht auch kein Grund, ihr ihre Lieblingskomponisten einzutrichtern. Im Buch gerät Marcus in eine Art Frauenuniversum, in dem bereits der hilflose Mr. Cordle Zuflucht gesucht hat; wie Manek im Film wird er zwischen den Fronten Mutter/Madame fast aufgerieben, doch im Buch wird die weibliche Symmetrie nach Madame Sousatzkas Niederlage wieder hergestellt, als Mr. Manders Marcus zu einer neuen Klavierlehrerin gibt. Kurzum, alles Komische und alles Rubenshafte fehlt diesem Film, und daß Madame Sousatzka hier wirklich so heißt und von Geburt her Russin ist, wundert uns da auch nicht mehr.

Der Hinweis auf das jüdische Milieu, in dem die Autorin ihre Bücher gern ansiedelt, soll nicht den Eindruck erwecken, sie verstehe sich als »jüdische Autorin«. Sie betrachtet sich vielmehr als walisische Autorin, denn sie wurde in der walisischen Stadt Cardiff geboren, dem Schauplatz der »Seitenstraße«, (ihre Eltern sind auf der Flucht vor den Pogromen des Zarenreiches aus dem damals russischen Litauen emigriert, in ihrem großen Generationenroman »Brothers« beschreibt Rubens die Reise einer jüdischen Familie, hier allerdings aus Odessa, nach Wales, einem Land, von dem sie noch nie gehört hatten, wo es angeblich aber keine Pogrome gibt, und das ist ihnen Grund genug, diese weite, gefährliche Wanderung anzutreten), doch das findet die Literaturwissenschaft wieder schwierig, da Rubens in englischer Sprache schreibt und nicht alle ihrer Romane in Wales spielen.

Dieses Definitionsproblem zeigt, wie schwer die Betrachtenden es sich bei Rubens oft machen. Zwar wurde sie mit dem renommierten Booker-Preis ausgezeichnet, doch auch nach zwanzig erfolgreichen Romanen und mehreren Verfilmungen kommt in Rezensionen immer wieder eine Bedenklichkeit zum Ausdruck: Gewiß, schreiben kann sie, ja, sie hat abermals ein gelungenes Buch vorgelegt, aber - schreibt sie nicht doch zu witzig und unterhaltsam, um als »gute Literatur« durchgehen zu können? (Ein »Makel«, der offenbar britischen Rezensenten ebenso schwer auf der Seele lastet wie ihren deutschen Kollegen).

Uns kann das natürlich egal sein. Das Buch »Madame Sousatzka« zeigt Bernice Rubens in Hochform und ist mit all seinen absurden Szenen und seinen bizarren Charakteren ein ganz wunderbares Leseerlebnis.

Gabriele Haefs

SERIE PIPER

Jane Campion, Kate Pullinger

Das Piano

Der Roman. Aus dem Englischen von Carina von Enzenberg. 240 Seiten. SP 2606

Die junge Schottin Ada McGrath, streng viktorianisch erzogen, ist seit ihrem sechsten Lebensjahr stumm – nur ihr Klavier gibt ihr die Möglichkeit, sich auszudrücken und dem Gefängnis ihrer Sprachlosigkeit zu entkommen. Zusammen mit ihrer kleinen Tochter Flora schifft sie sich nach Neuseeland ein, wo sie Alisdair Stewart erwartet, ihr neuer Ehemann. Er weigert sich, ihr Klavier durch die sumpfige Wildnis des Dschungels nach Hause zu schleppen. Es bleibt am Strand. Ada ist verzweifelt und sieht erst einen Lichtblick, als sie erfährt, daß Stewart das Instrument an George Baines gegen Land veräußert hat. Baines, ebenfalls Einwanderer, der mit den Maori lebt und ihre Sprache spricht, ist fasziniert von der schönen jungen Frau: Eine dramatische Liebesgeschichte beginnt. – Mit ihrem preisgekrönten Film »Das Piano« schuf die neuseeländische Regisseurin Jane Campion eines der ungewöhnlichsten Kinoereignisse und ein weltweit gefeiertes Meisterwerk. Mit dem Roman hat Jane Campion den Stoff vollendet und um die Vorgeschichte ihrer beiden Helden – die Stummheit Adas und die Herkunft von Baines – erweitert.

»Jane Campion bewundert Menschen, die das Risiko suchen, die Grenzerfahrung, die ihr Leben in Gefahr bringt.«
Die Zeit

SERIE PIPER

Madeleine Bourdouxhe

Gilles' Frau

Aus dem Französischen von Monika Schlitzer. Mit einem Nachwort von Faith Evans. 166 Seiten. SP 2605

Madeleine Bourdouxhes Drama einer zerstörerischen Leidenschaft ist eine Wiederentdeckung von höchstem literarischen Rang. Die leidenschaftliche Dreiecksgeschichte zwischen Elisa, ihrer Schwester Victorine und Gilles ist in ihrer Direktheit und Ausweglosigkeit ein Glanzstück der klassischen Moderne: Sinnlich, kühn – und von kammerspielartiger Intensität.

»Schwer zu sagen, was beeindruckender an der Leistung Madeleine Bourdouxhes ist: die kühle Liebe zu ihren Figuren oder die unsentimentale, aber doch fast zärtliche Darstellung ihrer Zerrüttung ... Madeleine Bourdouxhe formt kleine Szenen aus dem Alltag zu einer klassischen Tragödie. Mit einer kühlen, präzisen Sprache entwirft sie Bilder von höchster Anschaulichkeit und Glaubwürdigkeit, Stilleben der Seele, die den Leser durch ihre innere Spannung sofort fesseln. Gerade die scheinbar ruhig distanzierte Darstellung schafft einen Sog der Erzählung, dem man sich nicht entziehen kann. Da ist kein Wort zuviel, und jeder Satz zieht den Leser tiefer hinein in diese verhängnisvolle Affäre.«
Die Woche

Auf der Suche nach Marie

Roman. Aus dem Französischen von Monika Schlitzer. Mit einem Nachwort von Faith Evans. 192 Seiten. SP 2969

»Dieser Roman ist einer der schönsten Liebesromane, die es momentan zu lesen gibt.«
Die Woche

Wenn der Morgen dämmert

Erzählungen. Aus dem Französischen von Monika Schlitzer und Sabine Schwenk. 152 Seiten. SP 2067

»Sie wurde in der französischen Literaturszene gefeiert wegen ihrer subtilen und dichten Sprache, wegen ihrer genauen Beobachtungen und vor allem wegen der ungeheuren Intensität, mit der Madeleine Bourdouxhe Ängste, Hoffnungen, Stimmungen und Stille beschreibt.«
Der Spiegel

Martin Gregor-Dellin

Richard Wagner

Sein Leben – Sein Werk – Sein Jahrhundert. 928 Seiten. SP 8318

Martin Gregor-Dellin hat die bis heute unübertroffene Wagner-Biographie für unsere Zeit geschrieben. Das scheinbar unergründliche Rätsel Richard Wagner wird zur realen Gestalt des 19. Jahrhunderts.

»Der seltsame Glücksfall einer Komponisten-Biographie, die wissenschaftlich unanfechtbar ist und zugleich für ein größeres Publikum eine in jedem Augenblick fesselnde Lektüre bildet.«

Die Zeit

»Hier erzählt einer die aufregendste Geschichte von einem Menschen, dessen Exzentrik und Genie, dessen Absurditäten und Widersprüche, dessen Heimlichkeiten und Unheimlichkeiten ein wunderbares Welttheater vorführen.«

Der Spiegel

»Der Glücksfall einer Komponisten-Biographie.«

Carl Dahlhaus

Galina Wischnewskaja

Galina

Erinnerungen einer Primadonna. Aus dem Amerikanischen von Christiane Müller. 480 Seiten mit 69 Fotos. SP 8243

Die Lebenserinnerungen der gefeierten russischen Sängerin Galina Wischnewskaja, verheiratet mit dem Cellisten Mstislaw Rostropowitsch – ein temperamentvoller Lebensbericht über das dramatische Beziehungsgeflecht von Kunst und Politik in der Sowjetunion und das Stimmungsbild einer Epoche.

»Es ist ein Buch, das wie kein mir bekanntes anderes Aufschlüsse und Einblicke in das Walten der sowjetischen Kulturbürokratie vermittelt, daß wir nur Mal um Mal den Kopf schütteln und darüber staunen können, wie unter so menschenverachtenden Verhältnissen so großartige künstlerische Leistungen zustande kommen können, wie sie die Sowjetunion unüberseh- und -hörbar aufzuweisen hat.«

Stuttgarter Zeitung

Alfred Brendel

Musik beim Wort genommen

Über Musik, Musiker und das Metier des Pianisten. 278 Seiten mit zahlreichen Notenbeispielen. SP 8334

»Eines der brillantesten, gewiß auch amüsantesten Kapitel der aktuellen Musikliteratur – nein, nicht einfach lesen, sondern genüßlich auf der Zunge zergehen lassen. Es geht um das bisweilen diabolische Vergnügen bei der Lektüre des Diabelli-Kapitels.«
Klaus Bennert, Süddeutsche Zeitung

Nachdenken über Musik

Mit einem Interview von Jeremy Siepman. 231 Seiten mit 61 Notenbeispielen. SP 8244

»An sprachlichem Format übertrifft Brendels Erstling ein Fuder Musikbücher, an musikalischem ohnehin ... Einer, der es nicht nur in den Fingern hat, versenkte sich in die Fragen seines Metiers, wobei er die Probleme als Praktiker, nicht als Schwarmgeist oder Eiferer anging.«
Süddeutsche Zeitung

Ein Finger zuviel

134 Gedichte. 250 Seiten. SP 3186

Seine Einspielungen der Beethoven- und Schubert-Sonaten haben ihm weltweiten Ruhm eingebracht. Doch der berühmte Pianist Alfred Brendel spielt ebenso virtuos auf der Klaviatur des Humors und des metaphysischen Unsinns in diesen 134 Gedichten, die voll skurriler Einfälle sind. So fragt er etwa nach einem allerletzten Akt, in dem Tristan und Isolde eine Vernunftehe eingehen, oder er läßt Konstanze, in ein Huhn verwandelt, sich hinter dem Serail gackernd aus dem Staub machen. Voller verschmitzter Anarchie, hintergründiger Intelligenz und sprachlicher Brillanz erzählt er von Musikern und Alltagsmenschen, von Tieren und anderen Steckenpferden. Die gesammelten Gedichte aus »Fingerzeig«, »Störendes Lachen während des Jaworts« und »Kleine Teufel« von Alfred Brendel in einem Band.